Jane Austen

Persuasão

www.editorapedaletra.com.br
(11) 3733-0404 / 3687-7198

Projeto gráfico: Quatria Comunicação
Tradução e revisão: Lívia Bono

Equipe editorial
Gustavo Mendes - Direção de Arte
Felipe Fiuza - Capa e Diagramação

Dados Internacionais de Catalogação na Publicação (CIP)
(eDOC BRASIL, Belo Horizonte/MG)

A933p Austen, Jane, 1775-1817.
Persuasão / Jane Austen; tradutora Lívia Bono. – Cotia (SP): Pé da Letra, 2018.
235 p. : 16 x 23 cm

Título original: Persuasion
ISBN 978-85-95201-09-5

1. Ficção inglesa. 2. Literatura inglesa – Romance. I. Bono, Lívia. II. Título.
CDD 823

Elaborado por Maurício Amormino Júnior – CRB6/2422

Jane Austen

Persuasão

PÉ da letra

Capítulo 1

Sir Walter Elliot, de Kellynch Hall, no condado de Somerset, era do tipo de homem que, para sua própria diversão, nunca pegava outro livro que não o Registro dos Baronetes. Nele, encontrava ocupação para uma hora de ócio, e consolo em momentos de aflição; nele, suas faculdades eram despertas para a admiração e o respeito, ao contemplar o pouco que restava dos títulos mais antigos; nele, quaisquer sensações desagradáveis, advindas de questões domésticas, transformavam-se naturalmente em pena e desprezo, conforme ele virava as páginas que continham as quase que infinitas criações de novos títulos, do último século; e nele, se nenhuma outra página surtisse efeito, ele podia ler sua própria história, com um interesse que nunca falhava. Esta era a página em que seu volume preferido sempre se abria:

"ELLIOT DE KELLYNCH HALL.

'Walter Elliot, nascido em 1º de março de 1760, casou-se, em 15 de julho de 1784, com Elizabeth, filha do Sr. James Stevenson, de South Park, no condado de Gloucester, tendo, com a referida dama (que faleceu em 1800), as filhas Elizabeth, nascida em 1º de junho de 1785; Anne, nascida em 9 de agosto de 1787; um filho natimorto, em 5 de novembro de 1789; e Mary, nascida em 20 de novembro de 1791.'"

O parágrafo havia saído das mãos do editor exatamente desta forma, mas Sir Walter o havia melhorado, acrescentando, como informações sobre ele mesmo e sua família, as seguintes palavras, após a data de nascimento de Mary: "Casou-se, em 16 de dezembro de 1810, com Charles, filho e herdeiro do Sr. Charles Musgrove, de Uppercross, no condado de Somerset", e incluindo com mais precisão o dia e o mês em que havia perdido sua esposa.

A isto seguia-se a história e a ascensão da antiga e respeitável família, nos termos de praxe; como havia se estabelecido em Cheshire, primeiramente; como havia sido mencionada pelo genealogista Dugdale, com um de seus membros ocupando o cargo de representante da Coroa, representando um distrito em três parlamentos sucessivos, demonstrações de lealdade e dignidade de um baronete, no primeiro ano de Charles II, com todas as Marys e Elizabeths com quem haviam se casado; formando, ao todo, duas belas páginas em duodécimo, e terminando com o brasão e o lema: "Sede principal: Kellynch Hall, no condado de Somerset", e a letra de Sir Walter novamente, neste final:

"Herdeiro presumido, William Walter Elliot, bisneto do segundo Sir Walter".

A vaidade era o principal componente da personalidade de Sir Walter, em relação à sua pessoa e a seu status. Ele havia sido extremamente bonito, em sua juventude, e, aos cinquenta e quatro anos, ainda era um homem bem-apessoado. Poucas mulheres prestavam mais atenção a sua própria aparência do que ele, e tampouco poderia o criado pessoal de qualquer lorde recém-criado ficar mais feliz com sua posição na sociedade. Sir Walter Elliot considerava a bênção da beleza inferior só à bênção de ser baronete, e ele mesmo, que reunia ambas as dádivas, era o objeto constante de seu mais caloroso respeito e devoção.

Sua beleza e posição social tinham uma justificativa razoável para sua estima, visto que a elas era devida sua conquista de uma esposa com um caráter muito superior a tudo o que o seu próprio merecia. Lady Elliot havia sido uma mulher excelente, sensível e agradável, cujos juízo e conduta, se pudessem ser perdoados pela paixão juvenil que a havia transformado em Lady Elliot, nunca mais precisaram de indulgência. Ela havia tolerado, atenuado ou escondido as falhas dele, e promovido sua verdadeira respeitabilidade, por dezessete anos. E apesar de ela própria não ter sido a criatura mais feliz do mundo, havia encontrado o suficiente em seus deveres, amigos e filhas, para fazer com que gostasse da vida e não torná-la indiferente ao momento em que precisasse abandoná-los. Três meninas, as duas mais velhas com dezesseis e quatorze anos, eram um legado terrível para uma mãe deixar, um encargo terrível, na verdade, para confiar à autoridade e à criação de um pai convencido e tolo. Ela tinha, contudo, uma amiga muito íntima, uma mulher sensível e merecedora, que havia se estabelecido perto dela, no vilarejo de Kellynch, devido à sua forte amizade. E Lady Elliot contara principalmente com a bondade e os conselhos de sua amiga para continuar com o auxílio e a manutenção dos bons princípios e da instrução que estivera ansiosamente dando às filhas.

Esta amiga e Sir Walter não se casaram, o que quer que tenha sido previsto neste sentido por seus conhecidos. Treze anos haviam se passado desde o falecimento de Lady Elliot, e eles continuavam sendo vizinhos próximos e amigos íntimos, um permanecendo viúvo, e a outra, viúva.

O fato de Lady Russell, com sua idade e caráter maduros, e extremamente confortável financeiramente, não ter cogitado casar-se pela segunda vez, não precisa ser justificado ao público, que é um tanto quanto apto a ficar mais irracionalmente descontente quando uma mulher se casa novamente, do que quando não o faz; mas o fato de Sir Walter ter permanecido solteiro exige explicação. Então, que fique esclarecido que Sir Walter, como um bom pai (tendo sido decepcionado após um ou dois pedidos bastante desarrazoados), orgulhava-se de continuar solteiro, pelo bem de suas queridas filhas. Por uma filha, a mais velha, ele teria mesmo desistido de qualquer coisa que não estivesse muito tentado a fazer. Elizabeth havia sucedido a mãe, aos dezesseis anos, em tudo o que era possível, em relação a seus direitos e importância; e, sendo muito bonita, e parecida com o pai, sua influência sobre ele sempre havia sido grande, e os dois seguiram com suas vidas de forma muito feliz. Suas duas outras filhas tinham menos valor. Mary havia adquirido um pouco de importância artificial, ao se tornar a Sra. Charles Musgrove; mas Anne, com uma elegância mental e doçura de temperamento, que deveriam ter conquistado a estima de qualquer pessoa com verdadeira inteligência, não era ninguém para o pai ou a irmã; suas palavras não tinham peso, seu conforto sempre tinha que ceder – ela era somente Anne.

Para Lady Russell, contudo, ela era a afilhada e a amiga mais querida e valorizada. Lady Russell as amava todas, mas era somente em Anne que ela podia imaginar que a mãe vivia novamente.

Alguns anos antes, Anne Elliot havia sido uma garota bastante bonita, mas seu frescor havia desaparecido cedo; e visto que, mesmo em seu ápice, seu pai havia encontrado pouca coisa para admirar nela (por suas feições delicadas e olhos castanhos brandos serem tão diferentes de seus próprios), não havia mais nada, agora que ela estava desvanecida e magra, que pudesse incitar sua estima. Ele nunca havia tido muita esperança, e agora não tinha nenhuma, de ler seu nome em qualquer outra página de seu livro preferido. Qualquer aliança entre iguais deveria ser feita por Elizabeth, pois Mary havia apenas se ligado a uma antiga família do campo, respeitável e de grande fortuna, dando, portanto, toda a honra, e não recebendo nenhuma. Elizabeth iria, algum dia, se casar com alguém apropriado.

Às vezes acontece de uma mulher ser mais bonita aos vinte e nove, do que era dez anos antes; e, no geral, se não houve problemas de saúde ou ansiedade, é uma época da vida em que quase nenhum encanto é perdido. Foi o que aconteceu com Elizabeth, que continuava sendo a mesma bela Srta. Elliot que havia começado a ser treze anos antes, e Sir Walter podia ser perdoado, portanto, por esquecer a idade dela ou, pelo menos, ser considerado só um pouco tolo, por pensar que ele e Elizabeth continuavam tão bonitos quanto antigamente, dentre os resquícios da beleza de todas as outras pessoas; pois ele conseguia ver perfeitamente quão velhos todos os seus outros parentes e conhecidos estavam ficando. Anne abatida, Mary embrutecida, todos os rostos da vizinhança piorando, e um rápido aumento dos pés de galinha nas têmporas de Lady Russell, há muito eram uma angústia para ele.

Elizabeth não tinha exatamente o mesmo contentamento pessoal que seu pai. Havia sido a senhora de Kellynch Hall pelos últimos treze anos, presidindo e dirigindo de forma tão confiante e decisiva que não faria com que pensassem que era mais nova do que na verdade era. Por treze anos, ela vinha fazendo as honras, estabelecendo as regras domésticas e entrando primeiro na carruagem, caminhando imediatamente atrás de Lady Russell ao sair de todas as salas de estar e jantar do país. As neves de treze invernos a haviam testemunhado abrir todos os bailes elegantes que a vizinhança fraca tinha a oferecer, e treze primaveras haviam feito as flores desabrochar, enquanto ela viajava para Londres com seu pai, para algumas semanas de divertimento anual na sociedade. Lembrava-se de tudo isso, e estar consciente de ter vinte e nove anos lhe trazia alguns arrependimentos e apreensões. Estava perfeitamente convencida de ainda ser tão bonita quanto sempre havia sido, mas sentia aproximar-se dos anos de perigo, e teria ficado exultante de ter a certeza de que seria pedida em casamento por alguém com sangue de baronete dentro dos próximos doze ou vinte e quatro meses. Somente então poderia pegar novamente o tão importante livro, com tanto gosto quanto no início de sua juventude, mas agora, não gostava de fazê-lo. Sempre encarar a data de seu próprio nascimento, sem ver uma data de casamento que não fosse a da irmã caçula, tornava o livro algo ruim; e, mais de uma vez, quando seu pai o havia deixado aberto sobre uma mesa perto dela, ela o havia fechado, desviando o olhar, e o empurrado para longe.

Ademais, ela havia sofrido uma decepção da qual tal livro, especialmente a história de sua própria família, sempre a lembraria. O herdeiro presumido, o mesmo William Walter Elliot, cujos direitos haviam sido tão generosamente apoiados por seu pai, a havia decepcionado.

Quando ainda era bastante jovem, logo que descobriu que ele seria, por ela não ter irmãos, o futuro baronete, Elizabeth decidiu casar-se com ele, e seu pai concordava. Eles não o conheceram quando garoto, mas logo após a morte de Lady Elliot, Sir Walter havia buscado conhecê-lo e, apesar de sua aproximação não ter sido recebida de forma acalorada, ele havia perseverado, fazendo concessões para o modesto empecilho da juventude; e, em uma de suas viagens a Londres na primavera, quando Elizabeth estava na flor da idade, o Sr. Elliot havia sido forçado a se apresentar.

Ele era, naquela época, bastante jovem, e havia acabado de começar a estudar direito. Elizabeth achou-o extremamente agradável, e todos os planos em favor dele foram confirmados. O convidaram para visitar Kellynch Hall; conversaram sobre ele e esperaram sua visita pelo resto do ano; mas ele nunca foi. Na primavera seguinte, o viram novamente na capital, acharam-no igualmente agradável e o encorajaram, convidaram e esperaram, mas novamente, ele não foi. A próxima notícia que tiveram dele, foi de que havia se casado. Ao invés de tentar elevar sua posição, no caminho traçado para o herdeiro da casa Elliot trilhar, ele havia obtido sua independência através de sua união com uma mulher rica, de nascimento inferior.

Sir Walter ressentiu-se disso. Como chefe da família, sentia que deveria ter sido consultado, especialmente depois de ter se associado ao jovem tão publicamente.

– Pois certamente que fomos vistos juntos – observou ele, - uma vez na loja Tattersall e duas vezes no saguão da Câmara dos Comuns.

Sua desaprovação foi expressa, mas aparentemente levada muito pouco em consideração. O Sr. Elliott não tentou desculpar-se, e provou estar tão pouco preocupado com receber as atenções da família, quanto Sir Walter o considerava indigno das mesmas; todo o relacionamento entre eles cessou.

Esta história do Sr. Elliott, bastante embaraçosa, ainda era motivo de raiva, após um intervalo de muitos anos, para Elizabeth, que quisera o homem para si, ainda mais por ser o herdeiro de seu pai, podendo ver somente nele um par ideal para a primogênita de

Sir Walter Elliot, devido a seu forte orgulho familiar. Não havia um único baronete, de A a Z, que seus sentimentos pudessem reconhecer tão voluntariamente como igual. Porém, ele havia se comportado de forma tão inadequada que, apesar de Elizabeth ainda estar (no verão de 1814) usando laços pretos, em luto por sua esposa, não conseguia considerá-lo digno de ser objeto de seus pensamentos novamente. A desgraça de seu primeiro casamento poderia, talvez, visto que não havia motivo para supor que havia sido perpetuada por filhos, ter sido superada, se ele não houvesse feito coisa pior; porém, ele havia, conforme a família tinha sido informada, pela costumeira intervenção de amigos gentis, falado sobre todos eles nos termos mais desrespeitosos, da forma mais insultuosa e ultrajante sobre seu próprio sangue e sobre as honras que um dia seriam dele. Isso não podia ser perdoado.

Tais eram os sentimentos e sensações de Elizabeth Elliot; tais as preocupações que diminuíam e as agitações que variavam a mesmice e a elegância, a prosperidade e a vacuidade do cenário de sua vida; tais eram os sentimentos que propiciavam interesse a uma longa e pacata residência em um círculo social campestre, que preenchiam as lacunas que não eram ocupadas por hábitos úteis que a tirassem de casa, ou por aptidões ou habilidades domésticas.

Mas agora, outras ocupações e inquietudes começavam a ser acrescentadas a estas outras. Seu pai estava tendo problemas de dinheiro. Ela sabia que agora, quando ele tomava o Registro de Baronetes para ler, era para tentar esquecer as pesadas contas dos comerciantes e as indesejadas indiretas do Sr. Shepherd, seu agente. A propriedade de Kellynch era boa, mas não estava à altura da ideia que Sir Walter fazia sobre o estilo de vida do qual seu proprietário deveria gozar. Quando Lady Elliot estava viva, havia método, moderação e economia, os quais haviam mantido, por pouco, seus gastos abaixo de sua renda; mas com ela havia morrido toda a prudência e, desde então, ele vinha constantemente excedendo suas possibilidades. Não lhe havia sido possível gastar menos; não havia feito nada, a não ser o que Sir Walter Elliot tinha a imperiosa obrigação de fazer. Porém, apesar de não ter culpa, não só suas dívidas aumentavam terrivelmente, como também ouvia falar do assunto com tanta frequência que tornou-se inútil tentar esconder a situação por mais tempo, ainda que parcialmente, de sua filha. Ele havia feito algumas insinuações para ela, na última primavera que passaram na capital; havia até mesmo chegado ao ponto de dizer: "Não podemos economizar? Não lhe ocorre nenhum artigo com o qual possamos economizar?". E Elizabeth, para lhe sermos justos, havia se posto a pensar seriamente sobre o que poderia ser feito, no primeiro ardor de preocupação feminina, e finalmente propusera as duas seguintes áreas de economia: cortar algumas doações desnecessárias, e abster-se de redecorar a sala de estar, aos quais ela subsequentemente acrescentou a feliz ideia de não levarem nenhum presente para Anne, o que havia sido seu costume anual. Mas estas medidas, por melhor que fossem, não eram suficientes para a verdadeira extensão do problema, a totalidade do qual Sir Walter viu-se obrigado a confessar para ela mais tarde. Elizabeth não tinha nada a propor que fosse mais eficaz. Sentiu-se injustiçada e infeliz, assim como seu pai; e nenhum dos dois foi capaz de pensar em um modo de diminuir suas despesas, sem comprometer sua dignidade, ou abrir mão de seus confortos de um modo que não fosse insuportável.

Havia só uma pequena parte de suas propriedades da qual Sir Walter poderia dispor; mas ainda que todos os acres fossem alienáveis, não teria feito qualquer diferença. Ele havia se rebaixado ao ponto de hipotecar tudo o que pudera, mas nunca ao ponto de vender. Não; ele nunca desgraçaria seu próprio nome a este ponto. As propriedades de Kellynch deveriam ser transmitidas íntegras e intocadas, como as havia recebido.

Os dois amigos em quem podiam fazer confidências, o Sr. Shepherd, que morava no vilarejo vizinho, e Lady Russell, foram chamados para aconselhá-los; e pai e filha pareciam esperar que algo seria inventado por um dos dois para remover seus empecilhos e reduzir seus gastos, que não envolvesse a perda de qualquer indulgência de gosto ou orgulho.

Capítulo 2

O Sr. Shepherd, um advogado educado e cauteloso, que, quaisquer que fossem suas opiniões sobre Sir Walter, preferia que outras pessoas mencionassem os assuntos desagradáveis, absteve-se de fazer a mínima alusão, e só pediu permissão para recomendar uma referência implícita ao excelente julgamento de Lady Russell, cujo famoso bom senso, ele tinha inteira confiança, aconselharia as resolutas medidas que ele pretendia que fossem finalmente adotadas.

Lady Russell dedicou-se zelosamente ao assunto, e considerou-o com muita seriedade. Era uma mulher de habilidades mais sólidas, do que rápidas, cuja dificuldade em tomar qualquer decisão, nesta ocasião, foi enorme, devido à oposição de dois princípios que a guiavam. Ela mesma tinha uma integridade severa, com um senso delicado de honra; mas estava tão desejosa de preservar os sentimentos de Sir Walter quanto preocupada com o nome da família, sendo tão aristocrática em suas ideias do que lhes era devido, quanto qualquer pessoa de bom senso e honestidade poderia ser. Era uma mulher benevolente, caridosa e boa, capaz de fortes amizades, extremamente correta em sua conduta, severa em suas noções de decoro, e com modos que eram considerados o padrão das boas maneiras. Tinha uma mente cultivada e era, no geral, racional e consistente; mas tinha preconceitos que pendiam para o lado da ancestralidade; valorizava posição social e prestígio, o que a cegava ligeiramente para os defeitos daquele que os possuíam. Ela mesma viúva somente de um cavaleiro, dava a um baronete toda a consideração que sua dignidade exigia; e Sir Walter, independentemente de suas reivindicações sobre ela na qualidade de velho conhecido, vizinho atencioso, senhorio obsequioso, marido de sua amiga tão querida, e pai de Anne e suas irmãs, tinha também, sendo Sir Walter, na opinião de Lady Russell, direito a muita compaixão e consideração, sob as suas atuais dificuldades.

Eles precisavam economizar; quanto a isso, não havia dúvida. Mas ela estava bastante ansiosa para que isso fosse feito com o mínimo de desconforto possível para ele e Elizabeth. Ela preparou planos de economia, fez cálculos exatos e o que ninguém mais pensou em fazer: consultou Anne, cujo interesse na questão parecia nunca ser levado em consideração pelos outros. Consultou-a e, até certo ponto, foi influenciada por ela ao preparar o esquema de economia que foi, finalmente, apresentado a Sir Walter. Toda recomendação de Anne havia pendido para a honestidade, em detrimento do prestígio. Queria medidas mais vigorosas, uma reforma mais completa, uma libertação mais rápida da dívida, um tom muito mais alto de indiferença por tudo, exceto justiça e equidade.

– Se conseguirmos persuadir seu pai a fazer tudo isso, - disse Lady Russell, encarando-a por sobre a folha de papel, - muito poderá ser feito. Se ele adotar estas medidas, em sete anos terá quitado todas as suas dívidas; e espero que possamos convencê-lo e Elizabeth de que Kellynch Hall tem uma respeitabilidade própria que não pode ser afetada por tais reduções, e de que a verdadeira dignidade de Sir Walter Elliot estará longe de ser diminuída aos olhos das pessoas sensatas, por ele estar agindo como um homem de princípios. O que estará ele fazendo, na verdade, exceto aquilo que diversas das principais famílias de nosso país já fizeram, ou deveriam fazer? Não haverá nada de singular no caso dele, e é a singularidade que frequentemente forma a pior parte de nosso sofrimento, como sempre o faz com nossa conduta. Tenho grandes esperanças de convencê-lo. Precisamos ser sérias e decididas, pois afinal, a pessoa que contraiu as dívidas deve pagá-las; e apesar de muita consideração ser devida aos sentimentos de um cavalheiro e chefe de família, como seu pai, ainda mais é devido ao caráter de um homem honesto.

Era este o princípio de acordo com o qual Anne queria que seu pai agisse e que seus amigos lhe recomendassem. Considerava um dever crucial quitar as dívidas com os credores, com toda a rapidez que as mais abrangentes economias permitissem, e não encontrava qualquer dignidade em nada menos do que isso. Queria que tais medidas fossem recomendadas, e encarava isso como um dever. Tinha a influência de Lady Russell em alta conta e, quanto ao severo grau de negação ao qual sua própria consciência a levava, acreditava que não seria muito mais difícil convencer o pai e a irmã a fazer uma reforma completa, do que uma reforma pela metade. Seu conhecimento do pai e de Elizabeth a inclinava a pensar que o sacrifício de um par de cavalos dificilmente seria menos doloroso do que de dois, e assim por diante, até chegarem ao fim da lista completa de reduções gentis demais de Lady Russell.

Como as exigências mais rígidas de Anne teriam sido aceitas não vem ao caso. As de Lady Russell não foram nem um pouco bem sucedidas: não poderiam ser toleradas, não seriam aceitas.

– Como assim! Abrir mão de todos os confortos da vida! Viagens, Londres, criados, cavalos, jantares – contrações e restrições por toda parte! Deixar de viver com as decências de um cavalheiro! Não, preferiria abandonar Kellynch Hall de uma vez, do que permanecer nela sob termos tão vergonhosos.

"Abandonar Kellynch Hall". A deixa foi imediatamente pega pelo Sr. Shepherd, que tinha interesse em Sir Walter de fato economizar, e que estava perfeitamente convencido de que nada poderia ser feito sem uma mudança de residência.

– Já que a ideia havia surgido justamente com a pessoa que deveria tomar as decisões, não tenho escrúpulos – disse ele – em confessar que meu julgamento também pende completamente para este lado. Não me parece que Sir Walter conseguiria mudar seu estilo de vida, de forma relevante, em uma casa que tem tamanho caráter de hospitalidade e dignidade ancestral para manter. Em qualquer outro lugar, Sir Walter poderá julgar por si mesmo, e seria imitado como modelo, qualquer que fosse o modo que escolhesse para estabelecer seu lar.

Sir Walter deixaria Kellynch Hall e, após alguns poucos dias de dúvida e indecisão, a grande questão de aonde iria foi resolvida, e o primeiro esboço desta importante mudança foi traçado.

Havia três alternativas: Londres, Bath ou outra casa no campo. Todos os desejos de Anne inclinavam se para esta última. Uma pequena casa em sua própria vizinhança, onde poderiam continuar convivendo com Lady Russell, permanecendo perto de Mary, e ainda tendo o prazer de, às vezes, ver os gramados e bosques de Kellynch, era o objeto de sua ambição. Mas o costumeiro destino de Anne, de que algo muito oposto ao que queria ser decidido, abateu-se sobre ela. Ela não gostava de Bath, não achava que combinava com ela, e Bath seria seu novo lar.

Sir Walter havia, primeiro, pensado mais sobre Londres, mas o Sr. Shepherd sentia que não podia confiar nele em Londres, e o tinha habilidosamente dissuadido disso, fazendo com que preferisse Bath. Era um lugar muito mais seguro para um cavalheiro em sua difícil situação: ele poderia ter prestígio, com despesas comparativamente baixas. Duas vantagens relevantes de Bath sobre Londres haviam, é claro, sido enfatizadas: sua distância mais conveniente de Kellynch, só oitenta quilômetros, e o fato de que Lady Russell passava uma parte de todos os invernos lá. Então, para a grande satisfação de Lady Russell, cuja primeira intenção quanto à pretendida mudança tinha sido Bath, Sir Walter e Elizabeth foram induzidos a acreditar que não perderiam prestígio ou alegria estabelecendo-se lá.

Lady Russell sentiu-se obrigada a opor-se aos desejos de sua querida Anne. Seria pedir demais que Sir Walter se rebaixasse a morar em uma pequena casa, em sua própria vizinhança. A própria Anne se sentiria mais envergonhada do que previa, e tal situação seria terrível para os sentimentos de Sir Walter. E quanto a Anne não gostar de Bath, Lady Russell considerava o fato um preconceito e um erro, advindos, primeiramente, do fato de Anne ter passado três anos em uma escola lá, após a morte de sua mãe; e, em segundo lugar, por ela não ter se mostrado de bom humor, no único inverno que havia passado lá, após aqueles três anos, com a própria Lady Russell.

Lady Russell gostava de Bath, em resumo, e era propensa a pensar que o lugar era adequado para todos; e quanto à saúde de sua jovem amiga, se passasse todos os meses quentes com ela, em Kellynch Lodge, não haveria qualquer perigo, e seria, na verdade, uma mudança benéfica para a saúde e para o humor. Anne tinha saído pouco de casa, socializado pouco. Sua disposição não era boa. Uma sociedade mais variada a melhoraria. Lady Russell queria que ela fosse mais conhecida.

Para Sir Walter, a inadequação de qualquer outra casa na mesma vizinhança foi certamente muito fortalecida por uma parte bastante relevante dos planos, que tinha sido afortunadamente incluída logo no começo. Ele não somente teria que sair de seu lar, como também vê-lo nas mãos de outros; uma provação, que mentes mais sólidas do que a de Sir Walter teriam achado demais. Kellynch Hall seria alugada. Isso, contudo, era um grande segredo, que não deveria ser espalhado para além de seu círculo.

Sir Walter não teria aguentado a degradação de que soubessem que estava planejando colocar sua casa para alugar. O Sr. Shepherd havia mencionado, uma vez, a palavra "anunciar", mas nunca mais ousara chegar perto dela. Sir Walter rejeitara a ideia de que a casa fosse oferecida de qualquer maneira; proibira a menor insinuação de sua intenção nesse sentido, e somente a suposição de que ela fosse espontaneamente solicitada, por um requerente dos mais inesperados, sob os termos estabelecidos pelo próprio Sir Walter, e como um grande favor, faria com que ele a alugasse.

Com que rapidez aparecem os motivos para aprovar aquilo de que gostamos! Lady Russell tinha um excelente motivo à sua disposição para ficar extremamente contente com o fato de Sir Walter e sua família se retirarem do campo. Elizabeth vinha formando uma amizade que ela gostaria de que fosse interrompida. Era com a filha do Sr. Shepherd, que tinha retornado, após um casamento malsucedido, para a casa de seu pai, com o fardo adicional de dois filhos. Era uma jovem esperta, que entendia a arte de agradar – a arte de agradar, pelo menos, em Kellynch Hall, e que havia conseguido se mostrar tão agradável aos olhos da Srta. Elliott, ao ponto de já ter se hospedado lá mais de uma vez, apesar de todas as indiretas de Lady Russell, que considerava tal amizade bastante inadequada, sobre cautela e reserva.

Lady Russell, na verdade, não tinha quase que nenhuma influência sobre Elizabeth, e parecia amá-la mais por ter se decidido a tanto, do que porque Elizabeth o merecia. Nunca havia recebido dela mais do que um mínimo de atenção, nada além das observações costumeiras; nunca havia conseguido convencê-la a acatar nenhum de seus conselhos, em detrimento do que a própria Elizabeth estava determinada a fazer. Havia tentado, repetida e insistentemente, fazer com que Anne fosse incluída na visita a Londres, sensatamente ciente de toda a injustiça e descrédito dos arranjos egoístas que a deixavam de fora e, em muitas outras ocasiões de menor monta, tentara dar a Elizabeth a vantagem de seu próprio julgamento e experiência, mas tudo em vão. Elizabeth fazia as coisas como queria, e nunca se opusera tanto a Lady Russell, quanto em sua amizade com a Sra. Clay; rejeitando a convivência com uma irmã tão digna, para dar sua afeição e confidências a uma mulher que não deveria ser nada para ela, além de um objeto de distante cortesia.

A posição social da Sra. Clay era, na estimativa de Lady Russell, muito desigual, e sua personalidade a tornava uma companheira bastante perigosa. Uma mudança que deixasse a Sra. Clay para trás, e propiciasse opções de amigas mais adequadas para a Srta. Elliott, era, portanto, um objeto de extrema importância.

Capítulo 3

– Peço vênia para observar, Sir Walter, – disse o Sr. Shepherd uma manhã, em Kellynch Hall, enquanto baixava o jornal, – que a atual conjuntura está muito a nosso favor. Este período de paz trará todos os nossos ricos oficiais navais para a terra firme, e todos eles desejarão um lar. Não poderia ser um momento melhor, Sir Walter, para escolher o inquilino que quiser, inquilinos bastantes responsáveis. Muitas fortunas nobres foram feitas durante a guerra. Se um almirante rico cruzasse nosso caminho, Sir Walter.

– Ele seria um homem bastante sortudo, Shepherd, – respondeu Sir Walter, – é tudo o que eu tenho a dizer. Que prêmio Kellynch Hall seria para ele; o maior prêmio de todos, ainda que tenha obtido muitos outros antes, não é, Shepherd?

O Sr. Shepherd riu ao ouvir tal observação espirituosa, como sabia que deveria, e então acrescentou:

– Tomo a liberdade de observar, Sir Walter, que no que tange a negócios, os cavalheiros da Marinha são fáceis de lidar. Tenho um pouco de conhecimento sobre seus métodos de fazer negócios, e confesso livremente que têm noções bastante liberais, e é provável que sejam inquilinos tão desejáveis quanto qualquer outro grupo de pessoas. Portanto, Sir Walter, o que gostaria de sugerir é que, caso quaisquer rumores se espalhem sobre sua intenção, o que deve ser considerado possível, pois sabemos como é difícil manter os atos e as intenções de uma parte do mundo longe da atenção e da curiosidade da outra, isso terá suas consequências. Eu, John Shepherd, posso esconder as questões familiares que quiser, pois ninguém acharia proveitoso observar-me; mas Sir Walter Elliot tem olhos sobre ele, que pode ser difícil evadir. Portanto, não me surpreenderia muito se, mesmo com todos os nossos cuidados, algum rumor da verdade se espalhasse. Com esta suposição, como eu ia observar, visto que candidaturas inevitavelmente se seguirão, eu consideraria qualquer um de nossos ricos comandantes da Marinha digno de atenção; e peço ainda permissão para acrescentar que pode me chamar a qualquer hora, que chegarei aqui dentro de duas, para evitar que tenha o trabalho de responder.

Sir Walter somente acenou com a cabeça. Porém, logo depois, ao levantar-se e andar de um lado para o outro, observou sarcasticamente:

– Há poucos cavalheiros da Marinha, imagino eu, que não se surpreenderiam ao se encontrar em uma casa como esta.

– Olhariam ao seu redor, sem dúvida, e agradeceriam à sua boa fortuna – disse a Sra. Clay, pois a Sra. Clay estava presente: seu pai a havia trazido na carruagem, e nada fazia tão bem à saúde da Sra. Clay quanto um passeio até Kellynch. – Mas concordo com meu pai, em pensar que um marinheiro poderia ser um inquilino bastante desejável. Conheço bastante a profissão e, além de sua liberalidade, são tão organizados e cuidadosos em tudo o que fazem! Estes seus quadros valiosos, Sir Walter, se decidir deixá-los, estariam perfeitamente seguros. Tomariam um cuidado excelente com tudo dentro e fora da casa! Os jardins e as cercas-vivas seriam mantidos em quase tão bom estado quanto estão agora. Não precisa temer, Srta. Elliot, que seus lindos jardins de flores fossem negligenciados.

– Quanto a tudo isso, – respondeu Sir Walter, friamente, – supondo-se que eu tinha sido convencido a alugar minha casa, ainda não me decidi, de forma alguma, quanto aos privilégios incluídos no negócio. Não estou particularmente disposto a beneficiar um inquilino. O parque de caça estaria aberto a ele, é claro, e poucos oficiais da Marinha, ou homens de qualquer outro tipo, já puderam usufruir de tamanho espaço. Mas que restrições eu colocaria sobre o uso dos jardins de lazer é outra história. Não gosto da ideia de pessoas poderem sempre se aproximar de meus arbustos, e recomendaria a Srta. Elliot que ficasse sempre de olho em suas flores. Estou muito pouco disposto a conceder a um inquilino de Kellynch Hall qualquer favor extraordinário, asseguro-lhes, seja ele marinheiro ou soldado.

Após uma curta pausa, o Sr. Shepherd ousou dizer:

– Nestes casos, há procedimentos estabelecidos que tornam tudo claro e fácil, entre senhorio e inquilino. Seus interesses, Sir Walter, estão em boas mãos. Confie em mim para cuidar que nenhum inquilino tenha mais do que o que mereça. Ouso dizer que Sir Walter Elliot não tomará mais cuidado de suas próprias posses, do que John Shepherd o fará em seu nome.

Neste ponto, Anne falou:

– A Marinha, penso eu, que fez tanto por nós, tem pelo menos tantos direitos quanto qualquer outro grupo de homens a todos os confortos e privilégios que qualquer lar possa propiciar. Marinheiros trabalham duro o suficiente para seu próprio conforto, todos devemos admitir.

– É verdade, é bem verdade. O que a Srta. Anne diz é bem verdade – foi a resposta do Sr. Shepherd.

– Oh! Certamente – foi a resposta de sua filha. Porém, a observação de Sir Walter foi, logo após:

– A profissão tem suas utilidades, mas não ficaria feliz em ver qualquer amigo meu pertencente a ela.

– Pois sim! – foi a resposta, com uma expressão de surpresa.

– Sim; me ofende em dois pontos, tenho dois motivos para objetar a ela. Primeiro, por ser o meio de permitir que pessoas de berço obscuro obtenham uma distinção indevida, e elevar homens a honras com as quais seus pais e avós nunca sonharam. Segundo, por interromper a juventude e o vigor dos homens da forma mais horrível; um marinheiro envelhece mais cedo do que qualquer outro homem. Observei isso a vida toda. Um homem corre mais perigo, na Marinha, de ser insultado pela ascensão de um outro, cujo pai o seu próprio poderia ter desdenhado, e de se tornar ele mesmo, prematuramente, um objeto de repulsa, do que em qualquer outra ocupação. Um dia, na primavera passada, enquanto estávamos na capital, encontrei-me com dois homens que são exemplos perfeitos do que digo; Lord St. Ives, cujo pai todos sabemos que foi um vigário do interior, sem um centavo; tive que ceder o meu lugar ao Lord St. Ives, e a um certo Almirante Baldwin, a criatura de aparência mais deplorável que se possa imaginar; seu rosto da cor do mogno, completamente áspero e embrutecido, todo cheio de rugas e linhas de expressão, com nove fios de cabelo branco de um lado, e só um pouco de pó na parte de cima. "Em nome de Deus, quem é aquele camarada velho?" disse eu a um amigo que estava ao meu lado, Sir Basil Morley. "Velho!" exclamou Sir Basil, "é o Almirante Baldwin. Quantos anos acha que ele tem?" "Sessenta" disse eu, "ou talvez sessenta e dois". "Quarenta", respondeu Sir Basil, "quarenta, e nem um dia a mais". Imaginem minha surpresa, não esquecerei o Almirante Baldwin tão facilmente, nunca vi um exemplo tão lastimável do que uma vida em alto mar pode fazer com a pessoa. Mas até certo ponto, sei que acontece o mesmo com todos eles: são todos jogados de um lado para o outro, e expostos a todos os tipos de clima e a todos os tempos, até que não estejam mais dignos de ser vistos. É uma pena que não levem uma pancada na cabeça, logo de uma vez, antes que cheguem à idade do Almirante Baldwin.

– Não, Sir Walter, – exclamou a Sra. Clay, – está sendo severo demais. Tenha um pouco de piedade pelos pobres homens. Nem todos nascemos para sermos bonitos. O mar não embeleza ninguém, isto é certo, e marinheiros envelhecem cedo, já observei; perdem logo a aparência da juventude. Mas então, não acontece o mesmo com muitas outras profissões, talvez com a maioria delas? Os soldados na ativa não estão em melhores condições; e mesmo nas profissões mais calmas, há esforço e trabalho mentais, senão físicos, que raramente permitem que a aparência de um homem fique sujeita apenas ao efeito natural do tempo. O advogado se arrasta, sob o jugo das preocupações; o médico fica acordado a todas as horas, viajando sob qualquer condição climática; e até mesmo o clérigo... – ela parou um momento, para considerar o que poderia falar sobre o clérigo – ... até mesmo o clérigo, sabe, é obrigado a entrar em quartos infectados, e expor suas saúde e aparência a todos os danos de uma atmosfera venenosa. Na verdade, há muito estou convencida de que, apesar de toda profissão ser necessária e honrada, de seu próprio modo, somente aqueles que não são obrigados a seguir nenhuma delas, que conseguem viver de forma regular, no campo, decidindo seus próprios horários, perseguindo suas próprias atividades, e vivendo em suas próprias propriedades, sem o tormento de se esforçar para obter mais; somente estes, eu digo, que têm as bênçãos da saúde e da boa aparência por completo. Não conheço mais nenhum grupo de homens que só percam um pouco de sua beleza quando deixam de ser jovens.

Parecia que o Sr. Shepherd, em sua ânsia de obter a boa vontade de Sir Walter em relação a um oficial da Marinha como inquilino, havia sido abençoado com o poder da previsão, pois o primeiro candidato a alugar a casa foi um Almirante Croft, quem encontrou logo depois, ao comparecer à sessão trimestral dos tribunais de Taunton; na verdade, havia recebido uma dica sobre o Almirante, de um correspondente em Londres. De acordo com o relatório, que apressou-se a entregar em Kellynch, o Almirante Croft era originalmente do condado de Somerset e, tendo adquirido uma bela fortuna, desejava estabelecer-se em seu próprio condado, e havia vindo a Taunton para olhar alguns lugares anunciados, naquela mesma vizinhança, os quais, contudo, não o haviam agradado. Ao ouvir acidentalmente (havia acontecido justo o que ele havia previsto, observou o Sr. Shepherd, os assuntos de Sir Walter não puderam ser mantidos em segredo) falar da possibilidade de Kellynch Hall estar para alugar, e sabendo da conexão dele (do Sr. Shepherd) com o proprietário, ele havia se apresentado para fazer perguntas mais específicas, e expressara, durante uma conferência bastante longa, uma inclinação bastante forte pelo lugar, que somente um homem que só o conhecia através da descrição poderia sentir. Deu ao Sr. Shepherd, em seu relato explícito sobre si mesmo, todas as provas de ser um inquilino dos mais responsáveis e recomendáveis.

– E quem é Almirante Croft? – foi a pergunta fria e desconfiada de Sir Walter.

O Sr. Shepherd respondeu que vinha de uma família de cavalheiros, e mencionou um lugar; e Anne, após a curta pausa que se seguiu, acrescentou:

– Ele é um contra-almirante da Esquadra Branca. Esteve em ação na batalha de Trafalgar, e tem estado das Índias Orientais desde então; foi lotado lá, acredito, por muitos anos.

– Então tenho certeza – observou Sir Walter – que seu rosto é tão laranja quanto as mangas e capas da libré de meus serviçais.

O Sr. Shepherd apressou-se em assegurá-lo de que o Almirante Croft era um homem bastante vigoroso, cordial e bem-apessoado, um pouco gasto pelo tempo, claro, mas não muito, e um cavalheiro em todas as suas opiniões e comportamento; não parecia ser do tipo que causaria a menor dificuldade em relação aos termos do negócio, só queria um lar confortável e entrar nele assim que possível. Sabia que precisaria pagar pela conveniência, sabia que aluguel precisaria pagar por uma casa mobiliada, de tamanha importância, e não teria se surpreendido se Sir Walter tivesse pedido um preço mais alto. Havia perguntado sobre a mansão, e disse que ficaria feliz com a equipe de criados, certamente, mas não fazia questão, e também que às vezes pegava a espingarda, mas nunca matava; um verdadeiro cavalheiro.

O Sr. Shepherd foi eloquente quanto ao assunto, enfatizando todas as circunstâncias da família do Almirante que o tornavam especialmente desejável como inquilino. Era um homem casado, e sem filhos; exatamente o estado a ser desejado. Uma casa nunca era bem cuidada, observou Sr. Shepherd, sem uma dama; ele não sabia se a mobília corria mais perigo se não houvesse uma dama na casa, ou se houvesse muitas crianças. Uma dama sem filhos era a melhor preservadora de mobília do mundo. Ele também havia visto a Sra. Croft; ela estava em Taunton com o Almirante, e estivera presente quase o tempo todo em que passaram discutindo o assunto.

– E me pareceu ser uma dama bem articulada, distinta e sagaz, – continuou ele, – fez mais perguntas sobre a casa, os termos do negócio e os impostos do que o próprio Almirante, e parecia entender melhor do negócio. Ademais, Sir Walter, descobri que ela tem relações com este condado, assim como o marido; quero dizer, é irmã de um cavalheiro que já viveu entre nós, ela mesma me disse. É irmã daquele cavalheiro que morou há alguns anos em Monkford. Deus meu! Como era o nome dele? Não consigo me lembrar do nome dele, no momento, apesar de tê-lo ouvido recentemente. Penelope, querida, pode me ajudar a lembrar do nome do cavalheiro que morou em Monkford, o irmão da Sra. Croft?

Mas a Sra. Clay conversava tão absorta com a Srta. Elliot que não ouviu o pedido.

– Não tenho ideia da pessoa a quem se refere, Shepherd. Não me recordo de nenhum cavalheiro residente em Monkford, desde a época do velho governador Trent.

– Santo Deus! Que estranho! Esquecerei meu próprio nome em breve, suponho eu. Um nome com o qual estou bem familiarizado, conhecia o cavalheiro muito bem, de vista, o vi centenas de vezes. Ele veio me consultar uma vez, lembro-me, sobre uma invasão por parte de um de seus vizinhos, um fazendeiro que entrou em seu pomar, derrubou o muro, roubou suas maçãs. Pegou-o em flagrante e depois, contrariando meu conselho, concordou em transigir amigavelmente. Muito estranho, mesmo!

Após esperar mais um momento, Anne disse:

– Está se referindo ao Sr. Wentworth, suponho?

O Sr. Shepherd ficou extremamente grato.

– Wentworth, é este mesmo o nome! Sr. Wentworth, ele próprio. Ocupou o vicariato de Monkford, sabe, Sir Walter, há algum tempo, por dois ou três anos. Chegou lá pelo ano ---5, presumo. Lembra-se dele, tenho certeza.

– Wentworth? Oh! Sim, o Sr. Wentworth, o vigário de Monkford. O senhor me induziu ao erro usando o termo "cavalheiro". Pensei que estivesse falando de algum homem de posses; o Sr. Wentworth não era ninguém, eu me lembro; sem conexões, nenhuma relação com a família Strafford. É de se perguntar como os nomes de nossos nobres se tornam tão comuns.

Como o Sr. Shepherd percebeu que esta conexão dos Croft não lhes seria benéfica aos olhos de Sir Walter, não a mencionou mais, voltando avidamente a ressaltar as circunstâncias mais indubitavelmente a seu favor: suas idades, o fato de serem só os dois, e sua fortuna; a boa opinião que haviam formado sobre Kellynch Hall, e a extrema solicitude pelo benefício de poderem locá-la, fazendo parecer que não poderiam imaginar felicidade maior do que serem os inquilinos de Sir Walter Elliot. Um gosto extraordinário, certamente, se pudesse ser suposto que sabiam da estimativa que Sir Walter fazia do que era devido a inquilinos.

Foi bem-sucedido, contudo, e apesar de Sir Walter sempre considerar com maus olhos qualquer pessoa que pretendesse habitar aquela casa, e pensar que estaria levando vantagem ao ter a permissão de alugá-la pelo mais alto dos preços, foi convencido a deixar que o Sr. Shepherd prosseguisse com as negociações e autorizar que visitasse o Almirante Croft, que continuava em Taunton, e marcar um dia para que a casa fosse vista.

Sir Walter não era muito sábio, mas ainda assim, tinha experiência o suficiente para sentir que dificilmente apareceria um inquilino com menos objeções contra si, em tudo o que era essencial, do que o Almirante Croft parecia ser. Esta era a extensão de sua opinião, e sua vaidade era um pouco mais tranquilizadora, devido ao fato de a situação social do Almirante ser alta o suficiente, mas não alta demais. "Aluguei minha casa para o Almirante Croft" soaria extremamente bem, muito melhor do que para um mero "Sr."; um "Sr." (exceto, talvez, uma meia dúzia em toda a nação) sempre precisa de uma nota explicativa. Um almirante demonstra sua própria importância e, ao mesmo tempo, nunca pode fazer um baronete parecer pequeno. Em todas as suas negociações e interações, Sir Walter Elliot sempre teria a precedência.

Nada poderia ser feito sem perguntar a Elizabeth, mas estava se tornando tão inclinada a se mudar, que ficou feliz pela situação ter sido decidida e apressada pela existência de um inquilino, e nenhuma palavra para suspender a decisão foi dita por ela.

O Sr. Shepherd recebeu todos os poderes para agir, e assim que chegaram a tal conclusão, Anne, que havia sido a mais atenciosa das ouvintes durante toda a conversa, saiu da sala, para buscar o conforto do ar fresco para o rubor de suas faces; e, enquanto caminhava por uma de suas alamedas preferidas, disse, com um delicado suspiro:

– Mais alguns meses e ele, talvez, poderá estar caminhando por aqui.

Capítulo 4

Ele não era o Sr. Wentworth, antigo vigário de Monkford, por mais duvidosas que fossem as aparências, e sim Capitão Frederick Wentworth, seu irmão, que, tendo sido promovido a comandante, em consequência da batalha na costa de Santo Domingo, e não imediatamente empregado, havia vindo para o condado de Somerset, no verão de 1806 e, não tendo pais vivos, morou por seis meses em Monkford. Ele era, naquela época, um jovem assaz bem-apessoado, com muita inteligência, personalidade e brilhantismo; e Anne era uma garota extremamente bonita, com gentileza, modéstia, bom-gosto e sensibilidade. Metade de toda a atração, de ambos os lados, poderia ter sido o suficiente, pois ele não tinha nada para fazer, e ela não tinha quase ninguém para amar; mas o encontro de tantas recomendações não poderia falhar. Conheceram-se gradualmente e, quando já se conheciam, se apaixonaram rápida e profundamente. Seria difícil dizer qual dos dois havia visto mais perfeição no outro, ou tinha sido mais feliz: ela, ao receber as declarações e o pedido de casamento dele, ou ele, ao ser aceito.

Seguiu-se um curto período de deliciosa felicidade, mas curto ele foi. Problemas logo surgiram. Sir Walter, ao ser consultado, não negou seu consentimento, ou disse que isso jamais poderia acontecer, mas respondeu de forma completamente negativa e surpresa, com muita frieza e um longo silêncio, e declarou sua resolução de não fazer nada para ajudar a filha. Considerava tal aliança bastante degradante, e Lady Russell, apesar de expressar-se com um orgulho mais temperado e perdoável, julgava-a das mais desditosas.

Anne Elliot, com todas as suas qualidades de berço, beleza e mente, jogar a si mesma fora, aos dezenove anos; envolver-se, aos dezenove anos, em um noivado com um jovem que não tinha nada além de si mesmo para recomendar-se, e nenhuma esperança de obter influência, exceto as chances de uma profissão das mais incertas, e sem conexões para assegurar sua ascensão dentro de tal profissão, seria, sim, um desperdício, que Lady Russell lamentava cogitar! Anne Elliot, tão jovem, conhecida por tão poucos, ser levada embora por um estranho, sem aliança ou fortuna; ou, na verdade, ser rebaixada por ele a um estado de dependência dos mais extenuantes, aflitivos e cerceador de sua juventude! Não poderia ser, se pudesse ser impedido por qualquer interferência de amizade, qualquer declaração daquela que nutria por ela um amor quase que materno, e com direitos semelhantes aos de uma mãe.

O Capitão Wentworth não tinha fortuna. Havia tido sorte em sua profissão, mas, gastando facilmente o que havia vindo facilmente, não havia realizado nada. Mas estava confiante de que logo seria rico: cheio de vida e ardor, sabia que logo teria um navio e um cargo que o levaria a tudo o que sempre quisera. Ele sempre fora sortudo, e sabia que continuaria a ser. Tamanha confiança, poderosa por seu próprio entusiasmo, e potente pela inteligência com que costumava ser expressada, era o suficiente para Anne, mas Lady Russell a encarava de forma muito diferente. O temperamento otimista e a mente destemida dele tinham um efeito muito diferente sobre ela. Ela os considerava somente um agravamento dos males. Só acrescentava uma característica perigosa ao jovem. Ele era brilhante e teimoso. Lady Russell não tinha apreço pela perspicácia, e encarava com horror qualquer coisa que se aproximasse de imprudência. Detestou o relacionamento, sob todos os aspectos.

A oposição que tais sentimentos produziram foi maior do que Anne pôde combater. Jovem e gentil como era, poderia ter aguentado a má vontade do pai, ainda que não fosse atenuado por uma palavra ou um olhar gentis da irmã; mas Lady Russell, que amava e com quem contava, não podia ficar continuamente aconselhando-a em vão, com sua estabilidade de opiniões e ternura. Foi persuadida a considerar o noivado algo ruim: indiscreto, inadequado, dificilmente capaz de ser bem-sucedido e indigno. Mas não agiu com base só em uma cautela egoísta, ao colocar um fim em tudo. Se não houvesse imaginado que o fazia pelo bem dele, ainda mais do que pelo seu próprio, não teria conseguido abrir mão dele. A crença de estar sendo prudente e abnegada, principalmente pela vantagem dele, era seu principal consolo para a infelicidade da despedida, da despedida final; e todo consolo possível lhe era necessário, pois ela teve que enfrentar toda a dor adicional causada pelas opiniões dele, absolutamente não convencido e resoluto, sentindo-se maltratado por um término tão forçado. Ele havia saído do condado, em consequência disso.

Alguns meses se passaram entre o início e o fim do relacionamento entre os dois, mas o sofrimento de Anne por causa disso não se encerrou depois de poucos meses. Seu amor e arrependimento a impediram, por muito tempo, de aproveitar sua juventude, e uma perda precoce do frescor e da alegria havia sido o efeito duradouro dos mesmos.

Mais de sete anos haviam se passado desde o término desta pequena história de triste interesse; e o tempo havia atenuado muito, talvez quase que a totalidade, de seu afeto por ele, mas ela havia contado muito somente com o tempo, e não recebera nenhum auxílio de mudança de lugar (exceto uma visita a Bath, logo depois do término) ou socialização com novas pessoas. Ninguém havia entrado no círculo social de Kellynch, que se comparasse a Frederick Wentworth, tal como ela se lembrava dele. Nenhum segundo relacionamento, a única cura completamente natural, feliz e suficiente, em sua época de vida, havia sido possível para o refinamento de sua mente e a exigência de seu gosto, dentro dos pequenos limites da sociedade ao seu redor. Quando tinha mais ou menos vinte e um anos, havia recebido um pedido para que mudasse de sobrenome, do jovem que, não muito tempo depois, encontrou uma mente mais disposta em sua irmã caçula, e Lady Russell lamentou sua recusa, pois Charles Musgrove era o filho mais velho de um homem cujas terras e importância geral só perdiam, naquele condado, para as de Sir Walter, e que tinha boas personalidade e aparência. Apesar de Lady Russell ter pedido algo a mais, quando Anne tinha dezenove anos, ela teria ficado exultante ao vê-la, aos vinte e dois, levada, de forma tão respeitável, para longe das parcialidades e injustiças da casa de seu pai, e estabelecida permanentemente perto de si. Mas, neste caso, Anne não havia deixado nada a encargo de conselhos, e apesar de Lady Russell não desejar mudar o passado, estando tão satisfeita quanto sempre com sua própria decisão, começou a experimentar uma ansiedade quase que desesperançosa para que Anne se sentisse tentada, por algum homem de talento e independência financeira, a adentrar o estado civil para o qual considerava-a particularmente apropriada, devido a sua personalidade cálida e seus hábitos domésticos.

Uma não sabia a opinião da outra, sua constância ou suas mudanças, sobre o principal ponto da conduta de Anne, pois nunca faziam menção ao assunto; mas Anne, aos vinte e sete anos, pensava muito diferente do que havia sido levada a pensar aos dezenove. Não culpava Lady Russell, tampouco si mesma, por ter se deixado guiar por ela; mas sentia que se qualquer jovem, em circunstâncias semelhantes, pedisse seu conselho, nunca ouviria dela tamanha certeza de infelicidade imediata e incerteza de frutos futuros. Estava convencida de que, com todas as desvantagens de desaprovação por sua família, e todas as ansiedades ensejadas pela profissão dele, todos os seus prováveis medos, atrasos e decepções, ela teria sido uma mulher muito mais feliz se houvesse mantido o noivado, do que foi após tê-lo sacrificado. E nisto ela acreditava piamente, ainda que a parcela costumeira, ou até mais do que a parcela costumeira, de toda a preocupação e suspense lhes houvesse cabido, sem referência aos resultados reais do caso, caso este que, na verdade, teria lhes trazido prosperidade mais cedo do que poderiam ter imaginado. Todas as expectativas otimistas dele, toda a sua confiança, haviam sido justificadas. Seu brilhantismo e entusiasmo pareciam ter previsto e guiado seu caminho próspero. Ele havia, logo depois do término do noivado entre os dois, sido empregado, e tudo o mais que havia dito a ela que se seguiria, ocorreu. Havia se distinguido, e logo subido de posição, e deveria, agora, após sucessivas capturas de embarcações inimigas, ter juntado uma bela fortuna. Anne baseava suas informações somente em listas da Marinha e jornais, mas não podia duvidar de que ele estava rico; e, em favor de sua constância, não tinha motivos para acreditar que estivesse casado.

Quão eloquente Anne Elliot poderia ter sido! Quão eloquente, pelo menos, era sua opinião em favor de relacionamentos precoces e entusiasmados, e uma confiança alegre no futuro, em detrimento daquela cautela excessivamente ansiosa que parece sempre insultar o esforço e desconfiar da Providência! Havia sido forçada à prudência quando jovem, e aprendido o romance quando ficou mais velha: o resultado natural de um início antinatural.

Com todas estas circunstâncias, lembranças e sentimentos, não pôde ouvir dizer que a irmã do Capitão Wentworth provavelmente moraria em Kellynch, sem reavivar suas antigas dores; e muitas caminhadas, e muitos suspiros, foram necessários para afastar a agitação causada pela ideia. Frequentemente dizia a si mesma que era loucura, antes de conseguir controlar os nervos o suficiente para não considerar a contínua discussão sobre os Croft e seus negócios um mal. Foi auxiliada, contudo, pela total indiferença e aparente insensibilidade dos únicos três amigos conscientes do segredo de seu passado, que pareciam quase que negar qualquer memória do que havia acontecido. Podia fazer justiça à superioridade dos motivos de Lady Russell quanto a isso, em relação aos de seu pai e de Elizabeth; podia admirar os nobres motivos de sua calma, mas a atmosfera de esquecimento generalizado entre eles era altamente importante, de onde quer que tivesse surgido, e, caso o Almirante Croft realmente alugasse Kellynch Hall, ela se regozijava com a convicção que sempre lhe havia sido mais cara, de que o passado só era sabido por estes três, dentre todos os seus conhecidos, que não deixariam escapar uma única sílaba, ela acreditava, e confiava que, entre os parentes dele, somente o irmão com quem estivera morando havia ficado sabendo sobre seu curto noivado. Aquele irmão havia saído do condado há muito, era um homem sensato e, além disso, solteiro na época, de modo que ela acreditava inteiramente que nenhuma criatura teria ouvido a história da boca dele.

A irmã, a Sra. Croft, estivera fora da Inglaterra na época, acompanhando o marido lotado no exterior, e sua própria irmã, Mary, estivera na escola, quando tudo acontecera, e jamais admitira, devido ao orgulho de alguns, e à delicadeza de outros, que tinha o menor conhecimento dos eventos, após voltar.

Com tal apoio, ela esperava que o relacionamento entre ela e os Croft, que, com Lady Russell ainda residindo em Kellynch e Mary estabelecida a apenas cinco quilômetros de distância, deveria ser esperado, não precisaria ensejar qualquer embaraço.

Capítulo 5

Na manhã do dia marcado para que o Almirante e a Sra. Croft visitassem Kellynch Hall, Anne achou muito natural fazer sua caminhada quase que diária até a casa de Lady Russell, e ficar fora do caminho até que tudo terminasse, quando, então, achou perfeitamente natural lamentar ter perdido a oportunidade de vê-los.

O encontro das duas partes demonstrou ser altamente satisfatório, e decidiu a questão imediatamente. Ambas as damas estavam previamente dispostas a chegar a um acordo, e portanto não viram nada que não bons modos uma na outra; e, em relação aos cavalheiros, havia um bom humor tão cordial, uma liberalidade tão aberta e confiante, por parte do Almirante, que não pôde deixar de influenciar Sir Walter, que, além disso, havia sido incitado, através de lisonjas, a apresentar seu melhor e mais civilizado comportamento, devido às asseverações do Sr. Shepherd de que o Almirante havia ouvido dizer que ele era um exemplo de boa estirpe.

A casa e as terras, assim como a mobília, foram aprovadas, os Croft foram aprovados, os termos, o prazo, tudo e todos, estava correto; e os assistentes do Sr. Shepherd foram postos para trabalhar, sem ter havido uma única discordância preliminar, que modificasse tudo o que "o presente contrato prevê".

Sir Walter, sem hesitação, declarou que o Almirante era o marinheiro mais bonito que já havia conhecido, e chegou ao ponto e dizer que, se seu próprio criado pudesse cuidar do cabelo dele, não se sentiria envergonhado de ser visto com ele em lugar algum; e o Almirante, com sua cordialidade simpática, observou para a esposa, enquanto voltavam pelos jardins: "Pensei que logo chegaríamos a um acordo, minha querida, apesar do que nos foi dito em Taunton. O Baronete nunca irá botar fogo no Tâmisa, mas parece ser inofensivo". Elogios recíprocos, que poderiam ser estimados como iguais.

Os Croft tomariam posse da casa ao fim de setembro, e como Sir Walter havia proposto partirem para Bath durante o mês anterior a este, não havia tempo a perder para fazer todos os arranjos faltantes.

Lady Russell, convencida de que não permitiriam que Anne fosse de qualquer valia ou importância na escolha da casa que iriam alugar, não estava nem um pouco disposta a deixar que se fosse tão cedo, e queria fazer com que fosse possível para que ficasse até que ela mesma pudesse levá-la a Bath antes do Natal; mas, visto que tinha seus próprios compromissos, que a fariam com que ficasse longe de Kellynch por diversas semanas, não pôde fazer o convite completo que desejava, e Anne, apesar de recear o possível calor de setembro, no clima quente de Bath, e de lamentar abrir mão da influência tão doce e tão triste dos meses outonais no campo, não pensava que, considerando-se tudo, queria ficar. Seria mais correto e mais sábio, e, portanto, envolveria menos sofrimento, ir com os outros.

Algo ocorreu, contudo, que a fez assumir outro dever. Mary, frequentemente um tanto indisposta, e sempre levando suas próprias moléstias muito a sério, e também tendo o hábito de chamar Anne quando houvesse qualquer coisa de errado, estava enferma; e, prevendo que não teria um único dia de boa saúde em todo o outono, pediu, ou, na verdade, exigiu, pois dificilmente era um pedido, que fosse até Uppercross Cottage e lhe fizesse companhia por tanto tempo quanto precisasse, ao invés de ir a Bath.

– Não posso ficar sem Anne, de jeito algum – era o raciocínio de Mary; e a resposta de Elizabeth foi:

– Neste caso, tenho certeza que será melhor que Anne fique, pois ninguém precisará dela em Bath.

Ser reivindicada como algo bom, ainda que em um estilo inadequado, é, pelo menos, melhor do que ser rejeitada como algo que não serve para nada; e Anne, feliz por ser considerada de alguma utilidade, contente por ter um dever para cumprir, e certamente não lamentando ter que cumpri-lo no interior, e em seu próprio condado, prontamente concordou em ficar.

O convite de Mary acabou com todas as dificuldades de Lady Russell, e foi logo acordado, consequentemente, que Anne não iria a Bath até que Lady Russell a levasse, e que todo o intervalo seria dividido entre Uppercross Cottage e Kellynch Lodge.

Até então, tudo estava perfeitamente certo; mas Lady Russell foi surpreendida pela injustiça de uma parte do plano de Kellynch Hall, quando ficou sabendo disso, que consistia na Sra. Clay ter sido convidada para ir a Bath com Sir Walter e Elizabeth, na qualidade de assistente das mais importantes e valiosas para esta última, em relação a todos os assuntos dos quais tinha que tratar. Lady Russell deplorou profundamente o fato de terem recorrido a tal medida, indagou-se, lamentou-se e temeu; e a afronta que isso representava para Anne, a Sra. Clay ser de tamanha utilidade, quando Anne não tinha nenhuma, era um agravante dos mais doloridos.

A própria Anne já havia se acostumado com tais afrontas, mas sentiu a imprudência do arranjo quase que tão agudamente quanto

Lady Russell. Com muita observação silenciosa e um conhecimento da personalidade de seu pai, que frequentemente desejava ter menos, estava ciente de que resultados dos mais sérios para sua família, em decorrência de tal amizade, eram mais do que possíveis. Ela não imaginava que seu pai tinha, naquele momento, qualquer ideia do tipo. A Sra. Clay tinha sardas, um dente protuberante e mãos desastradas, sobre os quais ele constantemente fazia observações severas, na ausência daquela senhora; mas ela era jovem, e certamente bem-apessoada, no geral, e possuía, com sua mente afiada e modos agradáveis e assíduos, atrações infinitamente mais perigosas do que quaisquer características meramente pessoais poderiam ser. Anne estava tão impressionada com o grau do perigo, que não pôde deixar de tentar fazer com que sua irmã o percebesse. Tinha poucas esperanças de ser bem-sucedida, mas Elizabeth, que sofreria muito mais do que a própria Anne, caso tal revés realmente acontecesse, nunca teria motivo para admoestá-la por não tê-la avisado.

Falou, e pareceu apenas ofender. Elizabeth não conseguia imaginar como uma suspeita tão absurda podia ter ocorrido à irmã, e assegurou, indignada, que cada parte sabia perfeitamente de sua própria situação.

– A Sra. Clay – disse ela, acaloradamente – nunca esquece seu lugar; e como estou muito mais familiarizada com os sentimentos dela do que você, posso lhe assegurar que são particularmente agradáveis no que tange ao assunto de casamento, e que ela reprova a desigualdade de condição e status mais fortemente do que a maioria das pessoas. E quanto ao papai, jamais pensaria que pudessem suspeitar dele, que permaneceu solteiro por tanto tempo, pelo nosso bem. Se a Sra. Clay fosse uma mulher muito bela, admito, poderia ser errado mantê-la por tanto tempo em minha companhia; não que qualquer coisa neste mundo, estou certa, induziria papai a uma união degradante, mas ele poderia ficar infeliz. Mas a pobre Sra. Clay, que, com todos os seus méritos, nunca poderia ser considerada toleravelmente bonita, penso mesmo que a pobre Sra. Clay poderá se hospedar conosco na maior segurança. Seria de se imaginar que você nunca ouviu papai falar sobre os infortúnios pessoais dela, apesar de saber que deve ter ouvido, pelo menos cinquenta vezes. Aquele dente dela, e as sardas. Sardas não me enojam tanto quanto a ele. Já vi rostos que não foram tão desfigurados por algumas, mas ele as abomina. Já deve ter ouvido ele reparar nas sardas da Sra. Clay.

– É difícil haver um defeito pessoal – respondeu Anne – que modos agradáveis não possam fazer com que sejam gradualmente aceitos.

– Penso de forma muito diferente – respondeu Elizabeth, bruscamente. – Modos agradáveis podem realçar feições bonitas, mas nunca alteram as insossas. Contudo, de qualquer forma, visto que tenho mais a perder com esta questão do que qualquer outra pessoa, creio que seja um tanto quanto desnecessário que você me aconselhe.

Anne havia feito o que se propusera fazer; ficou satisfeita por ter terminado, e não estava totalmente desesperançosa de ter tido algum efeito. Elizabeth, apesar de se ressentir das suspeitas, ainda poderia ficar atenta por causa delas.

A última tarefa dos quatro cavalos da carruagem era levar Sir Walter, a Srta. Elliot e a Sra. Clay até Bath. O grupo partiu de muito bom humor, Sir Walter preparado para fazer reverências condescendentes a todos os inquilinos e aldeões sofredores que dessem as caras, e Anne caminhou, ao mesmo tempo, em um tipo de tranquilidade desolada, até a casa de Lady Russell, onde passaria a primeira semana.

Sua amiga não estava mais alegre do que ela mesma. Lady Russell lamentava enormemente a separação da família. A respeitabilidade deles lhe era tão cara quanto a sua própria, e interações diárias haviam se tornado preciosas pelo hábito. Lhe doía olhar os jardins desertos, e era ainda pior pensar sobre as novas mãos nas quais cairiam; então, para escapar da solidão e da melancolia de um vilarejo tão alterado, e ficar fora do caminho quando o Almirante e a Sa. Croft chegassem, havia se decidido a ausentar-se de casa no momento em que Anne partisse. Deste modo, ambas saíram juntas, e Anne foi deixada em Uppercross Cottage, na primeira parte da viagem de Lady Russell.

Uppercross era um vilarejo de tamanho moderado, o qual, há alguns anos, estivera completamente no estilo antigo inglês, contendo somente duas casas de aparência superior às dos pequenos donos de terras e trabalhadores braçais: a mansão do fidalgo, o cavalheiro mais distinto da vila, com suas altas paredes, grandes portões e velhas árvores, sólida e antiquada, e o vicariato compacto e pequeno, circundado por seu próprio jardim organizado, com trepadeiras e uma pereira ao redor dos caixilhos das janelas. Porém, por ocasião do casamento do jovem cavalheiro, a casa havia sido reformada, deixando de ser uma casa de fazenda, e transformando-se em um chalé, para que lá ele residisse, e Uppercross Cottage, com sua varanda, janelas em estilo francês e outras belezas, chamaria a atenção de viajantes tanto quanto o aspecto e as instalações mais consistentes e consideráveis do casarão principal, localizado a menos de um quilômetro de distância.

Anne costumava hospedar-se lá com frequência. Conhecia o modo como as coisas eram feitas em Uppercross tão bem quanto em Kellynch. As duas famílias encontravam-se tão continuamente, estavam tão acostumadas a entrar e sair das casas uns dos outros, a todas as horas do dia, que foi uma surpresa para Anne encontrar Mary sozinha. Porém, estando sozinha, era quase certo que estaria indisposta e desanimada. Apesar de ter uma melhor constituição física do que a irmã mais velha, Mary não tinha a mente ou o temperamento de Anne. Quando estava bem e feliz, e adequadamente cuidada, tinha um ótimo humor e uma personalidade excelente; mas qualquer indisposição fazia com que se abatesse completamente. Não tinha recursos para lidar com a solidão e, tendo herdado uma parcela considerável da vaidade dos Elliot, era propensa a aumentar todos os outros problemas, pensando que estava sendo negligenciada e maltratada. Quanto a sua aparência, era inferior a ambas as irmãs, e mesmo no auge de sua juventude, só havia alcançado a dignidade de ser "uma garota bem-apessoada". Estava, agora, deitada no sofá gasto da bonita salinha de estar, cuja mobília, outrora elegante, estava gradualmente se desgastando, sob a influência de quatro verões e duas crianças. E, ao ver Anne aparecer, recebeu-a com a seguinte exclamação:

– Então você finalmente veio! Começava a pensar que nunca a veria. Estou tão doente que mal consigo falar. Não vi uma única criatura a manhã toda!

– Sinto muito encontrá-la indisposta – respondeu Anne. – Mandou-me notícias tão boas de si mesma, na quinta-feira!

– Sim, amenizei a situação; sempre o faço. Mas estava longe de estar bem, naquele momento, e não acho que já estive tão doente na minha vida, quanto estive esta manhã. Absolutamente incapaz de ser deixada sozinha, tenho certeza. E se tivesse tido algum mal súbito, de um jeito horrível, e não conseguisse tocar o sino! Quer dizer que Lady Russell não quis sair da carruagem. Não creio que tenha entrado em minha casa mais do que três vezes, neste verão.

Anne fez uma observação adequada, e perguntou sobre seu marido.

– Oh, Charles saiu para caçar. Não o vejo desde as sete horas. Insistiu em ir, apesar de ter dito a ele como estava mal. Ele me disse que não ficaria muito tempo fora, mas não voltou mais, e já é quase uma da tarde. Asseguro-lhe que não vi vivalma, durante a manhã inteira.

– Seus menininhos ficaram com você?

– Sim, enquanto aguentei o barulho que fazem; mas são tão impossíveis de se controlar, que fazem mais mal do que bem. O pequeno Charles não ouve uma palavra que digo, e Walter está ficando tão difícil quanto ele.

– Bom, agora vai melhorar logo – respondeu Anne, alegremente. – Sabe que sempre te curo, quando chego. Como estão seus vizinhos no casarão principal?

– Não posso dar notícia alguma sobre eles. Não vi nenhum deles hoje, exceto o Sr. Musgrove, que parou e falou comigo pela janela, mas sem desmontar do cavalo. E apesar de contar a ele como me sentia mal, nenhum deles chegou perto de mim. Não foi conveniente para as Srtas. Musgrove, suponho eu, e elas nunca fazem o menor esforço.

– Ainda as verá, talvez, antes de a manhã acabar. Está cedo.

– Nunca preciso delas, garanto. Falam e riem demais, para mim. Oh, Anne, estou tão mal! Foi muita crueldade sua, não vir na quinta-feira.

– Minha querida Mary, lembre-se das notícias boas que me mandou sobre seu estado! Escreveu da forma mais alegre, disse que estava perfeitamente bem e que não precisava me apressar; assim, deveria ter sabido que meu desejo era ficar com Lady Russell até o último dia, e além de me preocupar com ela, estive tão ocupada, com tantos afazeres, que não podia ter partido de Kellynch mais cedo.

– Puxa vida! Quantas coisas você pode ter tido para fazer?

– Muitas, garanto. Mais do que consigo me lembrar agora, mas posso te contar algumas. Estive fazendo uma cópia do catálogo dos livros e dos quadros do papai. Estive diversas vezes no jardim com Mackenzie, tentando entender, e fazê-lo entender, quais das plantas da Elizabeth eram para Lady Russell. Tive todas as minhas próprias coisinhas para acertar, livros e músicas para dividir, e todos os meus baús para refazer, por não ter compreendido a tempo o que deveria ir nos vagões. E uma coisa tive que fazer, Mary, de natureza mais árdua: visitar quase todas as casas da paróquia, como um tipo de despedida. Me foi dito que eles o desejavam. Mas todas essas coisas levaram bastante tempo.

– Oh! Bem! – E, depois de uma pausa momentânea, disse: – Mas nunca me perguntou uma palavra sobre nosso jantar com a família Poole ontem.

– Então vocês foram? Não perguntei porque concluí que você teria sido obrigada a se ausentar da festa.

– Oh, sim, fui! Estava muito bem, ontem, não havia nada de errado comigo até esta manhã. Teria sido estranho, se eu não houvesse ido.

– Fico muito feliz por você ter estado bem o suficiente, e espero que tenha sido uma festa agradável.

– Nada notável. Sempre se sabe de antemão o que terá para o jantar, e quem estará lá; e é tão desconfortável não ter uma carruagem própria. O Sr. e a Sra. Musgrove me levaram, e ficamos tão apertados! Ambos são tão grandes, e ocupam tanto espaço; e o Sr. Musgrove sempre se senta na frente. Então, lá estava eu, espremida no banco de trás com Henrietta e Louisa, e acho muito provável que isso seja o motivo de minha doença de hoje.

Um pouco mais de paciência perseverante e alegria forçada por parte de Anne quase que curaram Mary. Logo já conseguia sentar-se reta no sofá, e começou a nutrir a esperança de poder sair dele antes da hora do jantar. Então, esquecendo-se de pensar sobre o assunto, foi até o outro lado da sala, embelezar um arranjo de flores. Depois disso, comeu os frios que lhe haviam sido servidos, e logo estava bem o suficiente para propor uma pequena caminhada.

– Aonde iremos? – disse ela, quando estavam prontas. – Suponho que não gostaria de visitar o casarão principal antes de eles terem vindo vê-la?

– Não faço a menor objeção nesse sentido – respondeu Anne. – Nunca faria tanta cerimônia com pessoas que conheço tão bem quanto a Sra. e as Srtas. Musgrove.

– Oh, mas elas precisam vir visitá-la assim que possível! Devem estar cientes do que lhe é devido como minha irmã. Contudo, creio que possamos ir nos sentar com elas um pouquinho e, quando terminarmos, podemos aproveitar nosso passeio.

Anne sempre pensara que aquele tipo de interação era altamente imprudente, mas havia desistido de tentar controlá-lo, acreditando que, apesar de haver, de ambos os lados, contínuos motivos de ofensa, nenhuma família conseguiria agir de outro modo. Então, para o casarão principal elas foram, para passar meia hora na sala de estar quadrada e antiquada, com um pequeno tapete e piso encerado, à qual as atuais filhas da casa davam um ar de confusão, com um piano e uma harpa, vasos de flores e pequenas mesas colocadas por todos os cantos. Ah, pudessem os originais dos retratos pendurados no lambril, pudessem os cavalheiros vestidos de veludo marrom e as damas de cetim azul ver o que estava acontecendo, ter consciência de tamanha subversão de toda ordem e organização! Os retratos pareciam encarar, atônitos.

A família Musgrove, como sua casa, estavam em um estado de alteração, talvez de melhoria. O pai e a mãe seguiam o estilo inglês antigo, e os jovens o estilo novo. O Sr. e a Sra. Musgrove eram pessoas muito boas: amigáveis e hospitaleiras, não muito educadas, e nem um pouco elegantes. Seus filhos tinham mentes e modos mais modernos. Era uma família numerosa, mas as únicas duas adultas, sem contar Charles, eram Henrietta e Louisa, duas jovens de dezenove e vinte anos, que haviam trazido da escola em Exeter todo o costumeiro acervo de habilidades, e agora eram como milhares de outras jovens, concentradas somente em serem elegantes, felizes e alegres. Suas roupas eram de qualidade, seus rostos um tanto quanto bonitos, seus humores extremamente bons e seus modos cândidos e agradáveis; eram consideradas importantes em casa, e admiradas fora dela. Anne sempre as considerara umas das criaturas mais felizes que conhecia, mas ainda assim, salvos como todos somos, por algum sentimento de superioridade, de desejar a possibilidade de trocar de vida com os outros, ela não teria aberto mão de sua mente mais elegante e cultivada, nem por todas as alegrias das duas irmãs, e não invejava nelas coisa alguma, além daquela compreensão aparentemente perfeita, convivência e afeição mútua entre as duas, que havia experimentado pouco com qualquer uma de suas próprias irmãs.

Foram recebidas com muita cordialidade. Nada parecia errado por parte da família do casarão, que geralmente era a parte que tinha menos culpa, como Anne bem sabia. A meia hora passou em um bate-papo agradável, e Anne não ficou nem um pouco surpresa, ao final da mesma, quando as duas Srtas. Musgrove se juntaram ao passeio, mediante um convite específico de Mary.

Capítulo 6

Anne não precisara daquela visita a Uppercross para descobrir que mudar de um grupo de pessoas para outro, apesar de uma distância de só cinco quilômetros, frequentemente inclui uma mudança total de conversas, opiniões e ideias. Nunca se hospedara com eles antes sem se surpreender com tal fato, ou sem desejar que outros membros da família Elliot pudessem ter a vantagem de ver como os assuntos que eram tratados em Kellynch Hall como notórios e de extremo interesse eram desconhecidos ou desconsiderados em Uppercross. Ainda assim, com toda a sua experiência, ela acreditava que agora teria que se sujeitar a outra lição, sobre a arte de reconhecer sua própria insignificância fora de seu círculo íntimo; pois certamente, tendo vindo com seu coração carregado do assunto que havia ocupado completamente ambas as casas em Kellynch, por diversas semanas, esperara muito mais curiosidade e simpatia do que havia recebido, com as observações separadas, porém bem semelhantes, do Sr. e da Sra. Musgrove:

– Então, Srta. Anne, Sir Walter e sua irmã se foram; e em que parte de Bath acha que vão se estabelecer? – Sem esperar muito por uma resposta, as jovens acrescentaram:

– Espero que possamos ir a Bath no inverno, mas lembre-se, papai, se formos, precisamos ficar bem localizadas, nada de casas em Queen Square para nós! – Ao que Mary complementou, ansiosamente:

– Meu Deus, ficarei muito bem, quando vocês todos tiverem partido para se divertir em Bath!

Anne só pôde decidir evitar se enganar novamente no futuro, e pensar com renovada gratidão na extraordinária bênção de ter uma amiga como Lady Russell, que verdadeiramente simpatizava com sua situação.

A família Musgrove tinha sua própria caça para proteger e destruir, seus próprios cavalos, cachorros e jornais para distraí-la, e as mulheres ocupavam-se inteiramente com todos os outros assuntos comuns de uma casa, seus vizinhos, roupas, dança e música. Anne reconhecia ser bastante apropriado que cada pequeno reino social ditasse seus próprios assuntos de conversa, e esperava logo se tornar um membro digno daquele para o qual havia sido transplantada. Com a perspectiva de passar pelo menos dois meses em Uppercross, era seu dever preencher sua imaginação, memória e todas as suas ideias com Uppercross, o máximo que conseguisse.

Não temia esses dois meses. Mary não era tão detestável ou uma irmã tão ruim quanto Elizabeth, nem tão inacessível à sua influência; tampouco havia qualquer coisa, nas outras partes do chalé, tão contrária ao conforto. Sempre estivera em bons termos com seu cunhado, e as crianças, que a amavam quase tanto quanto a mãe, e a respeitavam muito mais, lhe eram objetos de interesse, diversão e exercício saudável.

Charles Musgrove era cortês e agradável; em bom senso e temperamento, indubitavelmente superior à esposa, mas não tinha poderes de conversação ou graciosidade o suficiente para tornar o passado, que os conectava todos, uma contemplação perigosa. Ao mesmo tempo, Anne podia acreditar, assim como Lady Russell, que uma união um pouco mais igualitária poderia tê-lo feito se aprimorar, e que uma mulher de verdadeiro discernimento poderia ter aquilatado sua personalidade e propiciado mais utilidade, racionalidade e elegância a seus hábitos e interesses. Do jeito como as coisas eram, ele não fazia nada com muito zelo, exceto praticar esportes, e o resto de seu tempo era desperdiçado, sem se beneficiar de leituras ou qualquer outra coisa. Tinha um humor muito bom, que nunca parecia ser muito afetado pelo ocasional desânimo de sua esposa, aguentando seu comportamento desarrazoado de forma admirável para Anne e, no todo, apesar de costumar haver pequenas discussões (nas quais ela participava mais do que queria, a pedido de ambas as partes), eles poderiam se fazer passar por um casal feliz. Sempre estavam de pleno acordo quanto à falta de dinheiro, e tinham uma forte inclinação para desejar grandes presentes do pai dele; mas neste ponto, assim como na maioria deles, ele tinha a superioridade, pois apesar de Mary achar uma vergonha tal presente não ser dado, ele sempre ponderava o fato de seu pai ter muitas outras utilidades para seu dinheiro, e o direito de gastá-lo como quisesse.

Quanto aos cuidados com seus filhos, a teoria dele era muito melhor do que a da esposa, e sua prática não era tão ruim. "Eu poderia controlá-los muito bem, não fosse pela interferência de Mary", era o que Anne frequentemente o ouvia dizer, e acreditava bastante. Mas, ao ouvir, por sua vez, a admoestação de Mary, de que "Charles mima tanto as crianças, que não consigo colocá-los em ordem", Anne nunca se sentia nem um pouco tentada a dizer: "Isso é bem verdade".

Uma das circunstâncias menos agradáveis de sua estadia lá era o fato de que todos lhe faziam confidências demais, e lhe revelavam demasiadas reclamações privadas da família. Como era sabido que tinha alguma influência sobre sua irmã, pediam-lhe continuamente, ou pelo menos lhe faziam insinuações, para que a exercesse, além do que seria praticável. "Gostaria que persuadisse Mary a parar de imaginar que está doente o tempo todo", era o que Charles lhe dizia; e, de mau humor, Mary falava: "Acredito que se Charles me visse morrendo, não acharia que há nada de errado comigo. Estou certa, Anne, que se tentasse, poderia persuadi-lo de que estou mesmo muito doente, muito mais do que demonstro".

A declaração de Mary era: "Odeio mandar as crianças para o casarão principal, apesar de sua avó estar sempre esperando a visita deles, pois ela os mima e faz todos os seus gostos, dando-lhes tantas porcarias e doces, que sempre voltam passando mal e mau humorados pelo resto do dia". E a Sra. Musgrove aproveitava a primeira oportunidade de encontrar-se sozinha com Anne para dizer: "Oh, Srta. Anne, como queria que a Sra. Charles tivesse um pouco do seu jeito com as crianças. São criaturas completamente diferentes quando estão com você! No geral, são tão mimadas! É uma pena não conseguir fazer com que sua irmã as controle. São as crianças mais saudáveis que já vi, pobrezinhas! Sem parcialidade. Mas a Sra. Charles não sabe como deveriam ser tratadas. Meu Deus, como são levadas, às vezes! Garanto, Srta. Anne, que isso impede que eu as queira ver em nossa casa com tanta frequência como gostaria, se fossem diferentes. Acredito que a Sra. Charles não fica muito satisfeita com o fato de eu não as convidar mais vezes; mas você sabe que é muito ruim cuidar de crianças que se é obrigada a controlar a todo momento: 'não faça isso', e 'não faça aquilo', ou que só se consegue manter em ordem oferecendo mais bolo do que deveriam comer".

Além disso, recebeu a seguinte informação de Mary: "A Sra. Musgrove pensa que todos os seus criados são tão fieis, que seria uma traição questionar sua lealdade, mas tenho certeza, sem exagero, de que sua criada principal e sua lavadeira, ao invés de trabalharem, ficam passeando pelo vilarejo, o dia todo. As encontro por onde for, e declaro que nunca entro duas vezes no quarto de meus filhos sem vê-las. Se Jemima não fosse a criatura mais confiável e constante do mundo, isso seria o suficiente para fazê-la desandar, pois ela me diz que as duas ficam o tempo todo tentando convencê-la a ir passear com elas". E a Sra. Musgrove, por sua vez, dizia: "Faço questão de nunca interferir com nenhum assunto de minha nora, pois sei que isso seria inaceitável. Mas te digo, Srta. Anne, porque você pode corrigir as coisas, que não tenho uma opinião muito boa da babá da Sra. Charles: ouço histórias estranhas sobre ela, está sempre vagueando por aí. E sei pessoalmente que se veste de forma tão fina, que é o suficiente para estragar todos os criados de quem se aproxima. A Sra. Charles põe muita confiança nela, eu sei, mas te darei somente uma dica, para que fique atenta, pois se vislumbrar qualquer coisa de errado, não precisa ficar com medo de mencionar".

Novamente Mary reclamou que a Sra. Musgrove tinha o costume de não lhe dar a primazia que lhe era devida, quando jantavam no casarão principal, com outras famílias, e não via motivo para ser considerada tão parte da família, a ponto de perder sua posição social. E, um dia, quando Anne caminhava só com as mulheres da família Musgrove, enquanto uma delas falava sobre posição social, pessoas de alta posição e inveja da posição dos outros, disse: "Não tenho escrúpulos em observar para a senhorita quão absurdas algumas pessoas são, no que tange a sua posição, porque todo mundo sabe como a senhorita é tranquila e indiferente quanto a este assunto; mas gostaria que alguém pudesse dar uma dica a Mary, de que seria muito melhor se ela não fosse tão tenaz, especialmente se não ficasse tentando passar na frente de mamãe e ocupar seu lugar. Ninguém duvida que ela tenha o direito de ter precedência em relação à mamãe, mas seria mais digno se ela não ficasse o tempo todo insistindo nisso. Não é que mamãe se importe com isso, mas sei que muitas pessoas reparam".

Como Anne poderia corrigir todas estas questões? Podia somente ouvir pacientemente, atenuar cada reclamação e inventar desculpas, de uma parte para a outra, além de sugerir a todos a paciência necessária entre vizinhos tão próximos, e enfatizar as sugestões que fossem em benefício de sua irmã.

Em todos os outros aspectos, sua visita começou e prosseguiu muito bem. Seu próprio humor havia sido melhorado pela mudança de ares e assuntos, por estar a cinco quilômetros de distância de Kellynch. Os achaques de Mary diminuíram com a presença de uma companheira constante, e suas interações diárias com a outra família, já que não havia nem muito afeto, confidências ou afazeres no chalé que as interrompesse, eram sempre uma vantagem. Foram certamente intensificadas ao máximo, pois se encontravam todas as manhãs, e raramente passavam uma noite separados; mas Anne acreditava que não teriam passado tão bem sem a visão das respeitáveis silhuetas do Sr. e da Sra. Musgrove em seus lugares de costume, ou sem as conversas, risadas e cantorias de suas filhas.

Anne tocava piano muito melhor do que qualquer uma das Srtas. Musgrove, mas, não tendo uma boa voz, conhecimento de harpa ou pais amorosos, que a assistissem e se declarassem deleitados, sua performance não era tida em alta conta, somente por educação ou para que as outras pudessem descansar, disso ela estava bem ciente. Sabia que, quando tocava, só dava prazer a si mesma, mas esta não era uma sensação inusitada. Exceto por um período de sua vida, ela nunca havia, desde que tinha quatorze anos, desde a morte de sua amada mãe, experimentado a felicidade de ser ouvida ou encorajada, por qualquer apreciação justa ou verdadeiro bom gosto. Na música, ela se acostumara a se sentir sozinha no mundo, e a parcialidade afetuosa do Sr. e da Sra. Musgrove pelas performances de suas próprias filhas, e absoluta indiferença pela de qualquer outra pessoa, dava a Anne muito mais prazer, por eles, do que ultraje por si mesma.

O grupo do casarão principal era, às vezes, aumentado por outros visitantes. A vizinhança não era grande, mas a família Musgrove era visitada apor todos, e oferecia mais jantares, recebia mais visitantes, por convite e por acaso, do que qualquer outra família. Era mais completamente popular.

As jovens eram loucas por dançar, e as noites ocasionalmente terminavam em um pequeno baile espontâneo. Alguns primos moravam a uma distância de Uppercross que podia ser percorrida a pé, em circunstâncias menos afluentes, e que dependiam da família Musgrove para todos os seus prazeres: apareciam a qualquer hora, e ajudavam a tocar qualquer instrumento, ou a dançar em qualquer lugar. E Anne, que preferia muito o cargo de música do que um mais ativo, tocava músicas campestres para eles, por horas a fio, gentileza esta que sempre fazia com que seus dotes musicais fossem observados pelo Sr. e pela Sra. Musgrove, muito mais do que qualquer outra coisa, e frequentemente ensejava o seguinte elogio:

– Muito bem, Srta. Anne! Muito bem, mesmo! Deus meu, como esses seus dedinhos voam pelas teclas!

Desta maneira, as primeiras três semanas se passaram. Chegou o fim de setembro, e então o coração de Anne estava em Kellynch, novamente. Um amado lar transferido para terceiros; todos os preciosos cômodos, a mobília, as alamedas e as vistas, acolhendo novos olhos e membros! Ela não conseguia pensar em muitas outras coisas, no dia 29 de setembro, e ouviu a seguinte observação empática de Mary, que, percebendo em que dia estavam, exclamou:

– Deus do céu, não é hoje que os Croft chegam em Kellynch? Fico feliz por não ter pensado nisso antes. Como me deixa triste!

Os Croft tomaram posse da casa com a típica pontualidade naval, e precisavam ser visitados. Mary deplorava tal necessidade; ninguém sabia como ela sofreria; adiaria o máximo possível. Porém, não descansou até convencer Charles a levá-la até lá na carruagem, logo nos primeiros dias, e estava em um estado de agitação imaginária bastante animado e confortável quando retornou. Anne havia ficado sinceramente contente por não ter podido ir. Desejava, contudo, ver os Croft, e ficou feliz por estar em casa quando retribuíram a visita. Quando chegaram, o chefe da família não estava em casa, mas as duas irmãs estavam juntas. Tendo a Sra. Croft ficado a cargo de Anne, enquanto o Almirante sentara-se ao lado de Mary, e agradava-a dando sua atenção bem-humorada a seus meninos, ela pôde procurar alguma semelhança, senão em suas feições, em sua voz, personalidade ou forma de se expressar.

A Sra. Croft, apesar de não ser nem alta, nem gorda, tinha uma constituição robusta, ereta e vigorosa, que dava importância à sua pessoa. Tinha olhos escuros e brilhantes, dentes bonitos e um rosto agradável, no geral; apesar disso, sua pele avermelhada e castigada pelo tempo, consequência de ter passado quase tanto tempo no mar quanto seu marido, a fazia parecer ter vivido alguns anos a mais do que seus verdadeiros trinta e oito anos. Seus modos eram francos, tranquilos e decididos, como os de uma pessoa que não desconfiava de si mesma e não duvidava do que tinha que fazer, sem qualquer traço de aspereza, contudo, ou qualquer falta de bom humor. Anne formou uma alta opinião sobre ela, por ter demonstrado muita consideração para consigo em tudo o que se relacionava a Kellynch, e isso a agradou, especialmente por ter se assegurado, nos primeiros trinta segundos, no momento em que foram apresentadas, na verdade, de que a Sra. Croft não sabia nem suspeitava de nada que a fizesse ter qualquer tipo de predisposição. Anne estava bem certa quanto a isso, e consequentemente cheia de força e coragem, até que foi pega de surpresa pela seguinte fala da Sra. Croft:

– Descobri que foi você, e não sua irmã, que meu irmão teve o prazer de conhecer quando esteve neste condado.

Anne esperava estar velha demais para ruborizar, mas com certeza não havia passado da idade de ter emoções.

– Talvez não tenha ficado sabendo que ele se casou? – acrescentou a Sra. Croft.

Agora Anne podia dar a resposta que deveria, e ficou feliz em perceber, quando as próximas palavras da Sra. Croft explicaram que ela se referia ao Sr. Wentworth, que não havia dito nada que não pudesse servir para qualquer um dos irmãos. Sentiu imediatamente o quão razoável era a Sra. Croft estar pensando e falando sobre Edward, e não Frederick; e, envergonhada de seu próprio esquecimento, dedicou-se a saber mais sobre o estado atual de seu antigo vizinho com um interesse adequado.

O restou passou-se tranquilamente, até que, logo após terem se levantado, Anne ouviu o Almirante dizer a Mary:

– Estamos esperando a chegada de um irmão da Sra. Croft em breve; ouso dizer que já o conhece de nome.

Foi interrompido pelos animados ataques dos menininhos, que se agarravam a ele como a um velho amigo, implorando que não fosse embora; e, concentrado demais nos pedidos para que ele os levasse dentro de seus bolsos, e etc., não teve tempo de terminar ou de se lembrar do que havia começado a falar. Anne precisou persuadir a si mesma, o melhor que pôde, de que ele ainda se referia àquele mesmo irmão. Não conseguiu, contudo, chegar a um grau de certeza que a não deixasse ansiosa para saber se algo não havia sido dito sobre o assunto na outra casa, que os Croft haviam visitado antes.

O pessoal do casarão principal ia passar aquela noite no chalé, e, sendo tarde demais no ano para que tais visitas fossem feitas a pé, os habitantes deste último começaram a prestar atenção para tentar ouvir os sons da carruagem, quando a Srta. Musgrove mais jovem entrou sozinha. A primeira ideia, desanimadora, foi de que ela estava vindo pedir desculpas, e que eles teriam que passar a noite sozinhos, e Mary estava pronta para se sentir afrontada, quando Louisa a apaziguou, dizendo que só havia vindo a pé para dar espaço para a harpa, que estava sendo trazida na carruagem.

– E vou contar nosso motivo, – acrescentou ela, – e tudo sobre ele. Vim avisar vocês que papai e mamãe estão acabrunhados, esta noite, especialmente mamãe; ela está pensando tanto no pobre Richard! Então, concordamos que seria melhor trazermos a harpa, pois parece diverti-la mais do que o piano. Vou lhes contar por que ela está triste. Quando os Croft nos visitaram esta manhã (eles passaram aqui depois, não foi?), mencionaram que o irmão dela, o Capitão Wentworth, acabou de voltar para a Inglaterra, ou foi dispensado, ou algo assim, e virá visitá-los quase que imediatamente. E, por azar, ocorreu a mamãe, depois que partiram, que Wentworth, ou algo muito parecido, era o nome do capitão do pobre Richard, em algum ponto de sua carreira; não sei quando, nem onde, mas muito tempo antes de ele morrer, pobrezinho! Então, ao reler as cartas e vasculhar as coisas dele, ela descobriu que era, mesmo, e está perfeitamente convencida de que este deve ser o próprio, e não consegue parar de pensar nisso e no pobre Richard! Por isso, precisamos do máximo de animação que pudermos, para que ela não fique remoendo estas coisas tão deprimentes.

As verdadeiras circunstâncias desta parte patética da história da família eram que os Musgrove haviam tido o infortúnio de ter um filho muito problemático e incorrigível, e a sorte de perdê-lo antes que fizesse vinte anos. Ele havia sido mandado para o alto mar por ser burro e incontrolável em terra; ninguém da família ligara muito para ele antes disso, apesar de se importarem tanto quanto ele merecia. Pouco se ouvira falar dele, e quase ninguém sentira sua falta, até que a notícia de sua morte no exterior chegara a Uppercross, dois anos antes.

Ele havia sido, apesar de suas irmãs agora estarem fazendo o que podiam por ele, chamando-o de "pobre Richard", nada mais do que Dick Musgrove, obstinado, insensível e inútil, que nunca havia feito nada para merecer mais do que a abreviação de seu nome, vivo ou morto.

Passara muitos anos em alto mar e estivera, durante as transferências às quais todos os marinheiros em treinamento estão sujeitos, especialmente aqueles dos quais todos os capitães querem se livrar, a bordo da fragata do Capitão Frederick Wentworth, a Laconia, por seis meses. Enquanto estivera na Laconia, ele havia, sob a influência de seu capitão, escrito as únicas duas cartas que seus pais haviam recebido dele, durante toda a sua ausência; quer dizer, as duas únicas cartas desinteressadas, pois todas as outras eram meros pedidos de dinheiro.

Em cada carta, ele havia falado bem de seu capitão, mas ainda assim, sua família tinha tão pouco o hábito de prestar atenção nessas questões, era tão desatenta e indiferente sobre os nomes dos homens ou dos navios, que mal havia causado qualquer impressão, naquela época. O fato de a Sra. Musgrove ter repentinamente se lembrado, naquele mesmo dia, de que o nome Wentworth tinha relação com seu filho, parecia um daqueles lampejos da mente que às vezes ocorrem.

Ela havia consultado suas cartas, e descoberto que tudo era como havia suposto; e reler essas cartas, após um intervalo tão longo, com seu pobre filho perdido para sempre, e toda a força de seus defeitos esquecida, havia afetado muito seu humor, lançando-a a um luto por ele maior do que quando primeiro ficara sabendo de sua morte. O Sr. Musgrove também havia sido afetado, em menor grau, e quando chegara ao chalé, evidentemente precisaram, primeiro, falar novamente sobre o assunto e, depois, de todo o alívio que uma companhia alegre poderia lhes dar.

Ouvi-los falar tanto sobre o Capitão Wentworth, repetindo seu nome com tanta frequência, conjecturando sobre os anos que se passaram e finalmente decidindo que poderia, que provavelmente seria, o mesmo Capitão Wentworth que se lembravam de ter conhecido, uma ou duas vezes, após terem voltado de Clifton – um jovem muito elegante -, mas sem saber se havia sido há sete ou oito anos, era uma nova provação para os nervos de Anne. Ela descobriu, contudo, que era algo com que precisaria se acostumar. Já que ele estava sendo efetivamente aguardado no condado, ela precisaria aprender a ser insensível em relação a estes pontos. E não somente parecia que ele era aguardado em breve, como também os Musgrove, por sua gratidão pela gentileza com que o capitão tratara seu pobre Dick e pelo respeito que sentiam por seu caráter, marcado que havia sido pelos seis meses que o pobre Dick passara sob seus cuidados e por suas menções a ele em elogios categóricos, ainda que não corretamente escritos, como sendo um "camarada elegante e bom, só um 'poco' 'esigente' demais com o professor", haviam se decidido a contatá-lo, assim que ficassem sabendo de sua chegada.

A decisão de fazê-lo ajudou a confortá-los durante a noite.

Capítulo 7

Poucos dias depois, ficou-se sabendo que o Capitão Wentworth estava em Kellynch, e o Sr. Musgrove o havia visitado e voltado cheio de elogios, tendo combinado com os Croft que jantariam em Uppercross até o fim da semana. O Sr. Musgrove ficara bastante decepcionado por não poderem marcar um dia mais cedo, de tão impaciente que estava para demonstrar sua gratidão recebendo o Capitão Wentworth sob seu teto, e fazendo com que se servisse de tudo o que havia de melhor e mais forte em sua adega. Mas uma semana precisaria se passar; somente uma semana, na opinião de Anne, e então, supunha ela, eles teriam que se encontra. Logo começou a desejar poder se sentir segura, pelo menos por uma semana.

O Capitão Wentworth retribuiu a cortês visita do Sr. Musgrove prontamente, e Anne estivera quase a caminho de lá, durante aquela meia hora. Na verdade, ela e Mary estavam saindo de casa, rumo ao casarão principal, onde, como ficou sabendo depois, inevitavelmente teriam se encontrado com ele, quando foram interrompidas pelos criados trazendo o menino mais velho para casa, devido a uma queda feia. A situação da criança tornou a visita inteiramente impossível, mas ela não pôde ouvir com indiferença sobre do que havia se safado, mesmo no meio da séria ansiedade que sentia pelo sobrinho.

Descobriu-se que havia deslocado a clavícula e levado tamanha pancada nas costas que deu origem às ideias mais alarmantes. Foi uma tarde de agonia, e Anne teve que fazer tudo ao mesmo tempo: mandar chamar o apotecário, procurar e avisar o pai da criança, apoiar a mãe e impedi-la de ficar histérica, controlar os criados, manter o menino mais novo afastado, e cuidar e acalmar o pobrezinho que sofria. Além disso, teve que enviar, assim que se lembrou, um aviso à outra casa, o que lhe trouxe um aumento de companheiros assustados e cheios de perguntas, ao invés de assistentes úteis.

O retorno de seu cunhado foi seu primeiro conforto; ele poderia cuidar melhor da esposa. A segunda bênção foi a chegada do apotecário. Até que ele chegasse e examinasse a criança, as apreensões de todos estavam piores por ser vagas; suspeitavam de uma grande lesão, mas não sabiam onde. Mas então a clavícula foi colocada no lugar e, apesar de o Dr. Robinson apalpar e apalpar novamente, assumir uma expressão séria, e falar baixo com o pai e a tia, todos puderam ter esperanças, partir e jantar com um mínimo de tranquilidade. E assim foi que, logo antes de partirem, as duas jovens tias puderam fazer tal digressão do estado de saúde do sobrinho, a ponto de dar informações sobre a visita do Capitão Wentworth, ficando cinco minutos a mais depois da saída de seus pais, para tentar expressar a extensão de seu deleite com ele: como era mais bonito e infinitas vezes mais agradável do que quaisquer outros homens que conheciam, até mesmo os que haviam sido seus preferidos. Como haviam ficado felizes em ouvir seu pai convidá-lo para ficar para o jantar, e como lamentaram quando ele disse que não poderia, e como haviam ficado felizes novamente, quando ele prometera, em resposta à insistência de seus pais, vir jantar com eles no dia seguinte – logo no dia seguinte, mesmo, e havia feito a promessa de um modo tão agradável, como se considerasse o motivo de suas atenções exatamente do modo como devia. Em resumo, sua aparência e tudo o que ele havia dito haviam sido tão maravilhosamente elegantes que elas podiam assegurar a todos que ele tinha virado as cabeças de ambas. Então correram para fora, tão cheias de animação, quanto de amor, aparentemente mais concentradas no Capitão Wentworth do que no pequeno Charles.

A mesma história e o mesmo arrebatamento foram repetidos quando as duas meninas apareceram com o pai, atravessando a noite escura, para perguntar como andavam as coisas; e o Sr. Musgrove, livre do primeiro arroubo de preocupação com seu herdeiro, pôde acrescentar sua confirmação e seus elogios, dizendo que esperava que agora não haveria mais motivo para adiar o jantar com o Capitão Wentworth, e lamentando que os habitantes do chalé provavelmente não gostariam de deixar o menininho sozinho para ir encontrá-lo. Oh, não; quanto a deixar o menininho, seu pai e sua mãe ainda estavam alarmados demais para cogitar tal coisa, e Anne, regozijando-se com a saída, não pôde deixar de fazer coro às declarações dos dois.

Charles Musgrove, depois, mostrou-se um pouco mais inclinado: a criança estava indo tão bem, e ele desejava muito ser apresentado ao Capitão Wentworth, de modo que talvez ele pudesse se juntar a eles à noite; não jantaria longe de casa, mas poderia dar uma passada de meia hora. Mas a isso, sua esposa se opôs veementemente:

– Oh, não, Charles, não aguentarei se sair. Imagine se algo acontecer?

A criança passara bem a noite, e estava indo bem no dia seguinte. Era uma questão de tempo, averiguar se algum dano havia sido feito à sua coluna, mas o Dr. Robinson não descobriu nada que aumentasse suas preocupações, e Charles Musgrove começou, consequentemente, a não sentir qualquer necessidade de passar mais tempo confinado. A criança permaneceria na cama e seria distraída da forma mais quieta possível, mas o que havia que um pai pudesse fazer? Era um caso bastante feminino, e seria bastante absurdo da parte dele, que não era de utilidade alguma em casa, se manter preso. Seu pai queria muito que ele conhecesse o Capitão Wentworth e, já que não havia motivos o suficiente contra isso, ele devia ir. O assunto terminou com uma declaração ousada e pública por parte dele, quando voltou de uma caçada, de sua intenção de ir se trocar imediatamente, e jantar na outra casa.

– A criança não poderia estar melhorando mais, – disse ele, – então acabei de dizer para meu pai que vou, e ele achou que estou coberto de razão. Já que sua irmã está com você, meu amor, não tenho escrúpulos. Você mesma não gostaria de deixá-lo, mas percebe que não tenho utilidade. Anne mandará e chamar, se algum problema acontecer.

Maridos e esposas costumam entender quando seria inútil se opor. Mary sabia, pelo jeito coo Charles falava, que ele estava determinado a ir, e que insistir seria em vão. Não disse nada, portanto, até ele sair do quarto, mas assim que só Anne podia ouvir:

– Então eu e você seremos abandonadas para nos virar sozinhas, com esta pobre criança doente; e ninguém chegará perto de nós a noite toda! Sabia que seria assim. Esta é sempre a minha sina. Se algo desagradável estiver acontecendo, os homens sempre se safam, e Charles é tão ruim quanto qualquer outro. Muito insensível! Devo dizer que é muito insensível da parte dele, fugir do seu pobre filhinho. Fala que ele está melhorando muito! Como ele sabe que o filho está melhorando muito, ou que não vá haver uma mudança repentina daqui a meia hora? Nunca pensei que Charles fosse ser tão insensível. Então, ele vai sair e se divertir, e por eu ser a pobre mãe, não tenho permissão para mover um músculo; ainda assim, tenho certeza que sou a que tem menos condições de estar ao lado da criança. O fato de eu ser a mãe dele é exatamente o motivo pelo qual meus sentimentos não devem ser testados. Não tenho capacidade. Viu como fiquei histérica, ontem.

– Mas isso foi só o efeito de sua preocupação repentina, do choque que levou. Não ficará histérica novamente. Ouso dizer que não teremos nada com que nos preocupar. Compreendi perfeitamente as instruções do Dr. Robinson, e não tenho medo; na verdade, Mary, não me surpreendo com seu marido. Cuidar de doentes não é tarefa de um homem; não é sua área. Uma criança doente é sempre a propriedade da mãe: os próprios sentimentos dela costumam fazer com que seja assim.

– Creio ser tão apegada a meu filho quanto qualquer outra mãe, mas não sei se sou de mais utilidade ao seu lado do que Charles, pois não posso ficar sempre dando bronca na pobre criança enquanto ele está doente; e você viu, esta manhã, que se eu o mandasse ficar quieto, ele começava a se debater. Não tenho nervos para este tipo de coisa.

– Mas você conseguiria ficar confortável, passando a noite toda longe do pobrezinho?

– Sim; você viu que o pai dele consegue, então por que não eu? Jemima é tão cuidadosa, e ela poderia nos mandar notícias sobre ele de hora em hora. Penso mesmo que Charles poderia ter dito ao pai que todos nós iríamos. Não estou mais preocupada do que ele com o pequeno Charles, agora. Fiquei terrivelmente preocupada, ontem, mas o caso está bem diferente, hoje.

– Bom, se não acha que está tarde demais para avisar que irá, suponho que pode ir junto com seu marido. Deixe o pequeno Charles sob os meus cuidados. O Sr. e a Sra. Musgrove não podem achar errado, enquanto eu estiver com ele.

– Está falando sério? – exclamou Mary, com os olhos brilhando. – Céus! Bem pensado, muito bem pensado. Certamente que ir ou ficar não fará diferença, pois não tenho utilidade aqui em casa, tenho? E só me irrita. Você, que não tem os sentimentos de uma mãe, é de longe a pessoa mais adequada. Consegue que o pequeno Charles faça tudo, ele sempre te obedece. Será muito melhor do que deixá-lo só com Jemima. Oh! Certamente que vou; estou certa de que deveria, se puder, tanto quanto Charles, pois eles querem muito que eu conheça o Capitão Wentworth, e sei que você não se importa de ser deixada sozinha. Uma excelente ideia, a sua, Anne. Vou contar a Charles, e me arrumar imediatamente. Pode nos mandar chamar, sabe, a qualquer momento, se houver qualquer problema, mas ouso dizer que não acontecerá nada para te preocupar. Eu não iria, pode ter certeza, se não estivesse me sentindo segura em relação ao meu querido filho.

No momento seguinte, já estava batendo na porta do quarto de vestir do marido, e como Anne a seguira escada acima, conseguiu ouvir a conversa inteira, que começou com Mary dizendo, em um tom de grande exultação:

– Quero ir com você, Charles, pois não sou de mais utilidade em casa do que você. Nem que eu ficasse presa aqui para sempre com a criança, conseguiria persuadi-lo a fazer nada que ele não quisesse. Anne ficará; Anne se comprometeu a ficar em casa e cuidar dele. Foi ela mesma quem sugeriu, e então irei com você, o que será muito melhor, pois não janto na casa de seus pais desde terça-feira.

– É muita gentileza de Anne, – respondeu o marido, – e eu ficaria muito feliz se você fosse, mas parece um pouco injusto que ela fique em casa sozinha, cuidando de nosso filho doente.

Neste momento, Anne já estava presente para defender seus próprios argumentos, e tendo a sinceridade de seus modos sido o suficiente para convencê-lo de algo que já lhe era muito agradável, ele não teve maiores escrúpulos em deixá-la jantar sozinha, apesar de ainda querer que ela se juntasse a eles mais tarde, quando a criança estivesse dormindo, e insistiu gentilmente para que ela o deixasse vir buscá-la na carruagem, mas Anne não pôde ser persuadida. Neste caso, ela logo teve o prazer de vê-los partir juntos, de muito bom humor. Haviam ido, esperava ela, para se divertir, por mais estranha que tal diversão lhe parecesse. Quanto a ela mesma, ficou com a única sensação de conforto que provavelmente teria na vida. Sabia ser imprescindível para a criança, e que diferença lhe fazia se Frederick Wentworth estava a menos de um quilômetro de distância, conquistando outras pessoas?

Gostaria de saber o que ele sentiria em relação a um encontro. Talvez indiferença, se é que tal coisa poderia existir naquelas circunstâncias. Deveria se sentir indiferente ou indisposto. Se quisesse vê-la novamente, não precisaria ter esperado todo este tempo; teria feito o que ela não podia, mas acreditava que teria feito, se estivesse no lugar dele, há muito tempo, quando as circunstâncias o propiciaram a independência, que era a única coisa que estivera faltando.

Seu cunhado e sua irmã voltaram deleitados com o novo conhecido e com a visita no geral. Houvera música, cantoria, conversa, risada, tudo de mais agradável; os modos do Capitão Wentworth eram encantadores, sem timidez ou reserva, e todos pareciam se entender perfeitamente. Ele viria na manhã seguinte para caçar com Charles. Viria para tomar café da manhã, mas não no chalé, apesar de ter sido esta a primeira proposta; porém, insistiram para que fosse ao casarão principal, ao invés disso, e ele parecia temer atrapalhar a Sra. Charles Musgrove, por causa da criança, e portanto, de alguma forma, eles mal sabiam como, terminou que Charles iria se encontrar com ele para tomar café na casa do pai.

Anne compreendera. Ele desejava evitar vê-la. Havia perguntado sobre ela, descobrira, de forma superficial, apropriada para uma conhecida antiga, parecendo reconhecer o que ela havia reconhecido, impulsionado, talvez, pelo mesmo objetivo de escapar de uma apresentação, quando se encontrassem.

As manhãs no chalé sempre começavam mais tarde do que na outra casa, e, no dia seguinte, a diferença fora tão grande que Mary e Anne mal havia acabado de começar a tomar o café, quando Charles entrou para dizer que estavam partindo, que ele havia vindo buscar seus cães, e que suas irmãs já estavam a caminho, com o Capitão Wentworth. As irmãs pretendiam visitar Mary e o filho, e o Capitão Wentworth também propusera vê-la por alguns minutos, se não fosse inconveniente; e, apesar de Charles ter assegurado de que a situação da criança não causaria nenhum inconveniente, o Capitão Wentworth não ficara satisfeito até que ele fosse correndo na frente para avisá-la.

Mary, muito gratificada com tamanha consideração, ficou deleitada em recebê-lo, enquanto que Anne foi tomada por milhões de sensações, dentre as quais a ideia de que logo tudo terminaria era a mais consoladora. E realmente, logo tudo estava terminado. Dois minutos após o aviso de Charles, os outros apareceram; estavam na sala de estar. O olhar de Anne meio que cruzou com o do Capitão Wentworth, uma reverência e uma cortesia foram feitas; ela ouviu sua voz: falava com Mary, dizia tudo o de mais correto, dizia algo para as Srtas. Musgrove, o suficiente para demonstrar sua tranquilidade. A sala parecia cheia, cheia de pessoas e vozes, mas dentro de alguns minutos, estava acabado. Charles apareceu na janela, tudo estava preparado, o visitante fez uma reverência e se foi, assim como as Srtas. Musgrove, que repentinamente decidiram caminhar até o fim do vilarejo, junto com os esportistas. A sala esvaziou-se, e Anne podia, então, terminar o café da manhã, se conseguisse.

– Acabou! Acabou – repetia para si mesma, de novo e de novo, em gratidão nervosa. – O pior já passou.

Mary falava, mas ela não conseguia prestar atenção. O havia visto. Haviam se encontrado. Haviam estado mais uma vez no mesmo cômodo.

Contudo, ela logo começou a argumentar consigo mesma, e tentar sentir menos. Oito anos, quase oito anos haviam se passado, desde que havia desistido de tudo. Que absurdo era retomar a agitação que tamanho intervalo havia banido para a distância e indefinição! O que oito anos não fariam? Eventos de todo o tipo, mudanças, afastamentos, transformações... tudo, tudo isso era englobado pelo tempo, e o esquecimento do passado também era natural e certeiro! Incluía quase um terço de sua própria vida.

Ainda assim, com todos os seus argumentos racionais, descobriu que, para sentimentos persistentes, oito anos podia ser pouco mais do que nada.

Agora, como podiam os sentimentos dele ser interpretados? Desejaria ele evitá-la? Em um segundo, ela começava a se recriminar pela tolice que a levara a tal conjectura.

Em relação a uma outra pergunta, que talvez mesmo toda a sua sabedoria não conseguiria tê-la impedido de fazer, ela foi poupada do suspense, pois após as Srtas. Musgrove retornarem e terminarem sua visita ao chalé, Anne recebeu a seguinte informação de Mary:

– O Capitão Wentworth não foi muito galante com você, Anne, apesar de ter sido muito atencioso comigo. Henrietta perguntou a ele o que achava de você, quando saírem, e ele disse que você "estava tão mudada, que não a teria reconhecido".

Os sentimentos de Mary não a faziam respeitar os de sua irmã de um modo comum, mas nem suspeitava estar magoando-a de forma peculiar.

"Mudada para além do reconhecimento". Anne aceitou, em silêncio, tal profunda humilhação. Não tinha dúvidas de que era verdade, e não podia nem se vingar, pois ele não havia mudado nada, pelo menos, não para pior. Já havia reconhecido isso intimamente, e não podia pensar diferente; que ele pensasse dela o que quisesse.

Não, os anos que haviam destruído a juventude e o frescor dela, só haviam dado a ele uma aparência mais viçosa, masculina e franca, não diminuindo suas vantagens de forma alguma. Ela havia visto o mesmo Frederick Wentworth.

"Tão mudada que não a teria reconhecido"! Não podia deixar de remoer tais palavras. Ainda assim, logo ficou feliz por tê-las ouvido. Tiveram um efeito temperante: apaziguaram sua agitação, a fizeram se recompor e, consequentemente, deveriam fazê-la ficar mais feliz.

Frederick Wentworth havia usado essas palavras, ou algo semelhante, mas sem pensar que seriam transmitidas a ela. A havia considerado terrivelmente mudada e, da primeira vez que lhe perguntaram, falara o que pensava. Não perdoara Anne Elliot. Ela o havia tratado mal, desertado e decepcionado; e, pior ainda, mostrara uma fraqueza de caráter ao fazê-lo, que o seu próprio temperamento decidido e confiante não podia tolerar. Ela havia aberto mão dele para agradar outros. Havia sido o efeito de uma suscetibilidade excessiva à persuasão. Havia sido fraqueza e timidez.

O afeto dele por ela fora enorme e, desde então, não conhecera uma mulher que considerasse igual a ela; porém, exceto uma curiosidade natural, não desejava vê-la novamente. O poder dela sobre ele se fora para sempre.

Agora tinha a intenção de se casar. Estava rico e, tendo sido dispensado da última missão, pretendia se estabelecer, assim que encontrasse alguém que lhe interessasse, olhando ao seu redor, pronto para se apaixonar com toda a velocidade que uma mente límpida e um gosto rápido permitissem. Estava disposto a considerar qualquer uma das Srtas. Musgrove, se fossem capazes de conquistá-lo; estava disposto, em resumo, a considerar qualquer jovem agradável que aparecesse em seu caminho, exceto Anne Elliot. Esta era sua única e secreta exceção, quando disse para a irmã, em resposta às suposições que ela vinha fazendo:

– Sim, aqui estou, Sophia, pronto para entrar em um noivado desaconselhável. Qualquer uma, entre quinze e trinta anos de idade, pode me levar, é só pedir. Um pouco de beleza, alguns sorrisos, uns elogios à Marinha, e estou perdido. Isso não seria o suficiente para um marinheiro, que nunca conviveu com mulheres para aprender a ser mais gentil?

Sabia que o havia dito para ser contradito. Seu olhar brilhante e orgulhoso demonstrava sua convicção de que era gentil; e Anne Elliot não estava fora de sua mente, quando ele descreveu, com mais seriedade, a mulher que desejava conhecer: "Uma mente forte, com modos doces", foi a curta descrição.

– É esta a mulher que quero – disse ele. – Claro que tolerarei algo um pouco inferior, mas não muito. Se for um tolo, serei um tolo de verdade, pois pensei mais sobre o assunto do que a maioria dos outros homens.

Capítulo 8

Daquele momento em diante, o Capitão Wentworth e Anne Elliot encontraram-se repetidas vezes no mesmo círculo. Logo estavam jantando juntos na casa do Sr. Musgrove, pois o estado de saúde do menininho não propiciava mais à tia uma desculpa para se ausentar, e este foi o início de outros jantares e encontros.

A possibilidade de sentimentos antigos serem renovados seria, agora, posta à prova; o passado certamente seria trazido à tona para ambos, seria impossível não relembrarem. O capitão não conseguia mencionar o ano do noivado entre eles, nas pequenas narrativas ou descrições que as conversas ensejavam. Sua profissão o qualificava, e sua disposição o levava, a falar; e "Isso foi no ano seis"; "Isso aconteceu antes de sair para o mar, no ano seis", ocorreram durante a primeira noite que passaram juntos e, apesar de sua voz não falhar, e de ela não ter motivos para supor que o olhar dele se voltara para ela enquanto falava, Anne percebeu a absoluta impossibilidade, com base no que conhecia sobre a personalidade dele, de ele não ser acometido de lembranças, tanto quanto ela. Tinha que haver a mesma associação de pensamentos, apesar de ela não imaginar que causava a mesma dor em ambos.

Não conversaram nem interagiram um com o outro, além do que o básico dos bons modos exigia. Outrora significaram tanto, um para o outro, e agora nada! Antigamente, dentre todas as pessoas que enchiam a sala de estar de Uppercross, eles teriam tido dificuldade em deixar de falar um com o outro. Exceto, talvez, pelo Almirante e a Sra. Croft, que pareciam particularmente apaixonados e felizes (Anne não admitia outras exceções, nem mesmo dentre os casados), não havia dois corações tão abertos, gostos tão semelhantes, sentimentos tão concordantes ou rostos tão amados. Agora, eram como estranhos; não, pior do que estranhos, pois nunca poderiam se aproximar. Era um distanciamento perpétuo.

Quando ele falava, ela ouvia a mesma voz, e entrevia a mesma mente. Uma ignorância geral sobre assuntos navais permeava o grupo, e ele foi bastante questionado, especialmente pelas duas Srtas. Musgrove, que pareciam não ter olhos para ninguém, a não ser para ele, quanto ao estilo de vida a bordo de navios, as regras diárias, a comida, os horários, etc., e a surpresa de ambas perante os relatos dele, ao descobrir o tipo de acomodação e arranjos que eram praticáveis, o tornaram alvo de chacotas bem-humoradas, que lembraram Anne da época em que ela também era ignorante, e também havia sido acusada de supor que os marinheiros viviam a bordo dos navios sem ter o que comer, ou sem cozinheiros para preparar a comida, criados para lhes servirem ou talheres para usarem.

Deste modo ouvindo e pensando, foi interrompida por um sussurro da Sra. Musgrove, que, abalada por lembranças melancólicas, não pôde deixar de dizer:

– Ah, Srta. Anne, se tivesse sido a vontade de Deus poupar meu pobre filho, ouso dizer que ele seria exatamente assim, hoje em dia.

Anne reprimiu um sorriso e ouviu com gentileza, enquanto a Sra. Musgrove aliviava seu coração um pouquinho mais; e, por alguns minutos, não pôde se concentrar na conversa dos outros.

Quando pôde deixar sua atenção tomar seu curso natural novamente, viu que as Srtas. Musgrove haviam ido buscar a Lista Naval (a que pertencia à família, a primeira que entrara em Uppercross) e se sentado juntas para lê-la, alegando tentar encontrar os navios comandados pelo Capitão Wentworth.

– Seu primeiro foi o Áspide, me lembro; procuraremos o Áspide.

– Não o encontrará aí. Estava gasto e quebrado. Fui o último homem a comandá-lo. Já naquela época, mal estava em condições de navegar. Foi considerado apto para serviço em águas costeiras por alguns anos, e então fui mandado para as Índias Ocidentais.

As garotas pareciam deslumbradas.

– O Almirantado – continuou ele – se entretém de vez em quando, mandando algumas centenas de homens para o alto mar, em um navio que não é digno de ser usado. Mas têm muitos homens para cuidar, e entre os milhares que não farão falta se forem para o fundo do oceano, lhes é impossível discernir exatamente quais seriam aqueles cuja falta será menos sentida.

– Ora, vamos! – exclamou o Almirante. – Que coisas dizem esses jovens! Não havia embarcação melhor do que o Áspide, em seu apogeu. Para uma embarcação construída em estilo antigo, não havia igual. Sortudos os que ficaram encarregados dela! Ele sabe que deve ter havido vinte homens melhores do que ele, candidatando-se para comandá-la ao mesmo tempo. Teve sorte em receber um navio tão cedo, com base só em seus talentos.

– Estava ciente da minha sorte, Almirante, asseguro-lhe – respondeu o Capitão Wentworth, seriamente. – Fiquei tão satisfeito com minha nomeação quanto seria de se desejar. Era meu grande desejo, na época, sair para o mar; um enorme desejo, queria estar fazendo algo.

– Certamente que queria. O que o jovem como você faria em terra por seis meses? Se o homem não tem esposa, logo quer estar de volta n'água.

– Mas Capitão Wentworth, – exclamou Louisa, – como deve ter ficado aborrecido ao chegar ao Áspide, e descobrir que velharia lhe haviam dado.

– Sabia muito bem como ele era, antes daquele dia – disse ele, sorrindo. – Não fiz nenhuma descoberta a mais do que você mesma teria feito em relação à elegância e à qualidade de uma peliça velha, que houvesse passado de mão em mão entre metade de suas amigas há tempos, e que finalmente, em um dia chuvoso, lhe fosse emprestada. Ah, o velho Áspide me era muito querido. Fazia tudo o que eu queria. Eu sabia que o faria. Sabia que ou iríamos para o fundo do mar juntos, ou ele faria minha fortuna; e nunca tive dois dias seguidos de tempo ruim, em toda a época que passei com ele no mar. E, depois de enfrentar corsários o suficiente para me entreter, tive a boa sorte, na volta para casa no outono seguinte, de me deparar justo com a fragata francesa que eu queria. A trouxe para Plymouth, e então tive outro golpe de sorte. Não fazia seis horas que estávamos no canal, quando chegou uma ventania que durou quatro dias e quatro noites, e que teria afundado o pobre Áspide em metade do tempo, pois termos chegado à Inglaterra não havia melhorado muito nossa condição. Vinte e quatro horas mais tarde, eu seria só um galante Capitão Wentworth, em um pequeno parágrafo no canto dos jornais e, tendo morrido em um mísero navio velho, ninguém teria pensado muito em mim. – Anne conteve seus arrepios, mas as Srtas. Musgrove podiam ser tão francas quanto eram sinceras em suas exclamações de pena e horror.

– Então, suponho, – sussurrou a Sra. Musgrove, como se estivesse pensando em voz alta, – foi quando foi para o Laconia, onde conheceu nosso pobre garoto. Charles, meu querido, – disse ela, acenando para que se aproximasse, – pergunte ao Capitão Wentworth onde conheceu seu irmão pela primeira vez. Sempre esqueço.

– Foi em Gibraltar, mãe, eu me lembro. Dick havia sido deixado para trás, doente, em Gibraltar, com uma recomendação de seu antigo capitão para o Capitão Wentworth.

– Oh, mas Charles, diga para o Capitão Wentworth que não precisa ter medo de mencionar o pobre Dick na minha frente, pois seria um prazer ouvir um amigo tão bom falar dele.

Charles, um pouco mais ciente das probabilidades do caso, só assentiu em resposta e afastou-se.

As garotas agora tentavam trazer o assunto para o Laconia, e o Capitão Wentworth não pôde negar-se o prazer de tomar o precioso livro em suas mãos, para economizar o trabalho, e mais uma vez leu em voz alta as informações sobre o nome e a classificação do navio, e sua condição de inativo, observando que ele, também, havia sido um dos melhores amigos que um homem poderia ter.

– Ah, que época agradável, quando comandei o Laconia! Com que rapidez ganhei dinheiro com ele. Um amigo e eu fizemos uma viagem tão deleitável juntos, para as Ilhas Ocidentais. O pobre Harville, irmã! Lembra-se de como ele precisava de dinheiro, ainda mais do que eu. Tinha esposa. Um camarada excelente. Nunca esquecerei sua felicidade. Ficou contentíssimo, pelo bem dela. Desejei que estivesse comigo de novo, no verão seguinte, quando tive a mesma sorte no Mediterrâneo.

– E tenho certeza, senhor, – disse a Sra. Musgrove, – que foi um dia de sorte para nós, quando se tornou capitão daquele navio. Jamais esqueceremos o que fez.

Os sentimentos dela a fizeram falar baixo, e o Capitão Wentworth tendo ouvido só uma parte, provavelmente sem nem pensar sobre Dick Musgrove, olhou em direção a ela em expectativa, como se esperasse que ela falasse mais.

– Meu irmão, – sussurrou uma das meninas, – mamãe está pensando no pobre Richard.

– Pobre garoto! – continuou a Sra. Musgrove. – Estava ficando tão estável, e um correspondente tão excelente, sob seus cuidados! Ah, teria sido tão bom se ele nunca o houvesse deixado. Asseguro-lhe, Capitão Wentworth, lamentamos muito ele tê-lo deixado.

Uma expressão momentânea passou pelo rosto do Capitão Wentworth ao ouvir tal fala, assim como um brilho em seus olhos e uma flexão de seus lábios, que convenceram Anne de que, ao invés de compartilhar dos desejos da Sra. Musgrove em relação ao filho dela, ele provavelmente tinha se esforçado para se livrar do garoto, mas foi uma indulgência de divertimento íntimo transiente demais para ser detectada por qualquer pessoa que o conhecesse menos do que ela. No momento seguinte, já estava perfeitamente composto e sério e, caminhando até o sofá quase que imediatamente, sentou-se ao lado da senhora e começou a conversar com ela, em voz baixa, sobre seu filho, fazendo-o com tanta simpatia e graça, que demonstrava a mais gentil consideração por tudo o que havia de mais verdadeiro e razoável nos sentimentos de uma mãe.

Ambos estavam no mesmo sofá, pois a Sra. Musgrove havia prontamente aberto espaço para ele; entre ele e Anne, havia somente a Sra. Musgrove. Não era uma barreira insignificante, de modo algum. A Sra. Musgrove tinha um tamanho confortável e substancial, infinitamente mais adepta, pela natureza, para expressar alegria e bom humor, do que ternura e sentimento; e apesar de se poder considerar que a inquietação da constituição magra de Anne, assim como seu rosto pensativo, estavam completamente escondidos, deve-se dar algum crédito ao Capitão Wentworth pelo autocontrole com que prestou atenção nas grandes e gordas lamúrias da Sra. Musgrove pelo destino de um filho com quem, quando estava vivo, ninguém se importava.

O tamanho e a tristeza de uma pessoa certamente não são necessariamente proporcionais. Uma constituição grande e volumosa tem tanto direito de estar profundamente amargurada quanto o mais gracioso conjunto de membros do mundo. Mas, sendo isso justo ou não, há certas conjunções impróprias, que a razão defenderá em vão, que o gosto não pode tolerar, e que serão tomadas pelo ridículo.

O Almirante, após dar duas ou três voltas pela sala, com as mãos atrás das costas, foi chamado pela esposa e andou até o Capitão Wentworth. Então, sem qualquer observação quanto ao que poderia estar interrompendo, concentrando-se somente em seus próprios pensamentos, disse:

– Se tivesse aportado em Lisboa uma semana mais tarde, na primavera passada, Frederick, teriam pedido que levasse consigo Lady Mary Grierson e suas filhas.

– É mesmo? Fico feliz por não ter aportado uma semana depois, então.

O Almirante o admoestou por sua falta de galanteio. O capitão se defendeu, apesar de professar que nunca permitiria, voluntariamente, que damas subissem a bordo de nenhum de seus navios, exceto para um baile ou uma visita, que durasse somente algumas horas.

– Mas, se é que me conheço bem, – disse ele, – isso não é devido a qualquer falta de galanteio em relação a elas. É, na verdade, por considerar impossível, por mais que alguém se esforce ou sacrifique, providenciar as acomodações a bordo que estas mulheres deveriam ter. Não pode ser falta de galanteio, Almirante, ter em alta conta o direito das mulheres a confortos pessoais, e é isso o que faço. Odeio ouvir falar sobre mulheres a bordo, ou vê-las a bordo, e nenhum navio sob meu comando transportará uma família de mulheres a lugar algum, se puder evitar.

Isso fez com que sua irmã o atacasse.

– Oh, Frederick! Não acredito no que diz. Tudo refinamento ocioso! As mulheres conseguem ficar tão confortáveis a bordo de um navio, quanto na melhor casa da Inglaterra. Acredito que já passei tanto tempo a bordo quanto a maioria das mulheres, e nunca vi nada superior às acomodações de uma embarcação de guerra. Afirmo que não tenho nenhum conforto ou indulgência, nem mesmo em Kellynch Hall, – (com uma educada reverência para Anne), – além do que sempre tive na maioria dos navios nos quais morei; e já forem cinco, no total.

– Isso é outra coisa – respondeu seu irmão. – Você estava morando com seu marido, e era a única mulher a bordo.

– Mas você mesmo trouxe a Sra. Harville, a irmã, a prima e os três filhos dela, de Portsmouth a Plymouth. Onde estava este seu galanteio extremamente fino e extraordinário, naquela ocasião?

– Todo misturado com minha amizade, Sophia. Eu ajudaria a esposa de qualquer irmão da Marinha que conseguisse, e traria qualquer coisa do Harville, até do fim do mundo, que ele me pedisse. Mas não imagine que não considerei a situação em si algo ruim.

– Pode apostar que ficaram todas perfeitamente confortáveis.

– Talvez isso não faça com que tenha uma opinião melhor sobre elas. Tamanha quantidade de mulheres e crianças não tem direito de ficar confortável a bordo.

– Meu caro Frederick, você está falando por falar. Diga-me, o que seria de nós, pobres esposas de marinheiros, que frequentemente queremos ser levadas para algum porto ou outro, para nos encontrarmos com nossos maridos, se todos pensassem como você?

– O modo como penso, como pode ver, não me impediu de levar a Sra. Harville e toda a sua família até Plymouth.

– Mas odeio ouvi-lo falar como um cavalheiro refinado, e como se nós, mulheres, fôssemos todas damas elegantes, ao invés de criaturas racionais. Nenhuma de nós espera ficar em águas calmas a vida toda.

– Ah, minha cara! – disse o Almirante. – Quando ele arranjar uma esposa, sua opinião será outra. Quando se casar, se tivermos a boa sorte de passarmos por outra guerra, o veremos fazer exatamente como eu e você, e muitos outros, fizeram. O veremos ficar muito agradecido a qualquer pessoa que lhe trouxer sua esposa.

– Veremos, mesmo.

– Agora, sim – exclamou o Capitão Wentworth. – Quando os casados começam a me atacar com "Oh, você pensará completamente diferente, quando estiver casado", só posso dizer: "Não, não pensarei", e então eles dizem novamente: "Pensará, sim", e termina por aí.

Levantou-se e caminhou para longe.

– Que grande viajante deve ter sido, senhora! – disse a Sra. Musgrove para a Sra. Croft.

– Bastante, senhora, nos meus quinze anos de casada; porém, muitas outras viajaram mais. Cruzei o Atlântico quatro vezes, e fui para as Índias Orientais uma vez, mas só uma. Além disso, estive em diferentes lugares perto de casa: Cork, Lisboa e Gibraltar. Mas nunca passei dos Estreitos, nem fui para as Índias Ocidentais. Não consideramos Bermuda ou Bahamas Índias Ocidentais, sabe.

A Sra. Musgrove não tinha uma palavra a dizer em discordância; não podia se acusar de tê-las chamado de nada, em toda a sua vida.

– E asseguro-lhe, senhora, – continuou a Sra. Croft, – que nada supera as acomodações de uma embarcação de guerra; me refiro, sabe, às classificações mais altas. Quando se está em uma fragata, é claro, fica-se mais apertada; apesar de que qualquer mulher razoável pode ficar perfeitamente satisfeita em uma delas. E posso afirmar com segurança que a parte mais feliz de minha vida foi passada a bordo de um navio. Enquanto estivéssemos juntos, sabe, não tínhamos nada a temer. Graças a Deus, sempre fui abençoada com uma saúde excelente, e nenhum clima me faz mal. Fico sempre um pouco desordenada, nas primeiras vinte e quatro horas no mar, mas nunca passei mal depois disso. A única vez que sofri, física ou mentalmente, a única vez que pensei estar passando mal, ou fiquei com medo do perigo, foi durante o inverno que passei sozinha em Deal, quando o Almirante (Capitão Croft, na época) estava nos Mares do Norte. Vivi em perpétuo medo, na época, e tive todo tipo de dor imaginária, de não saber o que fazer com meu tempo, ou quando teria notícias dele. Mas contanto que estivéssemos juntos, nada nunca me abalou, e nunca sofri a menor inconveniência.

– Sim, claro. Certamente, sim! Concordo plenamente com você, Sra. Croft – foi a resposta acalorada da Sra. Musgrove. – Nada é tão ruim quanto uma separação. Concordo completamente com você. Sei bem o que é, pois o Sr. Musgrove sempre comparece aos julgamentos do condado, e fico sempre tão feliz quando acabam e ele volta em segurança para casa.

A noite terminou em dança. Quando a proposta foi feita, Anne ofereceu seus serviços, como de costume; e, apesar de seus olhos ocasionalmente se encherem de lágrimas, enquanto se sentava ao instrumento, ficou extremamente feliz por ter o que fazer, e não desejava nada em troca, exceto não ser observada.

Formavam um grupo feliz e contente, e ninguém parecia estar mais bem-humorado do que o Capitão Wentworth. Anne sentia que ele tinha todos os motivos para estar feliz que pudessem ser proporcionados por atenção e deferência, especialmente a atenção de todas as jovens. As Srtas. Hayter, primas da família, já mencionadas, pareciam ter sido incluídas na honra de estarem apaixonadas por ele, e quanto a Henrietta e Louisa, ambas pareciam tão concentradas nele, que nada a não ser a constante aparência da maior boa vontade entre elas poderia ter eito alguém acreditar que não eram rivais. Quem poderia se surpreender com o fato de o Capitão ter ficado um pouco convencido com uma admiração tão universal e ávida?

Foram estes alguns dos pensamentos que ocuparam a mente de Anne, enquanto seus dedos trabalhavam mecanicamente, por meia hora ininterrupta, igualmente sem erros e sem consciência. Uma vez, sentiu que ele a olhava, observando suas feições mudadas, talvez, tentando traçar nelas as ruínas do rosto que outrora o encantara. E outra vez percebeu que ele devia estar falando dela; não havia tomado consciência disso, até ouvir a resposta, mas então teve certeza de que ele devia ter perguntado à parceira se a Srta. Elliot nunca dançava. A resposta foi: "Oh, não, nunca; ela desistiu de dançar. Prefere tocar. Nunca se cansa de tocar. Uma outra vez, falou com ela. Anne havia largado o instrumento, quando a dança acabara, e o Capitão se sentara ao piano, para tentar tocar algumas notas de uma ária que queria mostrar para as Srtas. Musgrove. Inadvertidamente, Anne voltou para aquela parte da sala; ele a viu e, se levantando imediatamente, disse, com polidez estudada:

– Perdoe-me, senhora, estou no seu lugar – e, apesar de ela ter imediatamente se afastado, com uma recusa decidida, ele não foi persuadido a sentar-se novamente.

Anne não queria mais olhares e conversas. A polidez fria e a elegância cerimoniosa por parte dele eram piores do que qualquer outra coisa.

Capítulo 9

O Capitão Wentworth havia ido a Kellynch como se fosse seu lar, para ficar por quanto tempo quisesse, sendo tanto objeto do afeto fraterno do Almirante, quanto de sua esposa. Pretendera, ao chegar, dirigir-se logo a Shropshire e visitar seu irmão que vivia naquele condado, mas as atrações de Uppercross o levaram a adiar tais planos. Havia tanta simpatia, lisonja e tudo de mais encantador em sua recepção naquele local; os mais velhos eram tão hospitaleiros, os mais jovens tão agradáveis, que ele não pôde deixar de ficar onde estava e adiar a confirmação dos encantos e da perfeição da esposa de Edward um pouco mais.

Logo, estava indo a Uppercross quase todos os dias. A família Musgrove estava sempre tão pronta a convidá-lo quanto ele estava disposto a ir, especialmente pela manhã, quando não tinha companhia em casa, pois o Almirante e a Sra. Croft costumavam sair para passear juntos, absortos por suas novas posses, sua grama e suas ovelhas, passeando sem pressa, de forma que um terceiro não poderia aguentar, ou saindo na carruagem que haviam acabado de acrescentar a seu patrimônio.

Até então, havia uma opinião uníssona sobre o Capitão Wentworth entre os Musgrove e suas dependências. Era uma admiração constante e cálida, por todos os cantos; mas esta relação íntima havia apenas acabado de ser estabelecida, quando um certo Charles Hayter retornou a seu meio e ficou bastante perturbado pela situação, julgando que o Capitão Wentworth estava atrapalhando tudo.

Charles Hayter era o mais velho de todos os primos e um jovem muito simpático e agradável, entre o qual e Henrietta havia uma considerável aparência de afeto, antes da introdução do Capitão Wentworth. Havia sido ordenado pela igreja e, tendo um vicariato na vizinhança, que não exigia que residisse lá, morava na casa do pai, apenas duas milhas de distância de Uppercross. Uma curta ausência havia deixado sua amada desprotegida por suas atenções naquele período crítico e, quando voltou, teve o sofrimento de encontrar seus modos bastante alterados, e de ver o Capitão Wentworth.

A Sra. Musgrove e a Sra. Hayter eram irmãs. Ambas tinham dinheiro, mas seus casamentos haviam feito uma diferença relevante para seu grau de prestígio. O Sr. Hayter tinha algumas posses próprias, mas eram insignificantes em comparação com as do Sr. Musgrove, e enquanto a família Musgrove estava no primeiro escalão da sociedade da região, os jovens Hayter mal teriam qualquer classe, devido ao modo de vida inferior, recluso e inculto de seus pais, não fosse por sua relação com Uppercross, exceto, é claro, por seu filho mais velho, que havia decidido ser um erudito e cavalheiro, e que tinha muito mais educação e bons modos do que todo o resto.

As duas famílias sempre haviam tido um relacionamento excelente, sem orgulho de um lado, ou inveja do outro, e só uma consciência de superioridade nas Srtas. Musgrove, que as fazia felizes em melhorar seus primos.

As atenções de Charles para com Henrietta haviam sido observadas pelos pais da jovem sem qualquer desaprovação.

– Não seria uma ótima união para ela, mas se Henrietta gostar dele... – e Henrietta parecia, sim, gostar dele.

A própria Henrietta pensava assim, antes da chegada do Capitão Wentworth; mas, desde aquele momento, o primo Charles havia sido absolutamente esquecido.

Ainda havia dúvidas sobre qual das duas irmãs era a preferida do Capitão Wentworth, até onde Anne podia observar. Henrietta talvez fosse a mais bonita, Louisa a mais bem humorada, e Anne não sabia se seria mais provável que a mais doce ou a mais extrovertida o atrairia.

O Sr. e a Sra. Musgrove, por observarem pouco, ou por terem inteira confiança no critério de ambas as filhas e de todos os jovens que se aproximavam delas, pareciam deixar que tudo transcorresse naturalmente. Não havia o menor sinal de solicitude, tampouco qualquer comentário, por parte deles, no casarão principal; mas no chalé, era diferente. O jovem casal que lá morava estava mais disposto a especular e conjecturar, e o Capitão Wentworth não estivera mais do que quatro ou cinco vezes na companhia das Srtas. Musgrove, e Charles Hayter acabara de reaparecer, quando Anne teve que ouvir as opiniões de seu cunhado e de sua irmã, sobre qual das duas ele preferiria. Charles opinava que era Louisa, Mary dizia Henrietta, mas ambos concordavam que ele casar-se com qualquer uma das duas seria igualmente aprazível.

De acordo com Charles, ele jamais vira um homem tão agradável em toda a sua vida, e pelo que ouvira o próprio Capitão Wentworth falar uma vez, tinha certeza que o mesmo havia ganhado, no mínimo, vinte mil libras com a guerra. Era uma fortuna em um golpe só, além do que havia a chance do que poderia ser obtido com uma guerra futura, e Charles tinha certeza de que o Capitão Wentworth tinha tantas chances de se destacar quanto qualquer outro oficial da Marinha. Oh, seria um casamento perfeito para qualquer uma de suas irmãs!

– Certamente que sim – respondeu Mary. – Deus meu! Se ele se elevar a ponto de receber uma grande honraria! Se chegar a receber o título de baronete! "Lady Wentworth" soa tão bem. Seria uma coisa maravilhosa, mesmo, para Henrietta! Tomaria o meu lugar, e Henrietta não ficaria insatisfeita com isso. Sir Frederick e Lady Wentworth! Seria uma criação nova, é claro, e não tenho uma opinião muito boa sobre títulos recém-criados.

Mary preferia pensar que Henrietta seria a escolhida, justamente por causa de Charles Hayter, cujas pretensões ela gostaria que fossem impedidas. Desprezava a família Hayter de forma bastante decidida, e pensava que seria uma infelicidade renovar a relação existente entre as duas famílias – muito triste para ela e seus filhos.

– Sabe, – disse ela, – não consigo considerá-lo um esposo nem um pouco adequado para Henrietta, e considerando as alianças que a família Musgrove já fez, ela não tem o direito de se jogar fora. Não acho que qualquer jovem tem o direito de fazer uma escolha que possa ser desagradável e inconveniente para a parte principal de sua família, e de ensejar relações inadequadas para aqueles que não estão acostumados com elas. E peço que me digam, quem é Charles Hayter? Nada mais do que um vigário do interior. Uma união das mais inadequadas para a Srta. Musgrove de Uppercross.

Seu marido, contudo, não concordava com ela neste ponto, pois além de ser afeiçoado ao primo, Charles Hayter era um primogênito, e ele próprio encarava as coisas do ponto de vista de um filho mais velho.

– Agora está falando besteira, Mary – foi, portanto, sua resposta. – Não seria um casamento maravilhoso para Henrietta, mas Charles tem uma ótima chance, através da família Spicer, de conseguir alguma nomeação do Bispo, dentro de um ou dois anos. E ficará contente em lembrar que ele é o filho mais velho: quando meu tio se for, ele herdará muito boas posses. A propriedade em Winthrop não tem menos do que duzentos e cinquenta acres, além da fazenda perto de Taunton, que contém umas das melhores terras do condado. Asseguro-lhe de que qualquer um que não fosse Charles seria um marido inadequado para Henrietta, e o casamento não poderia, mesmo, acontecer; ele é o único que seria possível. Mas ele é um tipo afável e gentil, e quando tomar posse de Winthrop, a transformará em um tipo diferente de lugar, e viverá de forma bastante diferente. E, com aquela propriedade, nunca será do tipo que possa ser esnobado – é uma propriedade boa e alodial. Não, não, Henrietta poderia fazer coisa pior do que se casar com Charles Hayter, e se ela aceitá-lo, e Louisa conquistar o Capitão Wentworth, ficarei muito satisfeito.

– Charles pode dizer o que quiser, – exclamou Mary para Anne, assim que seu marido saiu da sala, – mas seria chocante Henrietta se casar com Charles Hayter, uma coisa muito ruim para ela, e pior ainda para mim. E, portanto, é de se desejar que o Capitão Wentworth o tire logo da cabeça dela, o que não duvido que já tenha feito. Ela mal reparou em Charles Hayter, ontem. Queria que você estivesse lá para ver como ela se comportou. E quanto ao Capitão Wentworth gostar tanto de Louisa quanto de Henrietta, é um absurdo dizer isso, pois ele certamente gosta muito mais de Henrietta. Mas Charles é tão confiante! Queria que tivesse estado conosco ontem, pois então poderia ter decidido a questão entre nós; tenho certeza que teria pensado como eu, a não ser se estivesse determinada a me contrariar.

Um jantar na casa do Sr. Musgrove havia sido a ocasião em que todas essas coisas poderiam ter sido vistas por Anne, mas ela havia permanecido em casa, sob a desculpa mista de dor de cabeça em si mesma, e uma reincidência da indisposição do pequenino Charles. Seu único objetivo era evitar o Capitão Wentworth, mas escapar de ser chamada para arbitrar a questão tinha sido acrescentado às vantagens da noite tranquila que passara.

Quanto à opinião do Capitão Wentworth, Anne considerava mais importante ele descobrir o que queria cedo o suficiente para não colocar em perigo a felicidade de uma das irmãs, ou macular a própria honra, do que conjecturar se ele preferia Henrietta ao invés de Louisa, ou Louisa ao invés de Henrietta. Qualquer uma das duas provavelmente se tornaria uma esposa afetuosa e bem humorada para ele. Em relação a Charles Hayter, ela tinha o tipo de delicadeza que sofria com qualquer conduta leviana por parte de uma jovem de boas intenções, e seu coração simpatizava com todas as dores que foram causadas; mas se Henrietta descobrisse que havia se enganado quanto à natureza de seus próprios sentimentos, a alternação não podia ser desvendada cedo demais.

Charles Hayter havia se deparado com muito, no comportamento de sua prima, que o desconcertava e humilhava. O afeto dela por ele era antigo demais para ter diminuído tão inteiramente, a ponto de, em dois encontros, extinguir todas as esperanças anteriores e deixá-lo com a única opção de manter-se longe de Uppercross; porém, havia uma mudança que se tornava bastante alarmante, quando se pensava que um homem como o Capitão Wentworth era a causa provável da mesma. Charles se ausentara só por dois domingos e, quando se despedira de Henrietta, a havia deixado interessada, exatamente do jeito que ele esperava, na possibilidade de ele logo abandonar seu vicariato atual e obter o de Uppercross. Na ocasião, parecera ser o desejo mais profundo de Henrietta que o Sr. Shirley, o reitor, que cumpria, há mais de quarenta anos, todos os deveres de sua posição, mas que estava ficando doente demais para muitos deles, se decidisse a contratar um novo vigário, fizesse todas as melhorias ao vicariato que conseguisse e prometesse dá-lo a Charles Hayter. A vantagem de ele ter que se mudar só para Uppercross, ao invés de seis milhas na direção contrária; de ter, sob todos os aspectos, um vicariato melhor; de pertencer ao estimado Sr. Shirley, e de o bom e querido Sr. Shirley poder abrir mão dos deveres que não conseguia mais cumprir sem se sentir extenuado, era algo extremamente significativo, até mesmo para Louisa, mas fora tudo o que Henrietta mais desejara. Quando Charles voltara, porém... todo o interesse dela pelo assunto se esvaíra. Louisa não conseguia ouvi-lo contar sobre uma conversa que acabara de ter com o Sr. Shirley: estava perto da janela, procurando o Capitão Wentworth; e até mesmo Henrietta havia tido, no máximo, metade de sua atenção para dar, e parecia ter esquecido todas as suas antigas dúvidas e solicitude em relação à negociação.

– Bom, fico muito feliz, mesmo, mas sempre pensei que você conseguiria; sempre tive certeza. Não me parece que... em resumo, sabe, o Sr. Shirley precisa de um vigário, e lhe havia prometido. Ele está vindo, Louisa?

Uma manhã, logo depois do jantar na casa da família Musgrove, no qual Anne não estivera presente, o Capitão Wentworth entrou na sala de estar do chalé, onde só estavam ela e o pequenino inválido, Charles, deitado no sofá.

A surpresa de encontrar-se quase sozinho com Anne Elliot privou seus modos de sua costumeira compostura: ele tomou um susto, e só conseguiu dizer:

– Pensei que as Srtas. Musgrove estavam aqui; a Sra. Musgrove me disse que as encontraria aqui – e andou até a janela para se recompor, e descobrir como deveria se comportar.

– Estão no andar de cima, com minha irmã; ouso dizer que descerão dentro de alguns momentos – foi a resposta de Anne, no meio de toda a confusão natural; e, se a criança não a tivesse pedido para fazer algo por ele, ela teria saído da sala no momento seguinte, e libertado o Capitão Wentworth e si mesma.

Ele continuou perto da janela e, após dizer, calma e educadamente: "Espero que o menininho esteja melhor", ficou em silêncio.

Ela foi obrigada a ajoelhar-se do lado do sofá, e ficar lá para satisfazer seu paciente; e assim continuaram por alguns minutos, até que, para sua enorme satisfação, ouviu alguma outra pessoa passando pelo pequeno vestíbulo. Esperava, ao virar a cabeça, ver o dono da casa, mas acabou sendo uma pessoa muito menos adequada para facilitar as coisas – Charles Hayter, provavelmente não muito mais contente ao ver o Capitão Wentworth do que o Capitão Wentworth havia ficado ao ver Anne.

Anne só ousou dizer:

– Como vai? Não quer sentar-se? As outras chegarão logo.

O Capitão Wentworth, contudo, afastou-se da janela, aparentemente disposto a conversar; mas Charles Hayter logo pôs um fim a suas tentativas, sentando-se ao lado da mesa e pegando o jornal; e o Capitão Wentworth voltou, então, para a janela.

Outro minuto trouxe uma nova adição. O menino mais novo, uma criança notavelmente robusta e desinibida, de dois anos de idade, tendo feito com que alguém de fora lhe abrisse a porta, fez sua determinada aparição entre eles, e dirigiu-se direto ao sofá para ver o que estava acontecendo, reivindicando para si qualquer coisa de boa que pudesse estar sendo distribuída.

Já que não havia nada para comer, ele só podia brincar; e, visto que sua tia não o deixava provocar o irmão doente, ele começou a agarrar-se nela, ajoelhada, de tal forma que, ocupada que estava com Charles, não conseguia fazê-lo se soltar. Falou com ele, ordenou, implorou e insistiu em vão. Em um momento, conseguiu empurrá-lo para longe, mas o menino gostou ainda mais de pular imediatamente em suas costas novamente.

– Walter, – disse ela, – desça já. Está sendo extremamente travesso. Estou muito brava com você.

– Walter, – exclamou Charles Hayter, – por que não faz o que mandam? Não está ouvindo sua tia falar? Venha aqui comigo, Walter, venha com o primo Charles.

Mas Walter não se mexeu um milímetro.

Dentro de um instante, contudo, Anne sentiu estar sendo libertada; alguém o estava afastando dela, apesar de ele ter inclinado a cabeça dela para baixo de tal modo que suas mãozinhas fortes não largavam seu pescoço, e foi resolutamente carregado para longe antes que ela pudesse perceber que era o Capitão Wentworth que o fazia.

O que sentiu ao descobri-lo fez com que ficasse absolutamente sem palavras. Não conseguia nem agradecê-lo. Só conseguia debruçar-se sobre o pequeno Charles, com os sentimentos completamente desordenados. Sua gentileza em fazer algo para aliviá-la, o modo e o silêncio em que tudo havia sido feito, os pequenos detalhes das circunstâncias, com a convicção de que ele queria evitar sua gratidão e não desejava de modo algum conversar, convicção esta que logo lhe ocorreu devido ao barulho que ele estava fazendo com o menino, produziu tamanha confusão de sentimentos de inquietude variada, porém dolorosa, da qual não conseguiu se recuperar até que pôde, devido ao surgimento de Mary e das Srtas. Musgrove, transferir os cuidados com seu pequenino paciente para elas e sair da sala. Não podia ficar. Poderia ter sido uma oportunidade de observar os amores e ciúmes dos quatro, pois estavam todos juntos, naquele momento; mas Anne não conseguiu ficar para assistir nada. Estava evidente que Charles Hayter não estava bem disposto em relação ao Capitão Wentworth. Anne tinha a forte impressão de tê-lo ouvido dizer, em um tom de voz aborrecido, após a interferência do Capitão Wentworth: "Você deveria ter me obedecido, Walter; te disse para não provocar sua tia", e podia compreender que ele se arrependera de deixar o Capitão Wentworth fazer o que ele mesmo deveria ter feito. Mas nem os sentimentos de Charles Hayter, nem os de mais ninguém, a interessariam até que houvesse colocado um pouco de ordem nos seus próprios. Estava envergonhada de si mesma, bastante envergonhada de estar tão nervosa, tão atordoada por algo tão insignificante; mas assim estava, e precisaria de um longo período de solidão e reflexão para recuperar-se.

Capítulo 10

Não faltaram outras oportunidades para fazer suas observações. Anne logo esteve na companhia dos quatro juntos, o suficiente para formar uma opinião, apesar de ser sábia demais para expressá-la em casa, onde sabia que não teriam satisfeito seu cunhado ou sua irmã; pois, apesar de considerar Louisa a preferida do capitão, não podia deixar de pensar, até onde ousava julgar, com base em suas lembranças e experiência, que o Capitão Wentworth não estava apaixonado por nenhuma das duas. Elas estavam mais apaixonadas por ele, mas, ainda assim, não era amor. Era um tipo de admiração febril, mas poderia se transformar, e provavelmente se transformaria, em amor por parte de alguma delas. Charles Hayter parecia estar ciente de ter sido rejeitado, mas Henrietta às vezes demonstrava estar dividida entre os dois. Anne ansiava ter o poder de contar a todos eles o que se passava entre eles, e de salientar alguns dos males aos quais estavam se expondo. Não atribuía malícia a ninguém. Sua maior satisfação era acreditar que o Capitão Wentworth não estava nem um pouco ciente da dor que estava causando. Não havia qualquer triunfo desprezível em seus modos. Ele provavelmente nunca tinha ouvido falar sobre a posição de Charles Hayter, tampouco refletido sobre ela. Só errava em aceitar as atenções (pois aceitar era a palavra) de duas mulheres ao mesmo tempo.

Contudo, após um curto esforço, Charles Hayter parecia ter desistido de lutar. Três dias se passaram sem que ele fosse uma única vez a Uppercross, uma mudança das mais notáveis. Havia até mesmo recusado um convite para jantar e, tendo sido encontrado pelo Sr. Musgrove, naquela ocasião, com alguns livros grandes à sua frente, o Sr. e a Sra. Musgrove ficaram certos de que alguma coisa estava errada, e comentaram, com expressões sérias, sobre ele estar estudando demais. Mary esperava e acreditava que ele havia recebido uma recusa direta de Henrietta, e seu marido permanecia constantemente certo de que o veriam no dia seguinte. Anne só conseguia pensar que Charles Hayter era sábio.

Uma manhã, enquanto Charles Musgrove e o Capitão Wentworth caçavam juntos e as irmãs do chalé dedicavam-se silenciosamente a seus afazeres, foram visitadas na janela pelas irmãs da casa principal.

Era um dia límpido de novembro, e as Srtas. Musgrove cruzaram o pequeno jardim e pararam só para dizer que estavam saindo para uma longa caminhada, concluindo que Mary não gostaria de ir com elas. Mary imediatamente respondeu, com um pouco de raiva por não ser considerada boa em caminhadas:

– Oh, sim, gostaria muito de me juntar a vocês, adoro uma longa caminhada.

Anne sentiu-se persuadida, pelas expressões das duas garotas, que era exatamente o que elas não queriam, e admirou-se novamente com o tipo de necessidade que os hábitos familiares pareciam produzir, de que tudo fosse comunicado e feito junto, por mais indesejado e inconveniente que fosse. Tentou dissuadir Mary de ir, mas foi em vão; então, sendo este o caso, achou melhor aceitar o convite, muito mais cordial, das Srtas. Musgrove para que fosse também, pois poderia ser útil na hora de voltar com sua irmã, diminuindo a interferência em qualquer plano das outras duas.

– Não consigo imaginar por que elas suporiam que não gosto de longas caminhadas – disse Mary, enquanto subia as escadas. – Todo mundo sempre supõe que não sou boa para caminhar; ainda assim, elas não teriam ficado contentes, se tivéssemos nos recusado a ir com elas. Quando as pessoas vêm deste modo, propositalmente, para nos convidar, como podemos dizer não?

Logo quando estavam partindo, os cavalheiros voltaram. Haviam levado um cachorro jovem, que estragara a caçada e os fizeram retornar mais cedo. O tempo, a força e o humor dos dois, portanto, estavam todos propícios para a caminhada, e a ela se consentiram com prazer. Caso Anne pudesse ter previsto tal junção, teria ficado em casa; porém, temendo algum interesse ou curiosidade, achou que era tarde demais para desistir, então os seis partiram juntos na direção escolhida pelas Srtas. Musgrove, que evidentemente julgavam que a caminhada estava sob sua direção.

O objetivo de Anne era não ficar no caminho de ninguém e, quando as trilhas estreitas que cruzavam os campos faziam com que o grupo tivesse que se separar, ficar ao lado de seu cunhado e sua irmã. O prazer que tivesse com a caminhada teria que advir do exercício e do tempo, da visão dos últimos sorrisos do ano sobre as folhas avermelhadas e os arbustos secos, e de repetir para si mesma algumas das milhares de descrições poéticas sobre o outono, aquela sensação de influência peculiar e inesgotável sobre as mentes educadas e afáveis, aquela estação que arrancara, de todos os poetas que mereciam ser lidos, alguma tentativa de descrição, ou algumas estrofes profundas. Ela ocupou sua mente o máximo que pôde com tais indagações e citações, mas não foi possível, dentro do campo de audição da conversa entre o Capitão Wentworth e qualquer uma das Srtas. Musgrove, não tentar ouvir. Ainda assim, entreouviu pouca coisa notável. Eram meramente conversas animadas, daquelas que quaisquer jovens que se tornaram amigos podem ter. Ocupou-se mais de Louisa do que de Henrietta. Louisa certamente tentava chamar mais a atenção dele do que a irmã. Esta distinção parecia aumentar, e houve um discurso de Louisa que se sobressaiu aos ouvidos de Anne. Após um dos muitos elogios do dia, que eram continuamente feitos, o Capitão Wentworth acrescentou:

– Que tempo glorioso para o Almirante e minha irmã! Eles pretendiam fazer um longo passeio de carruagem, esta manhã; talvez possamos acenar para eles de uma dessas colinas. Mencionaram que queriam vir para esta parte dos campos. Imagino onde tombarão, hoje. Oh, acontece sempre, asseguro-lhe, mas minha irmã não se importa; para ela, tanto faz cair da carruagem ou não.

– Ah! Está exagerando, eu sei, – exclamou Louisa, – mas se fosse mesmo assim, eu faria exatamente a mesma coisa, no lugar dela. Se eu amasse um homem como ela ama o Almirante, estaria sempre com ele, nada nunca nos separaria, e eu preferiria ser derrubada por ele, do que ser conduzida por qualquer outra pessoa.

Foi dito com entusiasmo.

– Preferiria? – exclamou ele, no mesmo tom. – Admiro a senhorita! – Então, caíram em silêncio por um tempo.

Anne não conseguiu pensar em outra citação novamente. As doces cenas de outono foram temporariamente esquecidas, a não ser quando um tenro soneto, cheio de analogias adequadas para o ano que se esvaía, de felicidade que se esvaía, e das imagens de juventude e esperança, assim como primavera, todas terminadas ao mesmo tempo, voltavam à sua memória. Forçou-se a dizer, quando fizeram a curva, seguindo ordens, para pegar um outro caminho:

– Não é este um dos caminhos até Winthrop? – Mas ninguém a ouviu, ou pelo menos, ninguém a respondeu.

Winthrop, contudo, ou suas cercanias – pois às vezes se encontra jovens caminhando perto de casa – era seu destino; e, após mais um quilômetro de subida gradual através de grandes terrenos cercados, onde os arados trabalhando e os caminhos recém-feitos demonstravam que os fazendeiros tentavam combater as doçuras do desânimo poético e fazer com que a primavera voltasse, o grupo chegou ao topo da maior das colinas, que dividia Uppercross e Winthrop, e logo puderam enxergar esta última por completo, ao pé do outro lado da colina.

Winthrop, sem beleza ou dignidade, estendia-se perante eles, com uma casa insignificante, baixa e presa pelos celeiros e construções do pátio da fazenda.

Mary exclamou:

– Por Deus! Aqui está Winthrop. Declaro que não fazia ideia! Bem, então, acho melhor voltarmos; estou cansadíssima.

Henrietta, consciente e envergonhada, sem ver qualquer primo Charles caminhando por uma das trilhas ou encostado em algum portão, estava pronta para fazer o que Mary desejava. Porém, "Não!", disse Charles Musgrove, e "Não, não!", exclamou Louisa, mais avidamente, e, puxando a irmã de lado, parecia estar argumentando com ela sobre o assunto acaloradamente.

Charles, enquanto isso, estava declarando, de forma decidida, sua resolução de visitar sua tia, agora que estava tão perto; e, evidentemente, apesar de temerosamente, também tentava induzir sua esposa a ir. Mas este era um dos assuntos nos quais a dama mostrava sua força e, quando ele recomendou que ela descansasse por quinze minutos em Winthrop, já que se sentia tão cansada, ela respondeu, resoluta:

– Oh, não, de forma alguma! Subir esta colina novamente me faria mais mal do que qualquer descanso me faria bem. – Em resumo, sua expressão e seus modos declararam que ela não iria.

Após uma curta sucessão deste tipo de discussão e consulta, ficou acordado entre Charles e suas duas irmãs que ele e Henrietta iriam descer rapidamente, por alguns minutos, para visitar sua tia e primos, enquanto o resto do grupo os esperaria no topo da colina. Louisa parecia ser a principal organizadora do plano e, enquanto ela desceu um pouquinho a colina com os outros dois, ainda conversando com Henrietta, Mary aproveitou a oportunidade para olhar ao seu redor com escárnio, e dizer ao Capitão Wentworth:

– É muito desagradável ter tais relações! Mas asseguro-lhe que não entrei nessa casa mais do que duas vezes em toda a minha vida.

A única resposta que recebeu foi um sorriso aquiescente artificial, seguido por um olhar de desdém enquanto o Capitão virava as costas, cujo significado Anne compreendia perfeitamente.

O cume da colina, onde ficaram, era um local alegre. Louisa voltara, e Mary, encontrando um assento confortável para si em um degrau da trilha, ficou bastante satisfeita, contanto que todos os outros estivessem de pé ao seu redor. Mas quando Louisa levou o Capitão Wentworth para longe, tentar colher algumas nozes em uma cerca-viva próxima, e foram indo cada vez mais para longe, Mary deixou de ficar satisfeita: brigava com o próprio assento, tinha certeza de que Louisa havia encontrado um melhor em outro lugar, e nada conseguiu impedi-la de ir procurar um, também. Passou pelo mesmo portão, mas não conseguiu vê-los. Anne encontrou um assento confortável para ela, em uma encosta seca e ensolarada, debaixo da cerca-viva, na qual não tinha dúvida de que os dois ainda estavam, em alguma parte ou outra. Mary sentou-se por um momento, mas não adiantou; tinha certeza de que Louisa havia encontrado um lugar melhor para se sentar, e queria continuar andando até ultrapassá-la.

Anne, estando ela própria bastante cansada, ficou feliz em poder sentar-se, e logo ouviu o Capitão Wentworth e Louisa perto da cerca-viva, atrás dela, como se estivessem voltando daquela espécie de canal irregular e malcuidado que corria pelo meio. Falavam enquanto se aproximavam. A voz de Louisa era a primeira discernível. Parecia estar no meio de algum discurso ávido. A primeira coisa que Anne ouviu foi:

– Então, a fiz ir. Não pude tolerar que deixasse de fazer a visita por estar com medo de tamanha besteira. Como assim? Eu seria dissuadida de fazer algo que houvesse me proposto a fazer, e que sabia ser a coisa certa, pelos ares e interferência daquele tipo de pessoa, ou de qualquer pessoa, devo dizer? Não, não creio ser tão facilmente persuadida. Quando tomo uma decisão, está tomada; e Henrietta parecia ter decidido visitar Winthrop hoje e, ainda assim, estava tão perto de desistir, por causa de uma complacência ridícula!

– Ela teria virado as costas, então, se não fosse por você?

– Teria, sim. Tenho quase vergonha de dizê-lo.

– Que bom para ela, ter uma mente como a sua à disposição! Depois das insinuações que fez agora, que só confirmaram minhas próprias observações, da última vez que o vi, não fingirei que entendia o que estava acontecendo. Vejo, agora, que era mais do que uma mera visita matinal à sua tia, advinda do dever; e pobre dele, e dela também, quando estiverem em uma situação que exija força e uma mente decidida, se ela não tiver resolução o suficiente para resistir interferências mínimas em assuntos tão insignificantes quanto este. Sua irmã é uma criatura amável, mas vejo que a sua personalidade tem decisão e firmeza. Se valoriza a conduta ou a felicidade dela, infunda o máximo de seus traços que puder em sua irmã. Mas não tenho dúvidas de que já vem fazendo isso. É a pior qualidade de uma personalidade maleável e indecisa demais, o fato de que não se pode confiar em nenhuma influência sobre ela. Nunca se tem certeza de que uma boa impressão será durável; qualquer um poderá mudá-la. Que aqueles que queiram ser felizes, sejam firmes. Aqui está uma noz, – disse ele, pegando uma de um galho no alto, – para servir de exemplo: uma bela noz brilhante, que, abençoada com sua força original, sobreviveu a todas as tempestades do outono. Sem um único furo, nenhum ponto fraco. Esta noz, – continuou ele, em um tom de solenidade divertida, – enquanto muitas de suas irmãs caíram e foram pisoteadas, continua de posse de toda a felicidade que pode-se supor ter uma noz. – E então, voltando ao seu tom honesto anterior: – Meu maior desejo, para todas as pessoas de quem gosto, é que sejam firmes. Se Louisa Musgrove quiser ser bela e feliz, no novembro de sua vida, estimará todas as suas atuais qualidades mentais.

Ele havia terminado, e ficou sem resposta. Anne teria ficado surpresa se Louisa houvesse conseguido dar uma resposta imediata a tal discurso: palavras de tamanho interesse, ditas com um ardor tão sério! Ela podia imaginar o que Louisa estava sentindo. Quanto a si mesma, temia se mexer, sob pena de ser vista. Enquanto ficava imóvel, um arbusto de azevinho a protegia, e os dois estavam prestes a seguir em frente. Antes que Anne não os pudesse mais ouvir, contudo, Louisa falou novamente.

– Mary até que é simpática, sob alguns aspectos, – disse ela, – mas às vezes me irrita enormemente com suas besteiras e seu orgulho – o orgulho Elliot. Ela tem orgulho Elliot demais. Queríamos tanto que Charles houvesse se casado com Anne, ao invés dela. Suponho que saiba que ele queria se casar com Anne?

Após uma pausa, o Capitão Wentworth disse:

– Quer dizer que ela o recusou?

– Oh, sim! Certamente.

– Quando isso ocorreu?

– Não sei exatamente, pois Henrietta e eu estávamos no colégio interno, na época, mas acredito que tenha sido mais ou menos um ano antes de ele se casar com Mary. Queria que Anne tivesse concordado. Todos nós gostaríamos muito mais dela, e papai e mamãe sempre pensaram que sua recusa foi obra de Lady Russell, aquela grande amiga dela. Pensam que Charles talvez não seja culto o suficiente, ou não lê livros o suficiente, para agradar Lady Russell, e que, portanto, ela persuadiu Anne a recusá-lo.

As vozes se afastavam, e Anne não conseguiu ouvir mais. Suas próprias emoções a mantiveram imóvel. Tinha muito do que se recuperar, antes de conseguir se mexer. O destino proverbial daqueles que entreouvem conversas não se abateu sobre ela; não ouvira nada de ruim sobre si mesma, mas obtivera uma quantidade considerável de informações bastante dolorosas. Viu como seu próprio caráter era julgado pelo Capitão Wentworth, e houvera um grau mínimo de interesse e curiosidade sobre ela, nos modos dele, que lhe causaram uma agitação extrema.

Assim que conseguiu, foi atrás de Mary e, a tendo encontrado e caminhado de volta com ela para seu antigo lugar, nos degraus da trilha, sentiu algum conforto com a reunião imediata de todo o grupo e sua partida juntos. Seu humor precisava da solidão e do silêncio que só um grupo grande pode propiciar.

Charles e Henrietta voltaram, trazendo, como poderia ter sido conjecturado, Charles Hayter com eles. Os detalhes da situação, Anne não podia tentar compreender; até mesmo o Capitão Wentworth não parecia ter sido informado totalmente. Mas que havia ocorrido um afastamento, por parte do cavalheiro, e um abrandamento, por parte da dama, não havia dúvidas, tampouco de que ambos estavam muito contentes por estarem novamente juntos. Henrietta parecia um pouco envergonhada, mas muito satisfeita; Charles Hayter parecia felicíssimo, e dedicaram-se um ao outro quase desde o primeiro instante da jornada de volta a Uppercross.

Tudo, agora, indicava que Louisa ficaria com o Capitão Wentworth; nada poderia ser mais óbvio e, quando o grupo precisava se dividir, ou até mesmo quando não havia tal necessidade, os dois andavam lado a lado, quase tanto quanto o outro casal. Em um longo trecho de pradaria, onde havia espaço o suficiente para todos, dividiram-se de tal modo, formando três grupos diferentes; e Anne necessariamente pertencia àquele grupo que menos se gabava de sua animação ou complacência. Juntou-se a Charles e Mary, e estava cansada o suficiente para ficar muito contente com o braço esquerdo de Charles; mas este, apesar de muito bem-humorado com ela, estava irritado com sua esposa. Mary o havia contrariado, e agora arcava com as consequências, que incluíam seu marido largar seu braço o tempo todo, para cortar as pontas de algumas urtigas dos arbustos com seu canivete; e quando

Mary começou a reclamar disso, e lamentar estar sendo maltratada, de acordo com os costumes, por estar do lado da cerca-viva, enquanto Anne nunca era incomodada do outro lado, ele largou os braços de ambas para correr atrás de uma fuinha que viu de canto de olho, e as duas mal conseguiram fazer com que ele seguisse caminho.

Este longo prado era ladeado por uma estradinha, que seria cruzada, ao final, pela trilha que o grupo seguia e, quanto todos chegaram ao portão de saída, uma carruagem, que ouviam há algum tempo e que avançava na mesma direção, acabara de emparelhar com eles, e provou ser o coche do Almirante Croft. Ele e sua esposa haviam saído para o passeio que pretendiam, e agora voltavam para casa. Ao ficarem sabendo da longa caminhada que os jovens haviam feito, gentilmente ofereceram um assento a qualquer dama que pudesse estar particularmente cansada; iria salvá-la de andar mais um quilômetro inteiro, e eles iriam passar por Uppercross. O convite foi para todas, e por todas recusado. As Srtas. Musgrove não estavam nem um pouco cansadas, e Mary ou ficou ofendida por não ter sido convidada antes das outras, ou o que Louisa chamava de "orgulho Elliot" não a permitia ser a terceira ocupante de um coche.

O grupo que caminhava havia cruzado a estradinha, e estava subindo alguns degraus do lado oposto, enquanto o Almirante colocava seus cavalos em movimento novamente, quando o Capitão Wentworth atravessou os arbustos rapidamente, para dizer algo para a irmã. Este algo pode ser adivinhado por seus efeitos:

– Srta. Elliot, tenho certeza de que está cansada, – exclamou a Sra. Croft, – nos dê o prazer de levá-la até sua casa. Há um espaço excelente para três, aqui, asseguro-lhe. Se fôssemos todos como você, creio que caberiam quatro. Precisa vir, por favor.

Anne ainda estava na estradinha e, apesar de começar a recusar instintivamente, não lhe foi permitido continuar. A gentil insistência do Almirante veio em apoio à de sua esposa: não aceitariam uma recusa, e se apertaram no menor espaço possível para deixar um canto para ela, e o Capitão Wentworth, sem dizer uma palavra, virou-se para ela e a obrigou, em silêncio, a deixar que ele a ajudasse a subir na carruagem.

Sim, ele havia conseguido. Ela estava na carruagem, e sentia que ele a havia colocado lá, que a vontade e as mãos dele o haviam feito, que ela devia isso a ele ter percebido seu cansaço e se decidido a propiciar a ela um descanso. Ficou bastante afetada por ver a disposição dele em relação a ela, que todas essas coisas tornavam aparente. Esta pequena circunstância parecia a conclusão de tudo o que havia acontecido anteriormente. Ela o compreendia. Ele não podia perdoá-la, mas não conseguia ser insensível. Apesar de condená-la pelo passado, e considerá-lo com grande e injusto ressentimento, apesar de ser perfeitamente indiferente a ela e afeiçoado a outra, ainda assim, não conseguia vê-la sofrer, sem desejar propiciar-lhe alívio. Era um resto do antigo sentimento; um impulso de amizade pura, porém não reconhecida, prova de seu coração afável e carinhoso, que ela não podia contemplar sem emoções mistas de prazer e dor, dentre as quais não sabia qual prevaleceria.

Suas respostas à gentileza e aos comentários de seus companheiros foram, primeiro, dadas inconscientemente. Já haviam percorrido metade do caminho, pela estradinha de terra, antes de Anne ouvir de verdade o que diziam. Percebeu, então, que falavam sobre "Frederick".

– Ele certamente pretende casar-se com uma daquelas duas garotas, Sophy, – dizia o Almirante, – mas não temos como saber qual. Já vem correndo atrás delas há tempo suficiente, também, para se decidir logo. Sim, isso é o resultado dos tempos de paz. Se estivéssemos em guerra agora, ele já teria resolvido o assunto há tempos. Nós, marinheiros, Srta. Elliot, não podemos nos dar ao luxo de cortejar mulheres por muito tempo, em tempos de guerra. Quantos dias se passaram, querida, entre a primeira vez que a vi, e o momento em que nos sentamos juntos em nossos aposentos em North Yarmouth?

– É melhor não falarmos sobre isso, querido, – respondeu a Sra. Croft, em um tom agradável, – pois se a Srta. Elliot soubesse a rapidez com que nos entendemos, ela nunca seria persuadida de que somos felizes juntos. Já havia ouvido falar sobre seu caráter, contudo, há tempos.

– Bom, e eu havia ouvido falar que você era uma garota muito bonita, então que motivo tínhamos para esperar? Não gosto de me demorar muito quanto a essas coisas. Gostaria que Frederick abrisse um pouco mais as velas e nos trouxesse uma dessas jovens para Kellynch. Então, sempre estariam acompanhados. E ambas são jovens muito agradáveis; mal consigo distinguir uma da outra.

– Sim, são mesmo garotas muito bem-humoradas e sem afetação, – disse a Sra. Croft, em um tom de elogio mais brando que fez Anne suspeitar que a mente mais atilada dela não conseguia considerar nenhuma das duas digna de seu irmão, – e uma família muito respeitável. Não poderíamos nos ligar a pessoas melhores. Meu caro Almirante, aquele poste! Vamos bater naquele poste.

Mas, dando ela mesma às rédeas uma direção melhor, passaram incólumes pelo perigo; e, em outras ocasiões estendendo as mãos judiciosamente, impediu que caíssem em uma vala e trombassem com uma carroça que carregava estrume. Anne, divertindo-se com o estilo de direção dos dois, que imaginava ser uma boa representação do modo como guiavam seus outros assuntos, viu-se entregue em segurança por eles no chalé.

Capítulo 11

Chegava o momento da volta de Lady Russell: o dia já estava marcado e Anne, tendo combinado de encontrá-la assim que estivesse se estabelecido novamente em casa, ansiava por voltar mais cedo para o vilarejo de Kellynch, e começava a pensar sobre como seu conforto seria afetado pela mudança.

Estaria no mesmo vilarejo que o Capitão Wentworth, a menos de um quilômetro de distância dele; teriam que frequentar a mesma igreja, e haveria interação entre as duas famílias. Isso não a agradava, mas, por outro lado, ele passava tanto tempo em Uppercross que, ao voltar a Kellynch, poderia considerar que estava deixando-o para trás, ao invés de indo em direção a ele. E, de modo geral, acreditava que sairia ganhando, em relação a tão interessante questão, ao trocar a pobre Mary por Lady Russell como companhia doméstica.

Desejava poder evitar ver o Capitão Wentworth em Kellynch Hall: aqueles cômodos haviam testemunhado antigos encontros, que seriam trazidos de forma dolorosa à sua mente. Mas ansiava ainda mais pela possibilidade de Lady Russell e o Capitão Wentworth nunca se encontrarem em lugar algum. Não gostavam um do outro, e uma renovação da relação não faria bem nenhum. E, se Lady Russell os visse juntos, poderia pensar que ele tinha confiança demais e que ela não tinha o suficiente.

Estas considerações eram os principais motivos de sua disposição de adiantar sua partida de Uppercross, onde achava já ter ficado o suficiente. Sua utilidade para o pequeno Charles sempre adoçaria um pouco suas lembranças dos dois meses que lá passara, mas ele estava recuperando suas forças rapidamente, e ela não tinha outros motivos para ficar.

A conclusão de sua visita, contudo, foi modificada de um modo que não poderia ter imaginado. O Capitão Wentworth, após passar dois dias inteiros sem aparecer ou mandar notícias a Uppercross, ressurgiu entre eles para justificar sua ausência.

Uma carta de seu amigo, o Capitão Harville, que finalmente havia chegado em suas mãos, o informara de que este estava passando o verão em Lyme com sua família, o que fazia, portanto, com que os dois estivessem a pouco mais de trinta quilômetros de distância um do outro. A saúde do Capitão Harville estivera abalada, desde que ele havia sido seriamente ferido, dois anos antes, e a ansiedade do Capitão Wentworth por vê-lo fizera com que partisse imediatamente para Lyme. Ficara lá por vinte e quatro horas. Sua absolvição estava completa, e a amizade entre os dois calorosamente honrada. Um grande interesse por seu amigo e sua descrição dos belos campos ao redor de Lyme excitaram em todo o grupo um sincero desejo de conhecer a cidade pessoalmente, de modo que resultou em planos para que todos para lá fossem.

Todos os jovens estavam loucos para conhecer Lyme. O Capitão Wentworth mencionou a possibilidade de voltar para lá, pois ficava só a vinte e sete quilômetros de distância de Uppercross; apesar de ser novembro, o tempo não estava nem um pouco ruim. Em resumo, Louisa, que era a mais ansiosa dentre os ansiosos, tendo decidido ir e, além de ter o prazer de fazer o que queria, estando armada com a ideia de que conseguir fazer as coisas do seu jeito é algo digno de mérito, derrotou todos os desejos de seus pais, de que adiasse até o verão; então, para Lyme eles iriam: Charles, Mary, Anne, Henrietta, Louisa e o Capitão Wentworth.

O primeiro e precipitado plano fora ir pela manhã, e voltar à noite; mas com isso o Sr. Musgrove, pelo bem de seus cavalos, não concordara. E, quando pensaram racionalmente, um dia no meio de novembro não teria luz do sol o suficiente para que tivessem tempo de ver um lugar novo, após deduzirem sete horas, que a natureza dos campos exigiria, para a ida e a volta. Consequentemente, passariam a noite lá, e não seriam esperados de volta antes do jantar do dia seguinte. Esta foi considerada uma alteração significativa e, apesar de terem se encontrado bem cedo no casarão principal, para o café, e terem saído com muita pontualidade, já se passara tanto tempo desde o meio-dia quando as duas carruagens – o coche do Sr. Musgrove, contendo as quatro damas, e o cabriolé de Charles, onde ele levava o Capitão Wentworth – desceram a longa colina até Lyme e entraram na rua principal da cidade, ainda mais íngreme, que ficou bastante evidente que só teriam tempo para dar uma olhada por perto, antes da luz e do calor do sol acabarem.

Após obterem acomodações e encomendarem o jantar em uma das estalagens, a próxima coisa que precisavam fazer seria, indubitavelmente, caminhar diretamente até o mar. Haviam vindo em uma época avançada demais do ano para aproveitar qualquer diversão ou variedade que Lyme, como um lugar público, podia oferecer. Os quartos das hospedarias estavam fechados, quase todos os hóspedes já haviam partido, e não sobrara quase nenhuma família, exceto os moradores locais; e, visto que não há nada para se admirar nas edificações, o olhar dos forasteiros busca a bela localização da cidade, com a rua principal quase que se apressando em direção à água, o caminho até o quebra-mar, circundando a pequena e agradável baía, que, durante a alta estação, ficava animada com carrinhos de banho e pessoas; o próprio quebra-mar, suas antigas maravilhas e novas melhorias, com a linda linha de rochedos que se estendia até o leste da cidade. E forasteiros muito estranhos seriam, se não vissem os encantos das cercanias de Lyme e não sentissem vontade de conhecê-las melhor. As cenas de sua vizinhança, Charmouth, com suas altitudes e extensas campinas, e também sua doce e isolada baía, contrastada com os rochedos escuros, onde fragmentos pequenos de rochas entre as areias a tornavam o melhor lugar para observar o fluxo das marés, para sentar em contemplação tranquila; as variedades dos bosques do alegre vilarejo de Up Lyme; e, acima de tudo, Pinny, com seus abismos entre românticas rochas, onde as escassas árvores de floresta e pomares luxuriantes declaravam que muitas gerações já deviam ter se passado desde que a primeira queda parcial do desfiladeiro preparara o terreno para tal estado, onde uma cena tão maravilhosa e encantadora era exibida, que mais do que se igualava a quaisquer cenas parecidas da mais famosa Ilha de Wight: esses locais precisavam ser visitados, de novo e de novo, para poder compreender o valor de Lyme.

O grupo de Uppercross caminhara pelas casas desertas e de aparência melancólica e continuou descendo, logo se encontrando à beira-mar; e, parando para contemplar o mar, como todos os que merecem a possibilidade de observá-lo devem fazer quando o visitam novamente, dirigiu-se para o quebra-mar, que também era seu objetivo, por si próprio e devido ao relato do Capitão Wentworth, pois em uma pequena casa ao pé de um velho píer, de idade desconhecida, os Harville estavam estabelecidos. O Capitão Wentworth entrou para visitar o amigo; os outros continuaram caminhando, e ele iria encontrar-se com eles no quebra-mar.

Não estavam cansados de maravilhar-se e admirar, de forma alguma, e nem mesmo Louisa parecia sentir que tinham se separado do

Capitão Wentworth por tempo demais, quando o viram vindo atrás deles, com três companheiros, todos já bem conhecidos por descrição como sendo o Capitão e a Sra. Harville, e o Capitão Benwick, que estava hospedado com eles.

O Capitão Benwick fora, há algum tempo, o primeiro-tenente do Laconia, e o relato que o Capitão Wentworth havia feito sobre ele, quando visitara Lyme anteriormente, os calorosos elogios que fizera, dizendo ser ele um excelente jovem e um oficial, que sempre valorizara enormemente, o que, por si só, já faria com que todos os ouvintes o estimasse, havia sido seguido por um pouco da história de sua vida, que o tornara extremamente interessante aos olhos de todas as damas. Ele havia sido noivo da irmã do Capitão Harville, e agora estava de luto por sua perda. Os dois esperaram um ano ou dois que ele fizesse fortuna e fosse promovido. A fortuna viera, seu prêmio de tenente tendo sido grande; a promoção, também, finalmente chegara, mas Fanny Harville não viveu para receber a notícia. Morrera no verão anterior, enquanto ele estava em alto mar. O Capitão Wentworth acreditava ser impossível um homem ser mais ligado a uma mulher do que o pobre Benwick havia sido a Fanny Harville, ou mais profundamente afetado pela terrível mudança. Em sua opinião, a personalidade do amigo era do tipo que sofria imensamente, unindo sentimentos fortes e modos quietos, sérios e isolados, assim como um enorme gosto pela leitura e ocupações sedentárias. Para coroar o interesse dos ouvintes pela história, a amizade entre ele e os Harville parecia, se é que era possível, ter sido aumentada pelo evento que impedira todos os seus desejos de uma aliança entre eles, e o Capitão Benwick agora morava definitivamente com o casal. O Capitão Harville havia alugado sua atual casa por meio ano; seu gosto, sua saúde e sua fortuna o haviam dirigido a uma residência barata e perto do mar, e a beleza do interior e o isolamento de Lyme durante o inverno pareciam combinar perfeitamente com o estado de espírito do Capitão Benwick. A simpatia e a boa-vontade em relação ao Capitão Benwick eram enormes.

– Ainda assim, – disse Anne, para si mesma, enquanto caminhavam de encontro ao outro grupo, – talvez o coração dele não carregue uma tristeza tão grande quanto o meu. Não posso acreditar que as perspectivas dele foram destruídas para sempre. Ele é mais jovem do que eu; mais jovem em disposição, senão efetivamente; mais jovem como homem. Ele se recuperará e será feliz com outra.

Os dois grupos se encontraram e foram apresentados. O Capitão Harville era um homem alto e moreno, com uma expressão sensata e benevolente; um pouco manco e, devido a suas feições fortes e saúde frágil, parecia muito mais velho do que o Capitão Wentworth. O Capitão Benwick parecia ser, e era, o mais jovem dos três e, em comparação com os outros dois, um homem pequeno. Tinha um rosto agradável e um ar melancólico, como deveria ter, e manteve-se alheio às conversas.

O Capitão Harville, apesar de não ter os mesmos bons modos do Capitão Wentworth, era um perfeito cavalheiro, sem afetação, caloroso e atencioso. A Sra. Harville, um pouco menos polida do que o marido, parecia, contudo, ter as mesmas boas intenções, e nada podia ser mais agradável do que o desejo deles de considerar o grupo todo como seus próprios amigos, por serem amigos do Capitão Wentworth, ou mais hospitaleiro do que seus pedidos de que todos prometessem jantar com eles. O jantar, já encomendado na estalagem, foi final, porém relutantemente, aceito como desculpa; mas pareceram quase magoados com o fato de o Capitão Wentworth ter trazido tal grupo a Lyme sem considerar óbvio que jantariam com eles.

Havia tanto afeto pelo Capitão Wentworth em tudo isso, e tamanho encanto em uma hospitalidade tão incomum, tão diferente do estilo usual de fazer e receber convites, e jantares por formalidade e aparência, que Anne sentiu que seu humor não melhoraria com um aprofundamento de sua relação com os irmãos da Marinha do Capitão Wentworth. "Eles teriam sido meus amigos", era seu pensamento; e teve que lutar contra uma enorme tendência à melancolia.

Ao saírem do quebra-mar, todos entraram na casa de seus novos amigos, e se depararam com aposentos tão pequenos que só aqueles que fazem convites sinceros poderiam pensar que acomodariam tantas pessoas. A própria Anne passou por um momento de surpresa, mas este logo se perdeu em meio aos sentimentos mais agradáveis que surgiram ao ver todas as inventividades e arranjos espertos do Capitão Harville, para tirar o melhor proveito do espaço, suprir as deficiências dos móveis alugados e defender as janelas e portas contra as tempestades invernais que eram de se esperar. A variedade da mobília dos cômodos, onde os itens básicos fornecidos pelo proprietário eram comuns e ordinários, em contraste com alguns artigos feitos de raros tipos de madeira, trabalhada de forma excelente, e com peças curiosas e valiosas, de todos os países distantes que o Capitão Harville havia visitado, eram mais do que divertidos para Anne; sendo ligados à profissão dele, frutos de seus esforços, os efeitos de sua influência sobre os hábitos dele e a imagem de tranquilidade e felicidade doméstica que apresentavam, despertavam nela algo a mais – ou a menos – do que gratificação.

O Capitão Harville não tinha o hábito de ler, mas havia obtido uma acomodação excelente e construído prateleiras bonitas para uma coleção moderada de volumes bem encadernados, propriedade do Capitão Benwick. O fato de ser manco o impedia de fazer muitos exercícios, mas uma mente voltada à utilidade e à argúcia parecia constantemente propiciar a ele algo a fazer dentro de casa. Ele desenhava, envernizava, fazia carpintaria, colava; fazia brinquedos para as crianças; fabricava novas agulhas e alfinetes com melhorias; e, se já houvesse feito tudo isso, sentava-se com sua grande rede de pesca, em um canto da sala.

Anne pensou ter deixado para trás uma grande felicidade, quando saíram da casa, e Louisa, ao lado de quem se descobriu andando, explodiu em um enlevo de admiração e deleite com o caráter dos homens da Marinha: sua simpatia, irmandade, franqueza, honestidade, declarando que estava convencida que os marinheiros tinham mais valor e candura do que qualquer outro grupo de homens na Inglaterra, que só eles sabiam como viver e que só eles mereciam ser respeitados e amados.

Voltaram para trocar de roupa e jantar, e todos os seus planos haviam corrido tão bem até então, que não acharam nada faltando; apesar de os donos da estalagem terem se desmanchado em desculpas por "ser tão fora de época" e "não estarem localizados em uma das ruas principais de Lyme" e "não estarem esperando companhia".

Anne percebeu que já estava tão acostumada a estar na companhia do Capitão Wentworth, àquele ponto, muito mais do que primeiro imaginara que poderia ficar, que sentar-se à mesma mesa com ele e trocar as cortesias comuns que a situação ensejava (nunca passaram disso) havia se tornado algo insignificante.

As noites estavam escuras demais para que as damas se encontrassem novamente até o dia seguinte, mas o Capitão Harville havia prometido visitá-los à noite; e foi, trazendo seu amigo, que era mais do que esperaram, tendo sido acordado que o Capitão Benwick parecia se sentir oprimido pela presença de tantos estranhos. Contudo, ousou voltar ao meio deles, apesar de seu humor certamente não combinar com a alegria do resto do grupo.

Enquanto os Capitães Wentworth e Harville lideravam a conversa, em um lado da sala, e, recorrendo ao passado, forneciam anedotas em abundância para ocupar e entreter os outros, o quinhão de Anne foi ficar um tanto quanto separada dos outros, junto com o Capitão Benwick, e um maravilhoso impulso de sua natureza a fez começar a conhecê-lo melhor. Ele era tímido, e com tendência à distração, mas a brandura cativante de sua expressão e seus modos gentis logo fizeram efeito, e Anne foi recompensada com o primeiro esforço da parte dele. Ele era, evidentemente, um jovem que tinha um considerável gosto por livros, apesar de ser principalmente por poesia; e além de estar convencida de tê-lo dado pelo menos uma noite de indulgência, com a discussão de assuntos pelos seus companheiros provavelmente não se interessavam, Anne teve a esperança de ser de verdadeira utilidade para ele, em relação a algumas sugestões quanto ao dever e o benefício de lutar contra a tristeza, assunto este para o qual a conversa entre os dois se voltara naturalmente. Pois apesar de tímido, ele não parecia ser reservado; na verdade, parecia ter sentimentos que ficaram contentes de serem libertados de suas amarras costumeiras e, após ter falado de poesia, a riqueza da época atual e uma breve comparação de opiniões quanto aos principais poetas, tentando averiguar se Marmion ou A Dama do Lago eram os melhores, e qual seria a classificação de Giaour e A Noiva de Abydos, e também como se pronunciava Giaour, ele mostrou ter um conhecimento tão íntimo de todas as estrofes mais ternas de um poeta, e todas as descrições arrebatadas de agonia desesperançosa de outro; repetiu, com sentimento trêmulo, as diversas linhas que descreviam um coração partido, ou uma mente sobre a qual se abatera a infelicidade, e parecia querer tanto ser compreendido, que Anne ousou esperar que ele não lesse só poesia, e a dizer que pensava ser a desventura da poesia ser raramente aproveitada com segurança por aqueles que a aproveitavam completamente, e que os sentimentos fortes, que eram os únicos que poderiam estimar verdadeiramente a poesia, eram justamente aqueles que deveriam prová-la com parcimônia.

O olhar dele não indicava que não sentira dor, e sim prazer com tal alusão à sua situação, então Anne criou coragem para prosseguir; e, sentindo que sua mente mais experiente lhe dava esse direito, ousou recomendar a ele que incluísse uma dose maior de prosa em suas leituras diárias. Ao lhe ser pedido que fosse mais específica, mencionou as obras dos melhores moralistas ingleses, coleções das mais finas cartas e memórias de pessoas com caráteres dignos e sofridos que lhe ocorreram no calor do momento, e que julgava serem calculadas para excitar e fortificar a mente pelos mais elevados preceitos e mais fortes exemplos de resistência moral e religiosa.

O Capitão Benwick escutou com atenção, pareceu grato pelo interesse sugerido e, apesar de balançar a cabeça e suspirar, de forma que demonstrava a pouca fé que botava na eficácia de quaisquer livros sobre uma tristeza como a sua, anotou os nomes dos que ela lhe recomendara e prometeu procurá-los e lê-los.

Quando a noite terminou, Anne não pôde evitar se divertir com a ideia de ter ido até Lyme pregar paciência e resignação a um jovem que nunca havia visto antes, tampouco pôde evitar temer, ao refletir mais seriamente, que, como muitos outros grandes moralistas e pregadores, ela havia sido eloquente sobre um assunto no qual sua própria conduta não resistiria a um exame.

Capítulo 12

Anne e Henrietta, ao perceberem que eram os dois membros do grupo que acordaram mais cedo no dia seguinte, concordaram em dar uma caminhada até o mar, antes do café. Foram até a areia, observar o fluxo das marés, que uma leve brisa sudeste trazia com toda a grandeza que uma costa tão plana permitia. Elogiaram a manhã, admiraram o mar, compartilharam o deleite com a brisa fresca – e então caíram em silêncio, até que Henrietta falou novamente:

– Oh, sim! Estou bem convencida de que, com muito poucas exceções, o ar marinho sempre faz bem. Não pode haver dúvida de que foi extremamente útil para o Sr. Shirley, após a doença dele na primavera do ano passado. Ele mesmo declara que passar um mês em Lyme lhe foi mais benéfico do que todos os remédios que tomou, e que estar perto do mar sempre faz com que se sinta jovem novamente. Agora, não posso deixar de pensar que é uma pena ele não morar permanentemente perto do mar. Acho mesmo que seria melhor que ele partisse de Uppercross definitivamente, e se estabelecesse em Lyme. Não acha, Anne? Não concorda comigo, que é a melhor coisa que ele poderia fazer, para ele mesmo e também para a Sra. Shirley? Ela tem primos aqui, sabe, e muitos conhecidos, o que lhe traria alegria, e tenho certeza de que ela ficaria contente de vir para um lugar onde poderia ter atendimento médico ao seu alcance, caso ele tenha outra convulsão. Penso, de verdade, que é muito triste quando pessoas excelentes como o Sr. e a Sra. Shirley, que fizeram o bem a vida inteira, terminam seus dias em um lugar como Uppercross, onde, exceto nossa família, eles parecem isolados do mundo. Queria que os amigos dele propusessem isso a ele. Realmente acho que deveriam. E, quanto a obter uma dispensa, não poderia haver dificuldades, com a idade e o caráter dele. Minha única dúvida é se algo o persuadiria a sair de sua paróquia. Ele é tão severo e escrupuloso em suas noções; escrupuloso até demais, eu diria. Não pensa, Anne, que isso é ser escrupuloso demais? Não acha que é um assunto de consciência bastante equivocado, quando um clérigo sacrifica sua própria saúde pelo bem de seus deveres, que podem ser cumpridos tão bem por outra pessoa, quanto por ele? E em Lyme, também, a apenas vinte e sete quilômetros dc distância, ele estaria perto o suficiente para ficar sabendo, se as pessoas achassem que há algo do que reclamar.

Anne sorriu para si mesma mais de uma vez, durante tal discurso, e entrou na discussão sobre o assunto, tão disposta a fazer o bem, comentando sobre os sentimentos de uma jovem, tanto quanto sobre os de um jovem, apesar de que, nesta ocasião, o bem que poderia fazer era menor, pois o que poderia oferecer, senão uma aquiescência geral? Disse tudo o que era razoável e apropriado sobre o assunto, concordou adequadamente com as declarações de que o Sr. Shirley deveria repousar, declarou ser recomendável que ele colocasse algum jovem ativo e respeitável em seu lugar de vigário residente, e foi até mesmo cortês o suficiente para fazer menção ao fato de que tal vigário residente deveria ser casado.

– Gostaria muito – disse Henrietta, muito contente com sua companheira – que Lady Russell morasse em Uppercross e fosse amiga íntima do Sr. Shirley. Sempre ouvi dizer que Lady Russell é uma mulher com muita influência sobre todos! Sempre penso nela como sendo capaz de persuadir uma pessoa a fazer qualquer coisa! Ela me intimida, como já disse antes, me intimida bastante, pois é tão inteligente; mas a respeito imensamente, e gostaria que tivéssemos uma vizinha como ela, em Uppercross.

Anne divertiu-se com o jeito de Henrietta expressar sua gratidão, e também com o fato de os acontecimentos e os novos interesses de Henrietta terem feito com que Lady Russell fosse estimada por um membro da família Musgrove; contudo, só teve tempo de dar uma resposta geral e expressar seu desejo de que outra mulher como sua amiga morasse em Uppercross, antes que toda a conversa cessasse, ao verem Louisa e o Capitão Wentworth vindo em sua direção. Também tinham saído para dar uma caminhada, até que o café da manhã ficasse pronto, mas Louisa, se lembrando imediatamente de que tinha algo a comprar em uma loja, os convidou todos a voltarem com ela para a cidade. Todos eles se colocaram à sua disposição.

Quando chegaram à escada que dava acesso à praia, um cavalheiro que se preparava para descer afastou-se educadamente, e parou para que o grupo pudesse passar. Eles subiram e passaram por ele e, enquanto o faziam, o rosto de Anne chamou-lhe a atenção, o que ela não pôde deixar de perceber. A aparência dela estava notavelmente boa; suas feições regulares e muito bonitas com o vigor e o frescor da juventude restaurados pelo suave vento que soprava em seu rosto, e pela animação de seu olhar, que este também havia causado. Ficou evidente que o cavalheiro (seus modos indicavam completamente que era um cavalheiro) a admirara imensamente. O Capitão Wentworth voltou-se para olhar para ela instantaneamente, de uma forma que demonstrava que havia reparado. Lançou-lhe um olhar momentâneo, com uma expressão vivaz, que parecia dizer: "Aquele homem ficou impressionado com você, e mesmo eu, neste momento, vejo algo parecido com Anne Elliot, novamente".

Após acompanhar Louisa em sua tarefa e vaguear mais um pouco, o grupo voltou à estalagem, e Anne, ao ir rapidamente de seu quarto para a sala de jantar, quase deu um encontrão no mesmo cavalheiro, que saía do quarto ao lado. Ela havia antes conjecturado que ele era um estranho como eles, e decidido que um cavalariço bem-apessoado, que passeava perto das estalagens quando retornavam, deveria ser seu criado. O fato de que o patrão e o criado estavam ambos de luto reforçava a ideia. Agora descobrira que ele estava hospedado na mesma estalagem que seu grupo, e este segundo encontro, apesar de curto, também provou novamente, com os olhares lançados pelo cavalheiro, que ele a considerava muito bela, e a rapidez e a correção de suas desculpas provaram que tinha modos excelentes. Parecia ter aproximadamente trinta anos de idade e, apesar de não ser bonito, tinha um ar agradável. Anne pensou que gostaria de saber quem ele era.

Eles haviam quase terminado de tomar o café, quando o som de uma carruagem (quase a primeira que ouviam, desde que chegaram em Lyme) atraiu metade do grupo até a janela. Era a carruagem de um cavalheiro, um cabriolé, mas vinha somente dos estábulos até a porta da frente; alguém devia estar partindo. Estava sendo conduzida por um criado vestindo roupas de luto.

A palavra "cabriolé" fez com que Charles Musgrove se pusesse de pé em um salto, para poder compará-lo com o seu próprio; o criado de luto excitou a curiosidade de Anne, e todos os seis já haviam se juntado para observar, quando o dono do cabriolé foi visto saindo pela porta da frente, em meio a reverências e gestos corteses dos donos da estalagem, tomando seu lugar e partindo.

– Ah, – exclamou o Capitão Wentworth imediatamente, com uma olhada de relance para Anne, – é aquele mesmo homem por quem passamos.

As Srtas. Musgrove concordaram e, tendo todos o observado subir a colina, por tanto tempo quanto puderam, voltaram para a mesa do café. O garçom entrou na sala logo depois.

– Por favor, – disse o Capitão Wentworth, imediatamente, – pode nos dizer o nome do cavalheiro que acabou de sair?

– Sim, senhor, um Sr. Elliot, cavalheiro de grande fortuna, chegou ontem de Sidmouth. Presumo que tenham ouvido a carruagem, senhor, quando estavam jantando. Está indo agora a Crewkherne, a caminho de Bath e Londres.

– Elliot! – muitos deles se entreolharam, e muitos repetiram o nome, antes de tudo isso ter sido dito, até mesmo com a rapidez esperta de um garçom.

– Deus meu! – exclamou Mary. – Deve ser o nosso primo; tem que ser o nosso Sr. Elliot, tem sim! Charles, Anne, não deve ser? De luto, viram, como o nosso Sr. Elliot deve estar. Que extraordinário! Na mesma estalagem que nós! Anne, não tem que ser o nosso Sr. Elliot? O herdeiro de papai? Diga, senhor – disse ela, voltando-se para o garçom, – não ouviu dizer, o criado dele não disse, se ele pertencia à família de Kellynch?

– Não, senhora, ele não mencionou nenhuma família em específico, mas disse que seu patrão era um cavalheiro muito rico, e seria um baronete, um dia.

– Aí está! Viram! – exclamou Mary, enlevada. – Foi o que eu disse! Herdeiro do Sir Walter Elliot! Tinha certeza que alguém teria mencionado, se fosse esse o caso. Podem acreditar, é uma circunstância que os criados dele fazem questão de tornar pública, onde quer que ele vá. Mas Anne, pense só, que extraordinário! Queria tê-lo visto mais. Gostaria de termos ficado sabendo a tempo quem ele era, para que ele pudesse ser apresentado a nós. Que pena que não fomos apresentados uns aos outros! Você achou que ele tinha as feições Elliot? Mal olhei para ele, estava olhando para os cavalos; mas acho que ele tinha um pouco das feições Elliot, que estranho o brasão dele não ter chamado minha atenção! Ah, o sobretudo estava pendurado sobre o painel da porta e escondeu o brasão, é verdade; de outro modo, tenho certeza que teria reparado nele, e o uniforme do criado, também, se ele não estivesse usando roupas de luto, teríamos reconhecido o uniforme.

– Considerando-se todas essas circunstâncias extraordinárias, – disse o Capitão Wentworth, – devemos considerar obra do destino, vocês não terem sido apresentadas a seu primo.

Quando conseguiu chamar a atenção de Mary, Anne tentou, em voz baixa, convencê-la de que seu pai e o Sr. Elliot não tinham, há muitos anos, um relacionamento bom o suficiente para que elas desejassem tentar uma apresentação.

Ao mesmo tempo, contudo, lhe era muito gratificante ter visto seu primo, e saber que o futuro dono de Kellynch era indubitavelmente um cavalheiro, e tinha um ar de sensatez. Ela não mencionaria, de jeito nenhum, o fato de tê-lo encontrado uma segunda vez. Por sorte, Mary não se importou muito com o fato de terem passado perto dele em sua caminhada matinal, mas teria se sentido muito injustiçada se soubesse que Anne havia encontrado com ele no corredor e recebido suas educadíssimas desculpas, enquanto que ela mesma não havia nem chegado perto dele. Não, aquele encontro entre primos teria que permanecer sob total sigilo.

– Claro – disse Mary – que você irá mencionar que vimos o Sr. Elliot, da próxima vez que escrever a Bath. Acho que papai certamente deveria ficar sabendo; conte tudo sobre ele.

Anne evitou dar uma resposta direta, mas era exatamente o tipo de circunstância que julgada ser não só desnecessário comunicar, como também ser mantida em silêncio. Ela estava ciente da ofensa ao seu pai, muitos anos atrás, suspeitava da participação de Elizabeth e não tinha dúvidas de que pensar no Sr. Elliot deixava ambos irritados. Mary nunca escrevia, ela mesma, para Bath; todo o trabalho de manter uma correspondência devagar e insatisfatória com Elizabeth era responsabilidade de Anne.

Não fazia muito tempo que o café da manhã terminara, quando receberam o Capitão e a Sra. Harville e o Capitão Benwick, com quem haviam combinado de dar um último passeio por Lyme. Precisavam partir para Uppercross até a uma, mas enquanto isso, passariam todo o tempo juntos, e o máximo de tempo que pudessem ao ar livre.

Anne viu o Capitão Benwick se aproximar dela, logo que todos saíram para a rua. A conversa entre os dois, na noite anterior, não o deixou indisposto a procurá-la novamente, e caminharam juntos por algum tempo, falando, como antes, sobre Scott e Byron, ainda tão incapazes quanto antes, e quanto quaisquer dois leitores, de pensar exatamente o mesmo sobre os méritos dos dois, até que algo causou uma mudança quase que geral no grupo e, ao invés do Capitão Benwick, ela tinha o Capitão Harville ao seu lado.

– Senhorita Elliot, – disse ele, falando numa voz um tanto quanto baixa, – fez uma boa ação, ao levar o pobre camarada a falar tanto. Gostaria que ele tivesse uma companhia como a sua com mais frequência. É ruim para ele, eu sei, ficar tão enfurnado quanto fica, mas o que podemos fazer? Não podemos nos separar.

– Não, – disse Anne, – isso posso facilmente acreditar que é impossível, mas talvez com o tempo... sabemos o que o tempo faz, em casos de amargura, e o senhor deve se lembrar, Capitão Harville, que o luto de seu amigo ainda pode ser considerado recente – foi apenas no ano passado, pelo que sei.

– Sim, é verdade, – disse ele, com um profundo suspiro, – em junho.

– E talvez ele não tenha ficado sabendo logo.

– Não ficou sabendo até a primeira semana de agosto, quando voltou do Cabo, recém-nomeado capitão do Grappler. Eu estava em Plymouth, ansioso por receber notícias dele; ele mandava cartas, mas o Grappler recebera ordens de ir a Portsmouth. A notícia deveria segui-lo até lá, mas quem deveria contar? Não eu. Preferiria me enforcar no mastro. Ninguém quis fazê-lo, exceto aquele bom homem – disse ele, apontando para o Capitão Wentworth. – O Laconia havia aportado em Plymouth na semana anterior, e não havia risco de ser mandado para o mar novamente. Ele se sacrificou por nós; pediu uma licença mas, sem esperar a resposta, viajou noite e dia até chegar a Portsmouth, remou até o Grappler imediatamente, e não deixou o pobre sozinho por uma semana. Foi isso o que ele fez, e ninguém mais poderia ter salvo o pobre James. Pode imaginar, Srta. Elliot, o quanto ele nos é caro!

A opinião de Anne sobre o assunto era mesmo muito clara, e declarou-a em sua resposta, tão bem quanto seus próprios sentimentos permitiram, ou quanto seu ouvinte pôde aguentar, pois ficou abalado demais para prosseguir com o assunto e, quando falou novamente, foi sobre algo completamente diferente.

A opinião da Sra. Harville, de que seu marido já teria andado o suficiente quando chegassem em casa, determinou a direção do grupo todo, naquela que deveria ser sua última caminhada; eles os acompanhariam até a porta, e então partiriam. De acordo com seus cálculos, haveria apenas tempo suficiente para isso, mas, quando chegaram perto do quebra-mar, todos desejaram tanto andar ao longo dele mais uma vez, o grupo todo estava inclinado e Louisa tão determinada, que consideraram que quinze minutos não fariam a menor diferença. Então, com todas as despedidas educadas e a gentil troca de convites e promessas que podem ser imaginadas, despediram-se do Capitão e da Sra. Harville em sua porta e, ainda acompanhados pelo Capitão Benwick, que parecia agarrar-se a eles até o último segundo, dirigiram-se até o quebra-mar, para despedir-se dele adequadamente.

Anne percebeu que o Capitão Benwick se aproximava dela novamente. Os "mares azul-escuro" de Lord Byron não puderam deixar de ser evocados pela vista que tinham à sua frente, e ela lhe deu, de bom grado, toda a atenção possível. Sua atenção foi, contudo, necessariamente atraída por outra coisa.

Havia vento demais para fazer com que a parte alta do novo quebra-mar fosse agradável para as damas, e todos concordaram a descer a escada até a parte mais baixa, e contentaram-se em passar silenciosa e cuidadosamente pelo lance íngreme, exceto Louisa; ela exigiu pular por cima dele, com a ajuda do Capitão Wentworth. Em todas as suas caminhadas, ele teve que ajudá-la a pular por cima dos lances de escadas; ela deleitava-se com a sensação. A dureza do pavimento sob os pés dela fez com que ele ficasse menos disposto, naquela ocasião; contudo, o fez. Ela foi colocada no chão em segurança, e imediatamente, para demonstrar seu divertimento, correu escada acima, para pular com a ajuda dele novamente. Ele a aconselhou a não fazê-lo, dizendo que o baque era grande demais; porém, falou e argumentou em vão, pois ela apenas sorriu e disse:

– Estou determinada a fazê-lo.

Ele estendeu os braços, mas ela precipitou-se por meio segundo, caiu no patamar inferior do quebra-mar, e desmaiou! Não havia qualquer ferida, sangue ou hematoma visível, mas seus olhos estavam fechados, ela não respirava e seu rosto estava branco como a morte. Que momento horrível, para todos os que observavam!

O Capitão Wentworth, que a levantara, ajoelhara-se com ela em seus braços, olhando para ela com um rosto tão pálido quanto o dela, em silenciosa agonia.

– Ela está morta! Está morta! – gritou Mary, agarrando o marido e contribuindo, com o próprio horror dele, para que ficasse imóvel. E, um momento depois, Henrietta, afetada por tal convicção, também perdeu os sentidos, e teria caído sobre os degraus, se não fosse pelo Capitão Benwick e Anne, que a seguraram e apoiaram entre os dois.

– Ninguém pode me ajudar? – foram as primeiras palavras que saíram da boca do Capitão Wentworth, em um tom de desespero, como se suas próprias forças tivessem se esvaído.

– Vá até ele, vá até ele, – exclamou Anne, – pelo amor de Deus, vá até ele. Consigo segurá-la sozinha. Deixe-me, e vá até ele. Esfregue as mãos dela, massageie suas têmporas; aqui estão meus sais, pegue-os, pegue-os.

O Capitão Benwick obedeceu, assim como Charles, naquele mesmo momento, desvencilhando-se da esposa, e ambos foram até o Capitão Wentworth. Louisa foi levantada e apoiada mais firmemente entre eles, e tudo o que Anne havia dito foi feito, mas em vão. O Capitão Wentworth, apoiando-se na murada, exclamou em agonia:

– Oh, Deus! Os pais dela!

– Um médico! – disse Anne.

Ele a ouviu; a palavra pareceu animá-lo imediatamente e, dizendo somente: "Verdade, verdade, um médico neste instante", começava a correr, quando Anne sugeriu ansiosamente:

– O Capitão Benwick, não seria melhor que ele fosse? Ele sabe onde pode encontrar um médico.

Todos os que estavam conseguindo pensar concordaram com a ideia e, dentro de um momento (tudo estava sendo feito rapidamente), o Capitão Benwick havia deixado a pobre figura cadavérica aos cuidados exclusivamente de seu irmão, e saído em direção à cidade com a máxima rapidez.

Quanto ao infeliz grupo deixado para trás, mal é possível dizer qual dos três que estavam completamente racionais sofria mais: o Capitão Wentworth, Anne ou Charles, que, sendo um irmão extremamente afetuoso, debruçava-se sobre Louisa chorando copiosamente, e só conseguia desviar o olhar de uma irmã para observar a outra, tão desacordada quanto a primeira, ou para testemunhar a agitação histérica de sua esposa, que lhe pedia uma ajuda que ele não podia dar.

Anne, cuidando de Henrietta com toda a força, zelo e consideração que seus instintos permitiam, continuava tentando, em intervalos, sugerir algo que pudesse confortar os outros, aquietar Mary, animar Charles e acalmar o Capitão Wentworth. Ambos pareciam perguntar a ela o que fazer.

– Anne, Anne, – exclamou Charles, – o que devemos fazer agora? O que, em nome de Deus, devemos fazer agora?

Os olhos do Capitão Wentworth também estavam voltados para ela.

– Não seria melhor a carregarmos até a estalagem? Sim, estou certa; vamos carregá-la gentilmente até a estalagem.

– Sim, sim, para a estalagem – repetiu o Capitão Wentworth, comparativamente composto, e ansioso por fazer algo. – Eu mesmo a levarei. Musgrove, cuide das outras.

A esta altura, a notícia do acidente já havia se espalhado entre os trabalhadores e estivadores no quebra-mar, e muitos haviam se juntado ao redor deles, para serem úteis, se necessário, ou, no mínimo, aproveitar a visão de uma jovem morta, não, duas jovens mortas, pois descobriram que a situação era duas vezes melhor do que a primeira notícia. Henrietta foi deixada ao encargo das pessoas de melhor aparência dentre elas, pois, apesar de estar parcialmente reavivada, continuava completamente indefesa. Deste modo, com Anne caminhando ao seu lado e Charles cuidando da esposa, eles partiram, voltando, com sentimentos inexpressíveis, pelo caminho que haviam acabado de percorrer, com os corações tão leves.

Não tinham nem saído do quebra-mar quando os Harville os encontraram. O Capitão Benwick havia sido visto correndo pela casa deles, com uma expressão que demonstrava haver algo de errado; então, partiram imediatamente, informados e direcionados conforme passavam, em direção ao local. Apesar de chocado, o Capitão Harville trouxera com ele sensatez nervos estáveis que podiam ser imediatamente úteis, e uma troca de olhares entre ele e a esposa decidiu o que deveriam fazer. Louisa deveria ser levada até a casa deles, todos deveriam ir para a casa deles, e lá esperar a chegada do médico. Não quiseram ouvir protestos e foram obedecidos. Todos foram para debaixo de seu teto, e enquanto Louisa, sob as instruções da Sra. Harville, era levada para o andar de cima e colocada em sua própria cama, auxílio, tônicos e restaurativos foram fornecidos por seu marido a todos os que deles precisavam.

Louisa abrira os olhos uma vez, mas logo os fechara novamente, sem consciência aparente. Contudo, isto havia sido uma prova de vida útil para sua irmã, e Henrietta, apesar de estar perfeitamente incapaz de ficar no mesmo quarto que Louisa, foi impedida de desmaiar novamente pela agitação causada pela esperança e pelo medo. Mary também estava ficando mais calma.

O médico chegou até eles quase que antes de parecer ser possível. Ficaram doentes de preocupação enquanto ele a examinava, mas lhes deu esperança. A cabeça havia recebido uma contusão severa, mas ele já havia visto pessoas se recuperarem de pancadas piores; não estava desesperançoso, de jeito algum, e falava em um tom alegre.

O fato de o médico não considerar o caso desesperador e não ter dito que Louisa só tinha mais algumas horas de vida era mais do que a maioria deles poderia esperar; e podemos imaginar o êxtase de tal salvação, a alegria profunda e silenciosa, após umas poucas expressões ferventes de gratidão aos céus terem sido oferecidas.

Anne tinha certeza de que jamais poderia esquecer o tom e a expressão com os quais o Capitão Wentworth exclamou "graças a Deus", tampouco a visão dele depois disso, sentado perto de uma mesa, debruçado sobre ela com os braços cruzados e o rosto escondido, como se sobrepujado pelos diversos sentimentos de sua alma e tentando, com preces e reflexão, acalmá-los.

Os membros de Louisa estavam incólumes. O único machucado era na cabeça.

Agora se tornara necessário que o grupo considerasse o que seria melhor fazer, em relação à situação de todos eles. Já podiam falar uns com os outros e se consultar mutuamente. O fato de que Louisa precisava ficar onde estava, por mais doloroso que fosse para seus amigos envolver a família Harville em tamanho transtorno, não permitia dúvidas. Transportá-la seria impossível. Os Harville silenciaram todos os escrúpulos e, ao máximo que puderam, todos os agradecimentos. Haviam previsto e arranjado tudo, antes que os outros começassem a pensar. O Capitão Benwick precisaria liberar seu quarto para eles, e arrumar uma cama em outro lugar; e tudo foi combinado.

Só se preocupavam com o fato de a casa não poder acomodar mais pessoas e, ainda assim, talvez se "colocassem as crianças no quarto da criada, ou armar um berço em algum lugar", mal podiam deixar de cogitar arrumar espaço para mais duas ou três pessoas, supondo que quisessem ficar. Contudo, em relação a qualquer cuidado com a Srta. Musgrove, não precisaria haver a menor preocupação em deixá-la inteiramente aos cuidados da Sra. Harville. Ela era uma enfermeira experiente, e também o era sua ama-seca, que vivia há tempos com ela e a acompanhara a todos os cantos. Com essas duas, Louisa não ficaria sem cuidados, de dia ou de noite. E tudo isso foi dito com tal veracidade e sinceridade de sentimentos que era irresistível.

Charles, Henrietta e o Capitão Wentworth estavam confabulando e, por um tempo, foi somente uma troca de perplexidade e terror. "Uppercross, a necessidade de alguém ir até Uppercross; a notícia que seria dada; como poderiam contar para o Sr. e a Sra. Musgrove; como já era tarde; uma hora se passara, desde o momento em que deviam ter partido; a impossibilidade de se chegar lá em um horário razoável". Primeiro, não conseguiram dizer nada mais útil do que tais exclamações; mas, depois de um tempo, o Capitão Wentworth, se esforçando, disse:

– Precisamos nos decidir, e sem perder mais um minuto. Todo minuto é valioso. Alguém precisa decidir partir para Uppercross imediatamente. Musgrove, quem precisa ir é você ou eu.

Charles concordou, mas declarou sua resolução de não partir. Daria o menor trabalho possível para o Capitão e a Sra. Harville, mas não devia, nem iria, deixar sua irmã em tal estado. Até este ponto, estavam decididos, e Henrietta primeiro disse o mesmo. Contudo, foi persuadida a pensar de outra maneira. Qual seria a utilidade de sua permanência? Ela, que não fora capaz de ficar no mesmo quarto que Louisa, nem de olhar para ela, sem sofrimentos que a fizeram ficar mais do que indefesa! Foi forçada a reconhecer que não poderia fazer bem algum, mas continuava indisposta a partir, até que, abalada por pensar em seus pais, desistiu: consentiu e ficou ansiosa por voltar para casa.

O plano havia chegado até este ponto, quando Anne, descendo em silêncio do quarto de Louisa, não pôde deixar de ouvir o que se seguiu, pois a porta da sala estava aberta.

– Então está decidido, Musgrove, – exclamou o Capitão Wentworth, – você fica e eu levo sua irmã para casa. Mas quanto ao resto, quanto aos outros, se uma pessoa for ficar para auxiliar a Sra. Harville, acho que precisa ser só uma. A Sra. Charles Musgrove, é claro, desejará voltar para seus filhos; mas se Anne ficar, não haverá ninguém mais adequada ou capaz do que Anne.

Ela pausou um momento para recuperar-se da emoção de ouvi-lo falando dela daquela maneira. Os outros dois concordaram acaloradamente com o que ele disse, então ela apareceu.

– Você ficará, tenho certeza; ficará para cuidar dela – exclamou ele, voltando-se para ela e falando com uma animação combinada com gentileza, que parecia quase que restaurar o passado. Ela corou profundamente, e ele se recompôs e se afastou. Anne declarou estar perfeitamente disposta, pronta e feliz em ficar. Disse que era o que ela mesma andava pensando e desejando poder fazer. Um colchão no chão do quarto de Louisa seria suficiente para ela, se a Sra. Harville pudesse arranjá-lo.

Só mais uma coisa, e tudo parecia estar decidido. Apesar de ser um tanto quanto desejável que o Sr. e a Sra. Musgrove fossem previamente alarmados por um pouco de atraso, o tempo necessário para que os cavalos de Uppercross os levassem de volta seria uma prorrogação terrível do suspense, então o Capitão Wentworth propôs, e Charles Musgrove concordou, que seria muito melhor alugarem um cabriolé da estalagem, e deixar a carruagem e os cavalos do Sr. Musgrove para serem mandados de volta para casa na manhã seguinte, bem cedo, quando ainda teriam a vantagem de mandar notícias sobre como Louisa passara a noite.

O Capitão Wentworth, então, saiu apressado para aprontar tudo o que estava sob sua responsabilidade, e esperando ser logo seguido pelas duas damas. Quando Mary foi informada sobre o plano, contudo, foi o fim de toda a paz. Ficou tão descontente, e tão veemente, reclamou tanto da injustiça de esperarem que ela fosse embora, ao invés de Anne; Anne, que não era nada de Louisa, enquanto que ela era sua cunhada, e tinha mais direito de ficar no lugar de Henrietta! Por que ela não seria tão útil quanto Anne? E ir para casa sem Charles, também, sem seu marido! Não, era crueldade demais. Em resumo, ela disse mais do que seu marido pôde aguentar e, visto que nenhum dos outros podia se opor, quando ele mesmo cedera, não havia o que fazer: a troca de Anne por Mary foi inevitável.

Anne nunca se sujeitara com tanta relutância às exigências invejosas e irrefletidas de Mary, mas não houve jeito, e o grupo partiu em direção à cidade, com Charles cuidando da irmã e o Capitão Benwick a apoiando. Lembrou-se, por um momento, enquanto andavam apressados, das pequenas circunstâncias que os mesmos lugares haviam testemunhado mais cedo. Ali, ela ouvira os planos de Henrietta para que o Sr. Shirley partisse de Uppercross; mais para frente, ela havia visto o Sr. Elliot pela primeira vez. Um momento parecia ser tudo o que podia dar a qualquer assunto que não fosse Louisa, ou aqueles que estavam empenhados em cuidar de seu bem-estar.

O Capitão Benwick a tratava com a maior consideração, e, unidos como todos pareciam estar pela consternação daquele dia, Anne sentiu sua simpatia por ele crescer, e a ideia de que poderiam, talvez, continuar a interagir lhe causou prazer.

O Capitão Wentworth os aguardava com um cabriolé puxado por quatro cavalos, estacionado convenientemente na parte mais baixa da rua; mas sua evidente surpresa e insatisfação ao ver a substituição de uma irmã por outra, a mudança em seu semblante, sua surpresa e as expressões reprimidas com que ouviu a notícia de Charles, fizeram com que Anne se sentisse envergonhada do modo como fora recebida, ou pelo menos a convenceu de que só era valorizada enquanto pudesse ser útil para Louisa.

Tentou se recompor e ser justa. Sem tentar emular os sentimentos de uma Emma por seu Henry[1], ela teria cuidado de Louisa com mais

[1] N. da T.: Referência ao poema "Henry and Emma", de 1709, escrito por Matthew Prior, que trata de uma mulher que declara estar disposta a servir de criada para a amante do homem por quem é apaixonada, para provar seu amor.

zelo do que ditava a consideração, pelo bem dele, e esperava que ele não fosse tão injusto ao ponto de pensar que ela se esquivaria desnecessariamente dos deveres de uma amiga.

Enquanto pensava nisso, subiu na carruagem. O Capitão Wentworth havia ajudado as duas damas a entrar, e se sentado entre elas. Deste modo, e sob essas circunstâncias, cheias de surpresa e emoção para Anne, ela partiu de Lyme. Como a longa viajem passaria, como afetaria seus modos, e que tipo de interação teriam, ela não podia prever. Foi tudo bastante natural, entretanto. Ele dedicou-se a Henrietta; estava sempre voltando-se para ela e, nas poucas vezes em que falou algo, era sempre para dar esperanças e levantar o ânimo dela. Poupar Henrietta de qualquer agitação parecia ser o princípio que regia seus atos. Só uma vez, quando ela lastimava o último impensado e desafortunado passeio até o quebra-mar, lamentando terem tido tal ideia, ele irrompeu, como se estivesse completamente abalado:

– Não fale disso, por favor – exclamou ele. – Oh, céus, como queria não ter cedido no momento fatal! Se houvesse feito o que devia! Mas ela é tão ávida e decidida! Querida, doce Louisa!

Anne imaginou se agora ocorrera a ele questionar a justeza de sua opinião anterior quanto à felicidade universal e as vantagens da firmeza de caráter, e se talvez não pensasse que, assim como todas as outras qualidades da mente, deveria ter suas proporções e limites. Imaginou que ele não poderia deixar de perceber que um temperamento persuasível não poderia, às vezes, contribuir tanto para a felicidade, quanto um muito resoluto.

Fizeram progresso rapidamente. Anne ficou atônita ao reconhecer as mesmas colinas e os mesmos objetos tão depressa. A verdadeira velocidade da carruagem, aumentada pelo medo do desfecho da viagem, fez com que a estrada parecesse ter a metade do comprimento do dia anterior. Entretanto, a noite já caía antes de chegarem na vizinhança de Uppercross, e havia um silêncio completo entre eles já há algum tempo, Henrietta recostada em um canto, com um xale sobre o rosto, dando aos outros a esperança de ter chorado até dormir, quando, conforme subiam a última colina, Anne se viu abordada repentinamente pelo Capitão Wentworth. Em um tom baixo e cauteloso, disse:

– Estive considerando o que seria melhor fazermos. Ela não deve aparecer primeiro. Não aguentaria. Estou pensando se não seria melhor você ficar na carruagem com ela, enquanto entro e dou a notícia ao Sr. e à Sra. Musgrove. Não acha que é um bom plano?

Ela achava; ele ficou satisfeito e não disse mais nada. Mas a lembrança do pedido lhe trouxe prazer, como uma prova de amizade e deferência a sua opinião, um grande prazer; e, quanto se mostrou ser uma espécie de última prova, de despedida, seu valor não diminuiu.

Após a aflitiva notícia ter sido dada em Uppercross, e o Capitão Wentworth ter visto o pai e a mãe de Louisa tão compostos quanto seria de se esperar, e Henrietta melhor na companhia deles, anunciou sua intenção de voltar para Lyme na mesma carruagem; e, quando os cavalos estavam prontos, se foi.

(Fim do Livro I)

Capítulo 13

O restante da estadia de Anne em Uppercross, que consistiu em apenas dois dias, foi passado inteiramente no casarão principal, e ela teve a satisfação de descobrir que era de extrema valia lá, por sua companhia e por ajudar com todos os arranjos para o futuro, os quais, com o estado de agonia do Sr. e da Sra. Musgrove, teriam sido obstáculos.

Receberam notícias de Lyme logo cedo, na manhã seguinte. Louisa continuava mais ou menos no mesmo estado. Nenhum sintoma pior do que os anteriores haviam aparecido. Charles chegou algumas horas depois, trazendo um relato atualizado e mais detalhado. Estava moderadamente alegre. Uma cura rápida não era de se esperar, mas tudo estava correndo tão bem quanto a natureza do caso permitia. Ao falar da família Harville, parecia incapaz de fazer jus à sua opinião sobre a gentileza deles, especialmente dos esforços da Sra. Harville como enfermeira. Disse que ela não deixara nada para Mary fazer. Ele e Mary haviam sido convencidos a voltar cedo para a estalagem, na noite anterior. Mary ficara histérica novamente, aquela manhã. Quando ele partira, ela estava prestes a sair para caminhar com o Capitão Benwick, o que ele esperava que lhe faria bem. Quase desejava ter sido convencido a voltar para casa no dia anterior, pois a verdade era que a Sra. Harville não deixara sobrar nada para ninguém fazer.

Charles voltaria para Lyme naquela mesma tarde, e seu pai logo cogitou ir com ele, mas as damas não permitiram. Só aumentaria o transtorno para os outros e sua própria angústia, então um plano muito melhor foi elaborado e posto em prática. Mandaram vir uma carruagem de Crewkherne, e Charles trouxe de volta uma pessoa muito mais útil, a velha ama-seca da família, que havia criado todas as crianças até o caçula, o indolente e mimado Harry, ser enviado para a escola depois de seus irmãos. Ela agora morava no berçário deserto, consertando meias e pondo curativos em todos os machucados e machucados em que conseguia pôr as mãos, então ficou extremamente feliz em poder ir ajudar a cuidar da querida Srta. Louisa. Um vago desejo de mandar Sarah até Louisa já havia ocorrido à Sra. Musgrove e a Henrietta, mas sem Anne, dificilmente teria sido colocado em prática, nem sido possibilitado tão cedo.

No dia seguinte, deveram todas as informações detalhadas sobre Louisa a Charles Hayter, informações essas que precisavam ser obtidas a cada vinte e quatro horas. Ele se responsabilizara por ir até Lyme, e as notícias que trouxe foram encorajadoras. Acreditavam que os intervalos de consciência de Louisa estavam ficando mais fortes. Todos os relatos concordavam que o Capitão Wentworth parecia ter se fixado em Lyme.

Anne partiria na manhã seguinte, ocasião que era temida por todos. O que fariam sem ela? Eram péssimos em confortar uns aos outros. Tanto foi dito sobre o assunto, que Anne julgou ser melhor transmitir a todos a inclinação geral que havia percebido entre eles, e persuadi-los todos a ir para Lyme imediatamente. Encontrou pouca dificuldade; logo já estava decidido que iriam, que iriam no dia seguinte, se hospedariam na estalagem ou alugariam aposentos, conforme achassem apropriado, e lá ficariam até que a querida Louisa pudesse viajar. Precisavam aliviar um pouco da carga das boas pessoas com quem ela estava; pelo menos, poderiam desincumbir a Sra. Harville do cuidado com seus próprios filhos. Em resumo, ficaram tão felizes com a decisão, que Anne ficou contentíssima com o que havia feito, e achou que não teria sido possível passar sua última manhã em Uppercross de um modo melhor do que ajudando-os com os preparativos e despedindo-se deles logo cedo, apesar de a consequência ter sido ficar sozinha na casa vazia.

Ela era a última, exceto os menininhos que estavam no chalé, a última de todos, a única que ficara dentre todas as pessoas que haviam preenchido e animado as duas casas, de todos os que davam a Uppercross seu caráter alegre. Alguns dias haviam feito uma tremenda diferença!

Se Louisa se recuperasse, tudo ficaria bem novamente. Uma felicidade maior do que a anterior seria restaurada. Não podia haver dúvida, ela mesma não tinha nenhuma, sobre o que se seguiria à recuperação de Louisa. Alguns meses depois, e a sala que agora estava tão deserta, ocupada só por ela mesma, quieta e pensativa, estaria cheia novamente, com tudo o que havia de mais feliz e contente, cheia do brilho de um amor próspero, tudo o que havia de menos parecido com Anne Elliot!

Uma hora inteira dedicada a tais reflexões, em um dia escuro de novembro, com uma chuvinha grossa quase que borrando os poucos objetos que podiam ser avistados através das janelas, foi o suficiente para fazer com que o som da carruagem de Lady Russell fosse extremamente bem-vindo. Ainda assim, apesar de estar desejosa de partir, não pôde sair do casarão principal, ou olhar em despedida para o chalé, com sua varanda escura, molhada e desconfortável, ou até mesmo observar os últimos arrendamentos humildes do vilarejo através dos vidros embaçados, sem sentir uma tristeza no coração. Acontecimentos haviam se passado em Uppercross, que a tornavam preciosas. Testemunhara muitas dores, outrora severas, mas agora atenuadas, e alguns casos de sentimentos abrandados, algumas sugestões de amizade e reconciliação, que nunca mais poderiam ser esperadas, e que nunca deixariam de ser valiosas. Anne deixava tudo para trás, tudo menos as lembranças de que tais coisas haviam acontecido.

Não estivera em Kellynch desde que partira da casa de Lady Russell, em setembro. Não havia sido necessário, e havia escapado das poucas ocasiões em que tivera a possibilidade de ir até Kellynch Hall. Seu retorno seria para retomar seu lugar nos modernos e elegantes apartamentos de Kellynch Lodge, e para a alegria de sua dona.

Havia um pouco de ansiedade misturada com a felicidade de Lady Russell ao vê-la. Ela sabia quem andara frequentando Uppercross. Mas felizmente, ou Anne havia engordado um pouco e estava com uma aparência melhor, ou Lady Russell achava que sim; e Anne, ao receber seus elogios, naquela ocasião, divertiu-se ao ligá-los à admiração silenciosa de seu primo e esperar que estava sendo abençoada com uma segunda primavera de juventude e beleza.

Quando começaram a conversar, ela logo reparou em algum tipo de mudança mental. Os assuntos que ocupavam seu coração, quando partiu de Kellynch, e que ela sentira que haviam sido desprezados e tentara ocultar dos Musgrove, agora eram de interesse secundário. Ultimamente, tinha até mesmo esquecido de pedir notícias de seu pai e sua irmã em Bath. Os assuntos deles haviam sido sobrepujados pelos de Uppercross e, quando Lady Russell retomou a discussão sobre as esperanças e receios relativos a eles, e falou sobre sua satisfação com a casa em Camden Place, que havia sido alugada, e lamentou o fato de a Sra. Clay ainda estar em companhia deles, Anne teria ficado envergonhada se sua amiga soubesse que estava pensando muito mais sobre Lyme e Louisa Musgrove, e todos os seus conhecidos que lá estavam, e que estava muito mais interessada no lar e na amizade dos Harville e do Capitão Benwick, do que na casa de seu próprio pai em Camden Place, ou na amizade íntima de sua própria irmã com a Sra. Clay. Na verdade, teve que se forçar a responder a Lady Russell com um mínimo de solicitude em relação a tópicos que, por sua natureza, deveriam atrair primeiro seu interesse.

Houve um pouco de embaraço, de primeira, ao discutirem outro assunto. Precisavam falar sobre o acidente que acontecera em Lyme. Fazia apenas cinco minutos que Lady Russell chegara, no da anterior, quando ficou sabendo de tudo sobre o incidente; ainda assim, precisavam falar sobre o assunto, ela precisava fazer perguntas, lamentar a imprudência, lastimar o resultado, e o nome do Capitão Wentworth precisava ser mencionado por ambas. Anne estava consciente de não se desincumbir da tarefa tão bem quanto Lady Russell. Não conseguiu pronunciar seu nome e olhar diretamente para Lady Russell, até que adotou o recurso de contar a ela brevemente o que pensava sobre a ligação entre ele e Louisa. Após fazê-lo, o nome dele não a afligiu mais.

Lady Russell apenas ouviu tranquilamente e desejou felicidades ao casal, mas internamente seu coração se regozijava em prazer raivoso, em desprezo prazeroso, com o fato de o homem que, aos vinte e três anos, parecera compreender um pouco do valor de alguém como Anne Elliot poderia, oito anos depois, se encantar com alguém como Louisa Musgrove.

Os primeiros três ou quatro dias se passaram da forma mais tranquila possível, nem qualquer circunstância que os marcasse, exceto o recebimento de um ou dois bilhetes vindos de Lyme, que chegaram até Anne sabe-se lá como, e que trouxeram notícias melhores sobre Louisa. Ao final daquele período, a polidez de Lady Russell a impediu de permanecer inerte, e o que antes eram apenas preocupações vagas, se tornaram mais decididas:

– Preciso visitar a Sra. Croft; preciso mesmo visitá-la logo. Anne, tem coragem de vir comigo e visitar aquela casa? Será uma provação para nós duas.

Anne não se esquivou da tarefa; pelo contrário, estava sendo sincera quando observou:

– Acho que a senhora provavelmente sofrerá mais do que eu; seus sentimentos estão menos acostumados com a mudança do que os meus. Tendo permanecido na vizinhança, já me habituei com a situação.

Ela poderia ter falado mais sobre o assunto, pois tinha, na verdade, uma opinião tão boa sobre os Croft, e considerava seu pai um homem muito sortudo por ter tais inquilinos, e estava tão certa de que eram exemplos tão bons para a paróquia, e davam aos habitantes mais pobres do vilarejo tamanha consideração e atenção, que, por mais que lamentasse e se envergonhasse do fato de que sua família fora forçada a se mudar, sua consciência lhe dizia que aqueles que se mudaram não mereciam ficar, e que Kellynch Hall havia passado para mãos melhores do que as de seus proprietários. Essas convicções, sem dúvida, causavam-lhe dor, do tipo mais severo. Mas impediam que Anne sentisse aquela dor que Lady Russell sentiria ao entrar na casa novamente, e passear mais uma vez pelos conhecidos aposentos.

Naqueles momentos, Anne não conseguia dizer para si mesma: "estes aposentos deveriam pertencer somente a nós. Oh, como decaíram! Como são indignos seus ocupantes! Uma família antiga ser expulsa desta forma! Estranhos ocupando seu lugar!". Não, exceto quanto pensava em sua mãe, e se lembrava de onde ela costumava sentar e comandar a casa, não tinha nenhum suspiro daquele tipo para dar.

A Sra. Croft sempre a encontrara com tamanha gentileza, que a fazia cogitar, com prazer, ser sua preferida e, naquela ocasião, recebendo-a naquela casa, tratou-a com especial consideração.

O triste acidente em Lyme logo se tornou o tópico principal e, ao comparar as últimas notícias que haviam recebido sobre a inválida, parecia que as informações enviadas a ambas eram datadas da manhã anterior: o Capitão Wentworth estivera em Kellynch no dia que precedera aquele (pela primeira vez desde o acidente) e trouxera para Anne o último bilhete, aquele cuja rota ela não pudera identificar. Lá ficara algumas horas e depois voltara para Lyme, sem qualquer intenção de partir novamente. Anne descobriu que ele havia perguntado sobre ela especificamente, expressado sua esperança de que a Srta. Elliot não estivesse esgotada por seus esforços, e mencionado que tais esforços haviam sido grandes. Foi um tremendo elogio, e deu mais prazer a ela do que quase qualquer outra coisa.

Quanto ao triste incidente, só podia ser examinado de uma forma, por duas mulheres ponderadas e sensatas, que só emitiam opiniões sobre eventos concretos. Concordaram que havia sido a consequência de muita irreflexão e imprudência, que seus efeitos eram extremamente alarmantes, que era assustador pensar por quanto tempo a recuperação da Srta. Musgrove ainda seria duvidosa, e quanto ela ainda poderia sofrer com os efeitos da concussão! O Almirante encerrou o assunto sumariamente, exclamando:

– Sim, um negócio triste, com certeza. Que jeito novo, este, de um jovem cortejar uma dama, quebrando a cabeça dela, não é, Srta. Elliot? Isso é o que se chama de machucar e depois pedir desculpas!

Os modos do Almirante Croft não eram exatamente do tipo que agradavam Lady Russell, mas deleitavam Anne. A bondade de seu coração e a simplicidade de seu caráter eram irresistíveis.

– Isso tudo deve ser muito ruim para você, – disse ele, saindo repentinamente de um devaneio, – vir até esta casa e nos encontrar aqui. Não havia percebido antes, juro, mas deve ser muito ruim. Mas vamos, não fique de cerimônia. Levante-se e passeie por todos os cômodos da casa, se quiser.

– Outro dia, senhor, obrigada, mas agora não.

– Bom, quando quiser. Pode entrar pelo meio dos arbustos a hora que desejar, e descobrirá que penduramos os nossos guarda-chuvas do lado daquela porta. É um bom lugar, não é? Mas, – disse ele, se concentrando, – a senhorita não achará que é um bom lugar, pois os seus eram guardados na sala do mordomo. Sim, é assim que costuma ser, creio eu. O modo de um homem fazer as coisas é tão bom quanto o do outro, mas todos nós preferimos os nossos. Então, a senhorita precisa decidir por si própria, se seria melhor passear pela casa, ou não.

Anne, ao descobrir que poderia recusar, o fez com gratidão.

– Fizemos muito poucas mudanças, também – continuou o Almirante, após pensar por um momento. – Muito poucas. Contamos para a senhorita sobre a porta da lavanderia, quando estávamos em Uppercross. Foi uma grande melhoria. O espanto foi imaginar como uma família deste mundo conseguiu aguentar a forma inconveniente como ela se abria por tanto tempo! Conte ao Sir Walter o que fizemos, e que o Sr. Shepherd acha que foi a melhor reforma pela qual a casa já passou. Realmente, preciso ser justo para conosco e dizer que as poucas alterações que fizemos foram todas para melhor. Minha mulher precisa levar o crédito por elas, contudo. Fiz muito pouco além de tirar os grandes espelhos que estavam no meu quarto de vestir, que era de seu pai. Um homem muito bom, e um verdadeiro cavalheiro, tenho certeza; mas imagino, Srta. Elliot, – disse ele, refletindo seriamente, – imagino que ele seja um homem um tanto quanto vaidoso para sua idade. Quantos espelhos! Senhor, não tinha jeito de fugir do próprio reflexo. Então, pedi a Sophy que me desse uma mão, e logo os mudamos de lugar. Agora estou bastante confortável, com meu espelhinho para fazer a barba em um canto, e outro troço enorme, do qual nunca chego perto.

Anne, divertindo-se a contragosto, não soube o que responder, e o Almirante, temendo não ter sido educado o suficiente, retomou o assunto, dizendo:

– Da próxima vez que escrever para seu bom pai, Srta. Elliot, peço que mande a ele meus cumprimentos e os da Sra. Croft, e diga que estamos muito satisfeitos aqui, e não temos nada a reclamar sobre o lugar. A chaminé da sala de café da manhã deixa vazar um pouco de fumaça, devo dizer, mas é só quando o vento está forte e soprando para o norte, o que acontece, no máximo, três vezes por inverno. E no todo, agora que já visitamos a maioria das casas da região e podemos julgar, não gostamos de nenhuma mais do que desta. Por favor, diga isto a ele, com os meus cumprimentos. Ele ficará contente em ouvir.

Lady Russell e a Sra. Croft ficaram muito satisfeitas uma com a outra; mas a relação que se iniciara com aquela visita não estava destinada a ir muito longe, naquele momento, pois quando os Croft a retribuíram, anunciaram que iriam passar as próximas semanas longe, visitando seus parentes no norte do país, e provavelmente não voltariam antes de Lady Russell ir para Bath.

Assim terminou todo o perigo de Anne encontrar o Capitão Wentworth em Kellynch Hall, ou de vê-lo na companhia de Lady Russell. Tudo estava seguro o suficiente, e ela sorriu ao pensar na ansiedade que sentira em relação ao assunto.

Capítulo 14

Apesar de Charles e Mary terem ficado em Lyme por muito mais tempo, após a ida do Sr. e da Sra. Musgrove, do que Anne imaginou que poderia ser desejado que ficassem, ainda assim foram os primeiros da família a voltar para casa, e assim que possível, depois de voltarem a Uppercross, foram até Kellynch Lodge. Quando partiram, Louisa estava começando a se sentar na cama, mas a mente dela, apesar de lúcida, estava extremamente fraca, e seus nervos enormemente sensíveis. Apesar de poder ser dito que ela estava se recuperando muito bem, ainda era impossível dizer quando ela poderia aguentar a viagem de volta para casa, e seus pais, que precisavam voltar eventualmente para receber os filhos mais velhos para o Natal, mal tinham esperanças de poder trazê-la com eles.

Todos estiveram hospedados juntos em acomodações alugadas. A Sra. Musgrove cuidava dos filhos da Sra. Harville o máximo que podia, e todos os suprimentos possíveis de Uppercross haviam sido enviados, para amenizar a inconveniência para os Harville, enquanto que estes últimos queriam que todos fossem jantar em sua casa todos os dias. Em resumo, parecia que a única briga era para ver qual lado era mais desinteressado e hospitaleiro.

Mary sofrera suas mazelas, mas, no geral, como estava evidente pelo fato de ter ficado tanto tempo em Lyme, havia descoberto mais coisas que a divertiam, do que a faziam sofrer. Charles Hayter estivera em Lyme com mais frequência do que ela gostaria, e quando jantavam com os Harville, havia só uma criada para servi-los. Além disso, primeiro a Sra. Harville dera precedência à Sra. Musgrove, mas depois disso, ela recebera um pedido de desculpas tão educado por parte dela, quando descobriu de quem ela era filha, e tantas coisas aconteceram todos os dias, tantos passeios entre os aposentos deles e a casa dos Harville, livros pegos da biblioteca e trocados com tanta frequência, que o saldo de tudo havia pendido em favor de Lyme. Havia sido levada a Charmouth, também, e lá se banhara no mar e fora à igreja, e havia muito mais pessoas para observar na igreja de

Lyme do que na de Uppercross. Tudo isso, combinado com sua percepção de que havia sido muito útil, fizera com que suas duas últimas semanas fossem verdadeiramente agradáveis.

Anne perguntou sobre o Capitão Benwick, e o semblante de Mary ficou imediatamente anuviado. Charles riu.

– Oh! O Capitão Benwick está muito bem, creio eu, mas ele é um jovem muito estranho. Não sei o que ele pretende. O convidamos a vir para casa conosco por um dia ou dois; Charles se comprometeu a levá-lo para caçar algumas vezes, e ele pareceu muito contente, então pensei que estivesse tudo combinado. Eis que, na terça-feira à noite, ele deu uma desculpa esfarrapada; disse que "nunca caçava" e que tinha sido "incompreendido", e prometeu isso e aquilo, até que descobri que ele nunca pretendera vir. Suponho que ele receasse ficar entediado; mas juro que acho que somos animados o suficiente, no chalé, para um homem de coração partido como o Capitão Benwick.

Charles riu novamente, e disse:

– Vamos, Mary, você sabe muito bem o que aconteceu. Foi tudo culpa sua – disse ele, para Anne. – Ele pensou que se viesse conosco, encontraria você por perto; achava que todos moravam em Uppercross e, quando descobriu que Lady Russell mora a cinco quilômetros de distância, desistiu e não teve coragem de vir. Foi exatamente isso que aconteceu, juro por Deus, e Mary sabe.

Mas Mary não admitiu muito graciosamente, por não considerar que a posição social do Capitão Benwick o tornava digno de se apaixonar por uma Elliot, ou por não querer acreditar que Anne era uma atração maior a Uppercross do que ela mesma, é impossível saber com certeza. A simpatia de Anne, contudo, não diminuiu com o que ouvira. Reconheceu ousadamente estar lisonjeada, e continuou suas perguntas.

– Oh! Ele fala sobre você – exclamou Charles – de tal modo...

Mary o interrompeu.

– Asseguro-lhe, Charles, que não o ouvi mencionar o nome de Anne mais de uma vez, durante todo o tempo em que estive lá. Afirmo, Anne, que ele nunca falou de você.

– Não, – admitiu Charles, – não sei se ele fala, de modo geral; porém, está bem claro que ele a admira enormemente. Sua mente está cheia de alguns livros que está lendo, por recomendação sua, e ele quer discuti-los com você, parece que descobriu alguma coisa em um deles que pensou... oh, não posso fingir que me lembro o que era, mas era algo muito bonito! O ouvi falando sobre isso com Henrietta, e mencionou a "Srta. Elliot" da forma mais elogiosa! Vamos, Mary, asseguro-lhe de que foi assim, eu mesmo ouvi, e você estava na sala ao lado. "Elegância, doçura, beleza". Não parava de falar sobre os encantos da Srta. Elliot.

– E tenho certeza de que, – exclamou Mary, acaloradamente, – se falou mesmo, isso diz muito pouco sobre sua honradez. A Srta. Harville morreu logo no mês de junho passado. Vale muito pouco a pena ter conquistado um coração desses, não é, Lady Russell? Tenho certeza de que concordará comigo.

– Preciso ver o Capitão Benwick antes de me decidir – disse Lady Russell, sorrindo.

– Provavelmente o verá logo, posso afirmar, senhora – disse Charles. – Apesar de não ter criado coragem para vir conosco ou vir fazer uma visita formal, ele virá até Kellynch sozinho, um dia, pode confiar. Contei a ele sobre a distância e o estado da estrada, e disse que a igreja era uma atração digna de se ver, pois, como ele gosta deste tipo de coisa, pensei que seria uma boa desculpa, e ele me ouviu com toda a sua mente e alma. Tenho certeza, com base no jeito dele, que virá fazer uma visita aqui em breve. Então, esteja avisada, Lady Russell.

– Qualquer conhecido de Anne será sempre bem-vindo em minha casa – foi a gentil resposta de Lady Russell.

– Oh, quanto a ele ser conhecido de Anne, – disse Mary, – acho que, na verdade, ele é meu conhecido, pois o vi todos os dias, pelas duas últimas semanas.

– Bem, como conhecido de vocês duas, então, ficarei muito feliz de ver o Capitão Benwick.

– Asseguro-lhe de que não achará muita coisa agradável nele, senhora. É um dos jovens mais enfadonhos que já conheci. Algumas vezes, caminhou comigo de uma ponta da praia até a outra, sem dizer uma palavra. Não é de modo algum um jovem educado. Tenho certeza de que a senhora não gostará dele.

– Neste ponto, discordo de você, Mary – disse Anne. – Creio que Lady Russell gostará dele. Acho que ficará tão satisfeita com a personalidade dele, que logo não verá deficiências em seus modos.

– Também acho, Anne, – disse Charles, – tenho certeza de que Lady Russell gostará dele. Ele faz bem o tipo dela. Dê um livro a ele, e ele lerá o dia todo.

– Sim, fará isso, mesmo! – exclamou Mary, com escárnio. – Se sentará debruçado sobre o livro, e não perceberá quando alguém falar com ele, ou quando alguém derrubar a tesoura, ou qualquer coisa que acontecer. Você acha que Lady Russell gostaria disso?

Lady Russell não pôde conter uma risada.

– Céus, – disse ela, – nunca imaginei que minha opinião sobre alguém ensejaria tamanha diferença de conjecturas, por mais que me considere uma pessoa firme e direta. Estou bastante curiosa para conhecer a pessoa que dá origem a opiniões tão diametralmente opostas. Gostaria que ele pudesse ser induzido a vir nos fazer uma visita. E quando o fizer, Mary, pode confiar que ficará sabendo de minha opinião, mas estou determinada a não julgá-lo antecipadamente.

– Não gostará dele, garanto.

Lady Russell começou a falar de outro assunto. Mary falou com animação sobre seu extraordinário encontro, ou, na verdade, desencontro, com o Sr. Elliot.

– Ele é um homem – disse Lady Russell – que não tenho o menor desejo de ver. O fato de ter se recusado a estabelecer uma relação cordial com o chefe de sua família deixou em mim uma impressão muito forte contra ele.

Esta afirmação cerceou a animação de Mary, e a interrompeu no meio da descrição das feições típicas de um Elliot.

Em relação ao Capitão Wentworth, apesar de Anne não ter ousado fazer nenhuma pergunta, houve informações voluntárias o suficiente. Seu humor se recuperava muito bem, ultimamente, conforme seria de se esperar. Conforme Louisa melhorava, ele também, e agora estava completamente diferente do que estivera na primeira semana. Não vira Louisa, e temia tanto que uma visita sua pudesse causar consequências adversas a ela que não ousou nem sugerir tal coisa; pelo contrário, parecia estar planejando ficar uma semana ou dez dias fora, até que a cabeça dela estivesse mais forte. Andava falando em ir para Plymouth por uma semana, e queria persuadir o Capitão Benwick a ir com ele, mas, como Charles insistia em dizer, o Capitão Benwick parecia muito mais disposto a ir para Kellynch.

Não podia haver dúvidas de que Lady Russell e Anne começaram a pensar ocasionalmente sobre o Capitão Benwick. Lady Russell não podia ouvir a campainha sem imaginar que o estava anunciando; tampouco podia Anne voltar de um passeio de indulgência solitária sem imaginar se o veria ou teria notícias dele. Contudo, o Capitão Benwick não veio. Estava menos disposto a vir do que Charles imaginara, ou era tímido demais, e depois de conceder-lhe uma semana de indulgência, Lady Russell decidiu que ele era indigno do interesse que começara a despertar.

Os Musgrove voltaram para casa, para receber seus alegres meninos e meninas durante as férias escolares, trazendo com eles os filhinhos da Sra. Harville, para melhorar a barulheira de Uppercross, e diminuir a de Lyme. Henrietta ficou com Louisa, mas todo o resto da família estava novamente em seus locais de costume.

Lady Russell e Anne visitaram a família uma vez, quando Anne determinou que Uppercross já estava bem animada, novamente. Apesar de nem Henrietta, nem Louisa, tampouco Charles Hayter ou o Capitão Wentworth, estarem lá, a sala de estar apresentava um contraste tão grande com a última vez que a vira quanto era de se esperar.

Imediatamente ao redor da Sra. Musgrove estavam os pequeninos Harville, a quem ela protegia diligentemente da tirania dos dois meninos de Mary e Charles, que haviam ido até lá expressamente para brincar com eles. Em um canto, estava uma mesa ocupada por algumas garotas tagarelas, cortando seda e papel dourado; em outro, estavam suportes e bandejas, dobrando sob o peso de carnes e tortas frias, onde garotos barulhentos se divertiam. Tudo isso era completado por um enorme fogo crepitando na lareira enfeitada para o Natal, que parecia determinado a ser ouvido, apesar de todo os outros barulhos. Charles e Mary também estavam lá, é claro, durante a visita de Anne e Lady Russell, e o Sr. Musgrove fez questão de cumprimentar esta última, sentando-se ao lado dela por dez minutos, falando em voz bem alta, tentando superar o calor das crianças em seu colo, geralmente em vão. Era uma bela cena familiar.

Anne, julgando-se por seu temperamento, teria considerado tal furacão doméstico um ruim restaurativo para seus nervos, que o acidente de Louisa devia ter abalado fortemente. Mas a Sra. Musgrove, que colocara Anne sentada perto dela de propósito, para poder agradecê-la cordialmente, de novo e de novo, por todo o seu auxílio à sua família, concluía uma curta recapitulação do que ela havia sofrido, observando, com um olhar feliz ao redor da sala, que depois de tudo pelo que havia passado, nada poderia fazer-lhe tão bem quanto um pouquinho de alegria sossegada em casa.

Louisa agora se recuperava rapidamente. Sua mãe já estava até mesmo pensando que ela seria capaz de se juntar ao resto da família em casa, antes que seus irmãos e irmãs voltassem para o colégio. Os Harville haviam prometido vir com ela e se hospedar em Uppercross, quando quer que ela voltasse. O Capitão Wentworth havia ido visitar seu irmão em Shropshire.

– Espero me lembrar, no futuro, – disse Lady Russell, assim que retornaram para a carruagem, – de não visitar Uppercross durante a época do Natal.

Todos têm seus gostos em relação a barulhos, assim como outras questões; e os sons são inofensivos ou altamente perturbadores de acordo com seu tipo, e não quantidade. Pouco tempo depois, quando Lady Russell chegava a Bath durante uma tarde chuvosa, dirigindo pelas longas ruas, de Old Bridge até Camden Place, em meio às outras carruagens apressadas, com o troar pesado de carroças e carrinhos de mão, os gritos dos vendedores de jornais, de bolinhos e de leite, combinados com o interminável bater de tamancos de chuva, não fez nenhuma reclamação. Não, estes eram barulhos que pertenciam aos prazeres do inverno; seu humor melhorava sob a influência deles, e, como a Sra. Musgrove, sentia, apesar de não dizer, que após ficar muito tempo no interior, nada poderia lhe fazer tão bem do que um pouco de sossegada alegria.

Anne não compartilhava de tais sentimentos. Persistia em uma determinada, porém silenciosa, antipatia por Bath; ao chegarem, entreviu os grandes edifícios, fumegando debaixo da chuva, sem qualquer desejo de vê-los melhor, e achou que seu progresso pelas ruas, apesar de desagradável, estava indo rápido demais, pois quem ficaria feliz em vê-la, quando chegasse? E lembrou-se, com carinhoso pesar, do alvoroço de Uppercross e do isolamento de Kellynch.

A última carta de Elizabeth continha uma notícia um tanto quanto interessante. O Sr. Elliot estava em Bath. Os havia visitado em Camden Place, uma, duas, três vezes, e fora notavelmente atencioso. Se Elizabeth e seu pai não estavam enganados, ele estava se esforçando para se relacionar com eles, e proclamar o valor de seu parentesco, tanto quanto anteriormente se esforçara para ser negligente. Isto seria maravilhoso, se fosse verdade, e Lady Russell estava em um estado de curiosidade agradável e perplexidade em relação ao Sr. Elliot, já se arrependendo do sentimento que recentemente expressara para Mary, de que ele era "um homem que não desejava ver". Tinha um grande desejo de vê-lo. Se ele buscasse, mesmo, se reconciliar, como um obediente ramo da família, deveria ser perdoado por ter cortado a si mesmo do resto da árvore.

Anne não estava tão animada com as circunstâncias, mas sentia que preferiria ver o Sr. Elliot novamente do que não vê-lo, o que era mais do que ela poderia dizer sobre muitas outras pessoas em Bath.

Foi deixada em Camden Place, e Lady Russell seguiu caminho até seus próprios aposentos, em Rivers Street.

Capítulo 15

Sir Walter havia alugado uma casa muito boa em Camden Place, em uma localização altiva e elegante, do tipo adequado para um homem de importância, e ele e Elizabeth estavam estabelecidos lá, de forma bastante satisfatória para ambos.

Anne entrou na casa com o coração pesado, prevendo uma prisão de muitos meses, e ansiosamente dizendo para si mesma:

– Oh, quando irei embora novamente?

Um pouco de cordialidade inesperada, contudo, na recepção que teve, a fez bem. Seu pai e sua irmã estavam felizes em vê-la, a fim de mostrar-lhe a casa e a mobília, e a receberam com gentileza. O fato de, com ela, formarem um grupo de quatro ao sentarem para jantar foi visto como uma vantagem.

A Sra. Clay estava muito agradável e sorridente, mas suas cortesias e sorrisos eram mera formalidade. Anne sempre sentira que ela dissimularia uma recepção apropriada, mas a complacência dos outros dois era algo inesperado. Estavam evidentemente de excelente humor, e ela logo ouviu os motivos. Eles não tinham a menor vontade de ouvi-la falar. Após dar a deixa para alguns elogios, de estarem fazendo muita falta em sua vizinhança antiga, elogios estes que Anne não podia fazer, fizeram apenas algumas poucas perguntas antes de dominarem completamente a conversa. Uppercross não despertava qualquer interesse, Kellynch muito pouco; só queriam saber de Bath.

Tiveram o prazer de garantir a ela que Bath mais do que correspondia às suas expectativas, sob todos os aspectos. Sua casa era, sem dúvida, a melhor de Camden Place; suas salas de estar tinham muitas vantagens sobre todas as outras das quais haviam ouvido falar ou que tinham visto, e sua superioridade não era menor em relação ao estilo da decoração ou ao gosto na mobília. Todos queriam se relacionar com eles e visitá-los. Haviam recusado muitas apresentações, mas continuavam recebendo inúmeros cartões de pessoas que nem sabiam quem eram.

Como estavam se divertindo! Podia Anne se surpreender por seu pai e sua irmã estarem tão felizes? Não se surpreendia, mas suspirava por seu pai não sentir-se humilhado pela mudança, não sentir falta dos deveres e da dignidade de um senhor de terras, e encontrar tanto para alimentar sua vaidade na pequeneza de uma cidadezinha.

Também suspirou, sorriu e se surpreendeu enquanto Elizabeth abria as portas duplas e andou de uma sala para outra, vangloriando-se de seus espaços, com a possibilidade de tal mulher, que havia sido a senhora de Kellynch Hall, encontrar algo para se orgulhar entre duas paredes, com menos de dez metros de distância entre elas.

Mas isso não era tudo o que os fazia feliz. Também tinham o Sr. Elliot. Anne tinha muito a ouvir sobre ele. Não só estava perdoado, como também a família estava deleitada com ele. Estava em Bath há mais ou menos uma quinzena (passara por Bath em novembro, a caminho de Londres, quando obviamente ficou sabendo que Sir Walter estava estabelecido lá, mas como ficara somente vinte e quatro horas na cidade, não pudera fazer nada com a informação), e seu primeiro objetivo, ao chegar, tinha sido deixar seu cartão em Camden Place, e então fazer tamanho esforço para encontrar a família. Ao se encontrarem, a franqueza de sua conduta, prontidão em desculpar-se pelo passado e solicitude por ser recebido como parente novamente fizeram com que o antigo relacionamento entre eles fosse reestabelecido por completo.

Não tinham nada para reclamar sobre ele. Ele havia dado explicações sobre todas as possíveis instâncias de negligência de sua parte. Tudo havia se originado com um mal-entendido. Ele nunca tivera a intenção de cortar relações; temia ter sido excluído, mas não sabia o porquê, e sua educação o mantivera em silêncio. Mediante a insinuação de ter falado de forma desrespeitosa ou cuidadosa sobre a família e a honra familiar, ficou indignado. Ele, que sempre se gabava de ser um Elliot, e cujos sentimentos em relação ao parentesco eram, na verdade, severos demais para combinar com o tom informal da época. Ficou atônito, realmente, mas seu caráter e sua conduta refutariam todas as acusações. Sir Walter poderia consultar todos os que o conheciam, e certamente que o esforço que fizera, nesta primeira oportunidade de reconciliação, para restaurar seu status de parente e herdeiro, era uma grande prova de suas opiniões sobre o assunto.

Também descobriram que as circunstâncias de seu casamento permitiam muitos atenuantes. Este não foi um assunto que o próprio Sr. Elliot mencionou, e sim um amigo íntimo seu, um tal de Coronel Wallis, homem absolutamente respeitável e um perfeito cavalheiro (e de aparência não muito ruim, Sir Walter acrescentou), que vivia de forma elegante em Marlborough Buildings e que havia, mediante sua própria solicitação, sido apresentado à família através do Sr. Elliot. O Coronel mencionara algumas coisas relativas ao casamento do Sr. Elliot, que contribuíram de forma relevante para explicar o que ocorrera.

O Coronel Wallis conhecia o Sr. Elliot há tempos, e também conhecera sua esposa, compreendendo, então, toda a história. Decerto que não viera de família distinta, mas era uma mulher bem educada, talentosa, rica e extremamente apaixonada por seu amigo. Fora este o encanto. Ela o buscara. Sem aquela atração, nem toda a sua fortuna teria feito com que Elliot ficasse tentado, e Sir Walter também obteve a garantia de que ela fora uma mulher muito bonita. Esta informação amenizou muito toda a situação. Uma mulher muito bonita, com uma grande fortuna, e apaixonada por ele! Sir Walter parecia aceitar isso como uma desculpa completa; e, apesar de Elizabeth não conseguir encarar as circunstâncias de forma tão favorável, admitiu ser uma grande atenuação.

O Sr. Elliot os visitara repetidamente e jantara com eles uma vez, evidentemente deleitado com a distinção de ter sido convidado, pois eles não costumavam dar jantares. Ficara comprazido, em resumo, com toda prova de que era reconhecido como primo, e toda a sua felicidade repousava sobre o fato de manter um relacionamento íntimo com a família em Camden Place.

Anne escutava, mas sem entender muito bem. Sabia que precisaria fazer concessão, uma grande concessão, para as ideias daqueles que lhe falavam. Ouviu tudo reconhecendo que os fatos foram enfeitados. Tudo o que soava extravagante ou irracional sobre o progresso da reconciliação poderia ter se originado apenas nas mentes dos contadores da história. Ainda assim, teve a sensação de que havia algo mais do que as aparências imediatas demonstravam, no desejo do Sr.

Elliot de, após um intervalo de tantos anos, ser bem recebido por eles. Conjecturando de forma sensata, ele não tinha nada a ganhar com um bom relacionamento com Sir Walter, e nada a arriscar se assim não o fosse. Provavelmente, era o mais rico dentre os dois, e a propriedade de Kellynch certamente seria tão sua quanto o título, no futuro. Sendo ele um homem sensato, e parecia ser um homem bastante sensato, por que isso seria seu objetivo? Anne podia pensar só em uma solução: talvez fosse por Elizabeth. Pode ter realmente havido uma atração anteriormente, e alguma conveniência ou um acidente tê-lo atraído para uma direção diferente. E, agora que podia fazer o que quisesse, estava decidido a cortejá-la. Elizabeth era certamente muito bonita, com modos refinados e elegantes, e talvez o Sr. Elliot nunca tenha conhecido sua personalidade a fundo, a tendo só em público e quando ele mesmo era muito jovem. Como o temperamento e a mentalidade dela resistiriam à investigação dele, agora que estava mais velho e mais sábio, era outra preocupação, um tanto quanto atemorizante. Anne desejou sinceramente que ele não fosse gentil ou observador demais, se seu objetivo era conquistar Elizabeth. O fato de que Elizabeth estava disposta a acreditar que era este, mesmo, o objetivo dele, e de que sua amiga Sra. Clay encorajava a ideia, parecia aparente pelo modo como se entreolharam uma ou duas vezes, enquanto as visitas frequentes do Sr. Elliot eram mencionadas.

Anne mencionou tê-lo visto de relance em Lyme, mas não prestaram muita atenção no que dizia. "Oh, sim, poderia ter sido o Sr. Elliot. Não sabiam. Talvez tenha sido ele". Não pararam para ouvir a descrição dele feita por Anne. Eles mesmos o estavam descrevendo, Sir Walter especialmente. Falou com justiça sobre sua aparência cavalheiresca, seus ares de elegância e apuro, o formato regular de seu rosto, seu olhar sensato; mas, ao mesmo tempo, lamentava o fato de sua mandíbula ser muito proeminente, defeito este que parecia ter piorado. Tampouco podia Sir Walter fingir que dez anos não tinham alterado quase que todas as suas características para pior. O Sr. Elliot parecia pensar que ele, Sir Walter, tinha exatamente a mesma aparência de quando o vira pela última vez, mas Sir Walter não fora capaz de retribuir o elogio inteiramente, o que o deixara encabulado. Contudo, não queria reclamar. O Sr. Elliot era mais agradável de se olhar do que a maioria dos homens, e ele não fazia objeção contra ser visto em companhia dele em lugar algum.

O Sr. Elliot e seus amigos de Marlborough Buildings foram o assunto da conversa durante a noite toda. O Coronel Wallis estivera tão impaciente para ser apresentado a eles! E o Sr. Elliot tão ansioso por fazê-lo! E também havia a Sra. Wallis, atualmente conhecida só por sua descrição, pois estava esperando o nascimento de seu bebê para qualquer dia. Mas o Sr. Elliot a descrevera como uma mulher das mais encantadoras, digna de ser levada a Camden Place, e assim que se recuperasse, seria apresentada a eles. Sir Walter tinha uma boa opinião da Sra. Wallis: diziam que era uma mulher extremamente bonita, linda. Queria muito vê-la. Esperava que ela compensasse as muitas faces sem graça pelas quais ele continuamente passava na rua. A pior qualidade de Bath era a quantidade de mulheres comuns. Não queria dizer que não havia mulheres bonitas, mas a quantidade de mulheres sem graça era absolutamente desproporcional. Frequentemente observara, enquanto andava, que um roso bonito era seguindo por trinta ou trinta e cinco assustadores; e uma vez, enquanto aguardava em uma loja em Bond Street, contara oitenta e sete mulheres que passaram, uma após a outra, sem um único rosto tolerável entre elas. Fora uma manhã gélida, é claro, com uma geada cruel, que mal poderia ser aguentada por uma mulher dentre mil. Ainda assim, era certo que havia uma terrível abundância de mulheres feias em Bath. E quanto aos homens! Eram infinitamente piores. Os espantalhos que povoavam as ruas! Era evidente que as mulheres não estavam nem um pouco acostumadas a ver algo tolerável, julgando-se pelo efeito que um homem de aparência decente produzia. Ele nunca andara a lugar algum, de braços dados com o Coronel Wallis (que era um tipo militar muito bem-apessoado, apesar de ter os cabelos castanho-claros), sem perceber que os olhares de todas as mulheres voltavam-se para ele; todas as mulheres infalivelmente olhavam para o Coronel Wallis. Modesto Sir Walter! Não o iriam deixar escapar. Sua filha e a Sra. Clay se uniram para sugerir que o companheiro do Coronel Wallis tinha uma aparência tão boa quanto a dele, e certamente não tinha os cabelos castanho-claros.

– Como está a aparência de Mary? – perguntou Sir Walter, no ápice do bom humor. – Da última vez que a vi, estava com o nariz vermelho, mas espero que isso não aconteça todos os dias.

– Oh, não, isso deve ter sido um acidente. No geral, ela tem estado com saúde e aparência muito boas, desde o fim de setembro.

– Se eu achasse que não a tentaria a sair de casa durante uma ventania forte, que a deixaria enrugada, mandaria para ela um chapéu e uma peliça novos.

Anne estava cogitando sugerir que um vestido ou um chapéu não estariam sujeitos a serem mal utilizados de tal forma, quando uma batida na porta suspendeu tudo. Uma batida na porta! E tão tarde! Eram dez horas. Poderia ser o Sr. Elliot? Sabiam que ele jantaria em Lansdowne Crescent. Era possível que parasse lá a caminho de casa, para perguntar como estavam. Não lhes ocorria mais ninguém. A Sra. Clay decididamente pensava ser a batida do Sr. Elliot. A Sra. Clay estava certa. Com toda a pompa que um mordomo e um pajem podiam propiciar, o Sr. Elliot foi trazido para a sala de estar.

Era o mesmo homem, o mesmíssimo, a única diferença sendo suas roupas. Anne ficou um pouco para trás, enquanto os outros recebiam os cumprimentos dele e Elizabeth suas desculpas por aparecer em um horário tão incomum, mas ele "não podia passar tão perto deles sem querer se certificar de que nem ela, nem sua amiga, haviam se resfriado no dia anterior", etc. Tudo isso foi feito e recebido com tanta educação quanto possível, mas então chegou a hora de Anne. Sir Walter mencionou sua filha mais nova: o Sr. Elliot deveria permitir que ele lhe apresentasse sua filha mais nova (não teve a oportunidade de lembrar-se de Mary), e Anne, sorrindo e corando, mostrou ao Sr. Elliot, de forma muito apropriada, as belas feições que ele não havia, de forma alguma, esquecido, e viu imediatamente, divertindo-se com o pequeno sobressalto de surpresa por parte dele, que ele não fizera ideia de quem ela era. Ele parecia completamente atônito, mas não mais atônito do que contente; seus olhos brilhavam! E, com a mais perfeita alacridade, ele recebeu de bom grado o relacionamento entre eles, fez alusão ao passado, e pediu que ela o recebesse como um amigo. Ele era tão bonito quanto parecera em Lyme, seu semblante se tornando mais atraente quando falava, e seus modos eram exatamente como deveriam ser, polidos, tranquilos e particularmente agradáveis, de modo que ela podia comparar a excelência deles com a dos modos de só uma pessoa. Não eram os mesmos, mas talvez fossem igualmente bons.

Ele sentou-se com eles, e melhorou muito a conversa. Não podia haver dúvidas de que era um homem sensato. Dez minutos foram o suficiente para certificar-se disso. Seu tom, suas expressões, os assuntos que escolhera, o fato de saber a hora de parar, tudo isso era fruto de uma mente sensata e sagaz. Assim que pôde, começou a conversar com ela sobre Lyme, querendo comparar suas opiniões sobre o lugar, mas especialmente querendo falar sobre a circunstância de serem hóspedes da mesma estalagem, ao mesmo tempo, falar sobre sua própria viagem e perguntar sobre a dela, e lamentar o fato de ter perdido a oportunidade de expressar sua consideração a ela. Anne contou a ele um resumo sobre seu grupo de amigos e o que estavam fazendo em Lyme. Conforme a ouvia, o Sr. Elliot lamentava ainda mais. Passara toda a sua solitária noite no quarto ao lado do deles; ouvira vozes e risadas continuamente, pensara que devia ser um grupo agradabilíssimo de pessoas, ansiava por juntar-se a eles, mas certamente sem nem suspeitar de que possuía o menor direito de se apresentar. Se ao menos houvesse perguntado quem era o grupo! O nome Musgrove teria lhe informado o suficiente. Bem, pelo menos serviria para curá-lo do hábito absurdo de nunca fazer perguntas em uma estalagem, que ele adotara quando jovem, com base no princípio de que é deselegante ser curioso.

– As noções de um jovem de vinte e um ou vinte e dois anos, – disse ele, – em relação aos modos necessários para agir corretamente, são mais absurdas, creio eu, do que as de qualquer outro tipo de pessoa do mundo. A tolice dos meios que costumam empregar só é igualada pela tolice do que têm em mente.

Porém, ele não devia estar direcionando suas reflexões somente a Anne, e sabia disso. Logo conversava com todos os outros novamente, e só pôde retornar ao assunto de Lyme esporadicamente.

Entretanto, suas perguntas acabaram produzindo uma descrição da cena em que Anne estivera envolvida em Lyme, após a partida dele. Tendo aludido a "um acidente", ele quis ouvir a história inteira. Quando começou a fazer perguntas, Sir Walter e Elizabeth também começaram, mas a diferença no modo como o fizeram não passou despercebida. Anne pôde só comparar o Sr. Elliot a Lady Russell, no que tange ao desejo de realmente compreender o que acontecera e ao grau de preocupação pelo que ela deve ter sofrido ao testemunhá-lo.

Ele ficou uma hora em companhia deles. O reloginho elegante sobre a lareira marcara "as onze horas com seus sons prateados", e o guarda começara a ser ouvido à distância, dizendo a mesma coisa, antes que o Sr. Elliot ou qualquer um deles percebesse que ele já estava lá há muito tempo.

Anne não poderia ter imaginado que sua primeira noite em Camden Place teria transcorrido tão bem!

Capítulo 16

Havia uma questão que Anne, ao voltar para o seio da família, ficaria mais feliz em averiguar do que o fato de o Sr. Elliot estar apaixonado por Elizabeth ou não, que era o fato de seu pai não estar apaixonado pela Sra. Clay. Anne estava muito longe de ficar tranquila quanto a isso, após passar apenas algumas horas em casa. Ao descer para o café, na manhã seguinte, descobriu que a senhora andara mencionando a possibilidade de partir, em nome da decência. Conseguia imaginar a Sra. Clay dizendo que "agora que a Srta. Anne chegou, não podia supor que era, de forma alguma, necessária", pois Elizabeth estava respondendo, com um sussurro, que "isto não é motivo algum. Asseguro-lhe que não acho que seja. Ela não significa nada para mim, em comparação com você"; e chegou a tempo de ouvir seu pai dizer: "Minha cara senhora, não posso permitir. Ainda não viu nada de Bath. Só esteve aqui para ser útil, até agora. Não pode fugir de nós. Precisa ficar para conhecer a Sra. Wallis, a linda Sra. Wallis. Para sua mente atilada, sei muito bem que a visão da beleza é uma verdadeira gratificação".

Seu discurso e sua aparência eram tão sinceros, que Anne não ficou surpresa em ver a Sra. Clay lançar um olhar em direção a Elizabeth e a ela mesma. Seu semblante talvez expressasse um pouco de cautela, mas o elogio feito à sua mente atilada não pareceu inspirar qualquer reflexão em Elizabeth. A senhora não pôde deixar de ceder a tais súplicas e prometer ficar.

Durante a mesma manhã, quando Anne e seu pai foram, por acaso, deixados sozinhos, ele começou a elogiar sua aparência, dizendo que notava melhorias. Afirmou:

– Está menos magra, no corpo e no rosto; sua pele melhorou muito, está mais límpida e fresca. Tem usado algo em particular?

– Não, nada.

– Só o creme Gowland – supôs ele.

– Não, nada mesmo.

– Ha! Fico surpreso em ouvir isso – disse ele. Acrescentou: – Certamente que não pode fazer nada melhor do que continuar como está; não pode ficar melhor do que bem; ou eu recomendaria o creme Gowland, para uso constante, durante os meses da primavera. A Sra. Clay o tem usado, por minha recomendação, e pode ver o que ele tem feito por ela. Vê como se livrou de suas sardas.

Se ao menos Elizabeth tivesse ouvido! Tamanho elogio teria causado um forte efeito sobre ela, especialmente por não parecer a Anne que as sardas haviam diminuído nem um pouco. Mas as coisas precisavam tomar seus cursos naturais. Os males de tal casamento seriam diminuídos, se Elizabeth também se casasse. Quanto a ela própria, ela sempre poderia ir morar com Lady Russell.

A mente composta e os modos educados de Lady Russell foram testados, neste quesito, durante sua visita a Camden Place. Ver a Sra. Clay tão admirada, e Anne tão desprezada, era uma perpétua provocação para ela, e a irritava tanto quanto alguém que está em Bath, bebe as águas termais, lê todas as novas revistas e tem muitos amigos, consegue ficar irritada.

Conforme foi conhecendo melhor o Sr. Elliot, tornou-se mais compreensiva, ou mais indiferente, em relação aos outros. Os modos dele conquistaram sua admiração imediatamente, e, ao conversar com ele, Lady Russell descobriu que uma base sólida suportava tão bem as características superficiais que esteve, como disse para Anne, quase pronta a exclamar: "Seria este o Sr. Elliot?", e não conseguia imaginar um homem mais agradável ou estimável. Reunia em si todas as qualidades: uma mentalidade boa, opiniões corretas, conhecimento do mundo e um coração afetuoso. Tinha fortes noções de apego e honra familiar, sem orgulho ou fraqueza; vivia com a liberalidade de um homem de fortuna, sem ostentação; fazia seu próprio juízo sobre todos os assuntos essenciais, sem desafiar a opinião pública em qualquer ponto de decoro sensato. Era constante, observador, moderado, cândido; nunca se deixava levar por emoção ou egoísmo, acreditando ser convicção; e, ainda assim, reconhecendo tudo o que havia de mais importante e valorizando todas as felicidades da vida doméstica, que pessoas com caráteres de entusiasmo imaginário e agitação violenta raramente possuem. Estava certa de que ele havia sido infeliz no casamento. O Coronel Wallis afirmara, e Lady Russell reparara, mas não havia sido uma infelicidade que o amargurara, ou, como ela logo começou a suspeitar, o impedira de pensar em uma segunda escolha. Sua satisfação com o Sr. Elliot compensava todo o agastamento com a Sra. Clay.

Já fazia alguns anos, desde que Anne começara a perceber que ela e sua excelente amiga podiam, às vezes, pensar de formas diferentes, e não ficou surpresa, portanto, em descobrir que Lady Russell não via nada de suspeito ou inconsistente, nada que exigisse mais motivos do que os aparentes, no grande desejo de reconciliação do Sr. Elliot. Na opinião de Lady Russell, era perfeitamente normal que o Sr. Elliot, em uma época mais madura de sua vida, considerasse ter um bom relacionamento com o chefe de sua família um objetivo dos mais desejáveis, e que lhe traria a admiração de todas as pessoas sensatas, o efeito mais simples do tempo sobre uma mente naturalmente ajuizada, e que só cometera alguns erros no ápice de sua juventude. Anne, contudo, ainda ousou sorrir e finalmente mencionar "Elizabeth". Lady Russell escutou, observou e só deu a seguinte resposta cautelosa:

– Elizabeth! Muito bem; o tempo dirá.

Era uma referência ao futuro a que Anne, após uma breve contemplação, decidiu se sujeitar. Não podia determinar nada, naquele momento. Naquela casa, Elizabeth vinha em primeiro lugar, e estava tão acostumada a ser tratada por todos como "Srta. Elliot", que qualquer atenção particular parecia quase impossível. Ademais, deviam se lembrar de que o Sr. Elliot só enviuvara há sete meses. Uma ligeira postergação de sua parte seria facilmente desculpada. Na verdade, Anne não conseguia reparar na fita preta ao redor de seu chapéu, sem temer estar sendo injusta com ele, atribuindo-lhe tais intenções, pois, apesar de seu casamento não ter sido muito feliz, existira por tantos anos que ela não podia imaginar ele se recuperaria rapidamente dos terríveis sentimentos despertados por seu término.

Como quer que a situação se resolvesse, ele era, sem dúvidas, seu conhecido mais agradável em Bath; Anne não via ninguém que se comparasse a ele, e era uma maravilhosa indulgência, conversar ocasionalmente com ele sobre Lyme, que ele parecia querer ver novamente, e explorar melhor, tanto quanto ela. Repassaram os detalhes de seu primeiro encontro diversas vezes. Ele deu a entender que olhara para ela com um pouco de interesse. Ela sabia muito bem disso, e também se lembrava do olhar de outra pessoa.

Nem sempre concordavam. Anne percebia que ele prezava mais sua posição social e seus relacionamentos do que ela. Não poderia ter sido apenas tolerância, e sim gosto pela causa, que o fizera embarcar no interesse de seu pai e sua irmã por um assunto que Anne considerava indigno de despertar sua atenção. O jornal de Bath anunciou, uma manhã, a chegada da Viscondessa de Dalrymple, viúva, e de sua filha, a Ilustre Srta. Carteret, e toda a tranquilidade do nº _ de Camden Place foi suspensa por muitos dias, pois a família Dalrymple (muito desafortunadamente, na opinião de Anne) era prima da família Elliot, e a angústia era para decidir como se apresentariam adequadamente.

Anne nunca vira antes seu pai e sua irmã em contato com a nobreza, e precisou admitir que ficou decepcionada. Esperava coisa melhor da noção que tinham sobre sua própria posição social, e chegou ao ponto de desejar algo que nunca havia previsto: que eles tivessem mais orgulho, pois "nossas primas, Lady Dalrymple e a Srta. Carteret", "nossas primas, as Dalrymple", era tudo o que ouvia, o dia inteiro.

Sir Walter havia se encontrado com o falecido visconde uma vez, mas nunca vira o resto da família, e as dificuldades do caso decorriam de uma suspensão da troca de cartas desde a morte do referido visconde, quando, devido a uma perigosa doença de Sir Walter, ao mesmo tempo, houvera uma infeliz omissão por parte da família de Kellynch. Nenhuma carta de condolências tinha sido enviada para a Irlanda. O culpado pagara pela negligência, pois quando Lady Elliot falecera, nenhuma carta de condolências foi recebida em Kellynch e, consequentemente, havia muitos motivos para se pensar que as Dalrymple consideravam o relacionamento terminado. A questão agora era como poderiam corrigir esta situação aflitiva e serem reconhecidos como primos novamente, e nem Lady Russell, nem o Sr. Elliot, consideravam tal assunto desimportante. Diziam que relacionamentos familiares sempre eram dignos de ser preservados, e uma boa companhia sempre digna de ser buscada; Lady Dalrymple havia alugado uma casa, por três meses, em Laura Place, e viveria em grande estilo. Estivera em Bath no ano anterior, e Lady Russell ouvira falar que era uma mulher encantadora. Seria muito desejável renovar o relacionamento, se possível, sem comprometimento da correção por parte dos Elliot.

Sir Walter, contudo, estava determinado a escolher seu próprio jeito de agir, e finalmente escreveu uma bela carta de justificativa, expressando arrependimento e suplicando à sua ilustre prima. Nem Lady Russell, nem o Sr. Elliot admiraram a carta, mas esta teve o efeito desejado, resultando em três linhas escritas apressadamente pela Viscondessa. "Estava honrada e ficaria feliz em relacionar-se com eles". A parte difícil tendo sido superada, restava-lhes a parte prazerosa. Visitaram as primas em Laura Place, arrumaram os cartões da Viscondessa Dalrymple e da Ilustre Srta. Carteret no lugar onde ficassem mais visíveis, e falavam sobre "nossas primas de Laura Place" e "nossas primas, Lady Dalrymple e a Srta. Carteret" para todo mundo.

Anne ficou envergonhada. Ainda que Lady Dalrymple e sua filha fossem muito agradáveis, teria ficado encabulada com a agitação que criaram, mas não o eram. Não tinham modos, talentos ou mentes superiores. Lady Dalrymple adquirira o epíteto de "mulher encantadora" por ter um sorriso e umas palavras civilizadas a dar para todos. A Srta. Carteret, que tinha menos ainda a dizer, era tão comum e desengonçada que nunca teria sido tolerada em Camden Place, se não fosse por seu berço.

Lady Russell confessou que esperava coisa melhor, mas ainda assim "eram parentes úteis de se ter", e quando Anne ousou expressar sua opinião sobre elas para o Sr. Elliot, ele concordou que não tinham nada de especial, mas continuava defendendo que, como parentes, boa companhia e pessoas que se cercavam de boas companhias, elas tinham o seu valor. Anne sorriu e disse:

– Minha ideia de boa companhia, Sr. Elliot, é a companhia de pessoas inteligentes e informadas, que tenham muito o que conversar; é isso que chamo de boa companhia.

– Está enganada, – disse ele, gentilmente, – este não é um bom tipo de companhia, é o melhor. Boa companhia só exige berço, educação e modos, e não é muito exigente quanto à educação. Berço e bons modos são essenciais, mas um pouco de estudo não é algo nem um pouco perigoso, no que tange à boa companhia, pelo contrário, cai muito bem. Minha prima Anne está sacudindo a cabeça. Não está satisfeita. É fastidiosa. Minha cara prima, – disse ele, sentando-se ao lado dela, – você tem mais direito de ser fastidiosa do que quase todas as outras mulheres que conheço, mas te levará a algum lugar? Te fará feliz? Não seria mais sábio aceitar a sociedade daquelas boas senhoras de Laura Place, e aproveitar ao máximo todas as vantagens de tal relacionamento? Esteja certa de que elas circularão pelos mais altos círculos de Bath neste inverno, e como não há nada como uma boa posição social, o fato de as pessoas saberem que vocês são parentes será útil para estabelecer sua família (ou, devo dizer, nossa família) naquele grau de estima que todos desejamos.

– Sim, – suspirou Anne, – todos ficarão mesmo sabendo que somos parentes! – E então, recompondo-se e não querendo que ele a respondesse, acrescentou: – Certamente que acho que houve um esforço excessivo em busca de restaurar o relacionamento. Suponho – disse ela, sorrindo – que tenho mais orgulho do que qualquer um de vocês; mas confesso que me irrita estarmos tão ansiosos para que nosso parentesco seja reconhecido, pois podemos ter certeza de que é uma questão à qual elas são absolutamente indiferentes.

– Perdoe-me, querida prima, mas está sendo injusta com sua própria importância. Em Londres, talvez, com seu atual estilo de vida modesto, a situação pode ser como descreve; mas em Bath, Sir Walter Elliot e sua família sempre serão dignos de se conhecer, sempre serão relações aceitáveis.

– Bem, – disse Anne, – sou mesmo orgulhosa, orgulhosa demais para me regozijar com uma recepção que depende inteiramente da localização.

– Amo sua indignação, – disse ele, – é bastante natural. Mas aqui está você, em Bath, e o objetivo é se estabelecer aqui com todo o mérito e a dignidade que devem pertencer a Sir Walter Elliot. Diz ser orgulhosa; eu sou chamado de orgulhoso, sei disso, e não desejo acreditar no contrário, pois nosso orgulho, se examinado, tem o mesmo objeto, não tenho dúvidas, apesar de seu tipo parecer um pouco diferente. Em um aspecto, tenho certeza, minha cara prima, – continuou ele, falando mais baixo, apesar de não haver mais ninguém na sala, – em um aspecto, tenho certeza de que pensamos a mesma coisa. Estou certo de que julgamos que todos os acréscimos aos conhecidos de seu pai, que tenham a mesma posição social que ele, ou uma superior, podem ser úteis para desviar os pensamentos dele daqueles que lhe são inferiores.

Enquanto falava, olhava para a poltrona que a Sra. Clay ocupara recentemente, o que era uma explicação suficiente sobre sua intenção. E apesar de Anne não poder acreditar que tinham o mesmo tipo de orgulho, ficou feliz por ele não gostar da Sra. Clay, e sua consciência admitiu que o desejo dele, de promover amizades importantes para seu pai, mais do que desculpava sua intenção de contrariá-la.

Capítulo 17

Enquanto Sir Walter e Elizabeth aproveitavam assiduamente sua boa sorte em Laura Place, Anne retomava uma amizade completamente diferente.

Visitara sua antiga governanta, que lhe dissera que uma de suas colegas de escola estava em Bath, e que merecia sua atenção devido à gentileza que demonstrara para com ela no passado, e ao seu atual estado de sofrimento. A Srta. Hamilton, agora Sra. Smith, havia sido gentil com ela em um daqueles períodos da vida em que a gentileza é mais valiosa. Anne fora infeliz para a escola, chorando a morte de uma mãe que amara intensamente, sentindo saudades de casa e sofrendo do modo como uma menina de quatorze anos, com uma profunda sensibilidade e um humor não muito vivaz, deveria sofrer sob tais circunstâncias. A Srta. Hamilton, três anos mais velha do que ela, mas, devido à falta de parentes próximos e um lar estabelecido, ainda morando na escola, havia sido útil e boa para com ela, de uma forma que diminuiu consideravelmente sua tristeza e que nunca poderia ser recordada com indiferença.

A Srta. Hamilton saíra do colégio e se casara logo depois. Era dito que se casara com um homem de fortuna, e esta fora a única notícia que Anne tivera dela, até que o relato de sua governanta lhe descrevera sua situação de forma mais concreta, porém muito diferente.

Estava viúva e pobre. Seu marido fora extravagante, e a morte dele, há mais ou menos dois anos, deixara seus negócios terrivelmente endividados. Enfrentava dificuldades de todo o tipo e, além de tais problemas, havia sido acometida por uma forte febre reumática que, finalmente afetando suas pernas, a deixara aleijada. Havia vindo para Bath por causa disso, e agora se hospedava perto das termas, vivendo de forma bastante humilde, incapaz até mesmo de dar a si mesma o conforto de uma criada e, é claro, quase que excluída da sociedade.

Sua amiga mútua garantiu que a Sra. Smith ficaria muito satisfeita com uma visita da Srta. Elliot, então Anne não perdeu tempo. Não contou nada para sua família sobre o que havia descoberto ou o que pretendia fazer. Ninguém se interessaria adequadamente pelo assunto. Consultou somente Lady Russell, que concordou com tudo o que falara e se dispôs a levá-la até o local mais próximo dos aposentos da Sra. Smith em Westgate Buildings que Anne permitiu.

A visita foi feita, sua amizade retomada e seu interesse mútuo mais do que despertado. Os primeiros dez minutos foram um tanto quanto desajeitados e emotivos. Doze anos haviam se passado, desde que se despediram, e cada uma delas tinha uma aparência diferente do que a outra imaginara. Doze anos transformara Anne de uma garota de quinze anos, desabrochando, quieta e imatura, em uma mulher pequena e elegante de vinte e sete anos, bela sob todos os aspectos, ainda que não viçosa, e com modos tão conscienciosamente corretos quanto invariavelmente gentis; e doze anos transformaram a Srta. Hamilton, com toda a sua saúde pujante e autoconfiança, em uma viúva pobre, enferma e indefesa, recebendo a visita de sua antiga protegida como um favor. Mas todo o desconforto do encontro inicial logo se esvaiu, e deixou somente o encanto interessante de relembrarem as antigas amizades e conversarem sobre os tempos antigos.

Anne reconheceu na Sra. Smith a sensatez e os modos agradáveis dos quais costumava quase que depender, e uma disposição para conversar e se alegrar que era maior do que esperava. Nem as amarguras do passado – e ela conhecera muito bem o mundo –, nem as restrições do presente, nem doença, nem tristeza, pareciam ter amargurado seu coração ou oprimido seu espírito.

Durante a segunda visita, falou muito francamente, e a surpresa de Anne só aumentou. Mal podia conceber uma situação menos alegre do que a da Sra. Smith. Fora muito afeiçoada ao marido: o enterrara. Estivera acostumada a afluência: se fora. Não tinha filhos para conectá-la com a vida e a felicidade novamente, nenhum parente para auxiliá-la com assuntos complicados, nem saúde para tornar o resto suportável. Suas acomodações limitavam-se somente a uma sala de estar barulhenta e um quarto escuro atrás da mesma, sem possibilidade de passar de um cômodo a outro sem ajuda, que só podia ser dada por um único criado da casa, e ela nunca saía para outro lugar que não às termas. Ainda assim, apesar de tudo isso, Anne tinha motivos para acreditar que passava somente por alguns momentos de langor e depressão, em comparação com horas de ocupação e divertimento. Como podia ser? Observou, refletiu e finalmente decidiu que não era um caso apenas de força ou resignação. Um espírito submisso podia ser paciente, uma mente forte forneceria alento, mas neste caso, havia algo mais; sua amiga tinha aquela elasticidade mental, estava disposta a ser confortada, possuía aquele poder de voltar-se rapidamente do mal para o bem, e de encontrar algo para se ocupar e fazê-la sair de sua própria mente, que só a natureza poderia dar. Era um melhor presente dos céus, e Anne encarava sua amiga como um daqueles casos em que, misericordiosamente, tal presente parecia ter sido calculado para compensar tudo o mais que lhe faltava.

Houvera um tempo, a Sra. Smith lhe contou, em que seu ânimo quase cedera. Não podia se considerar uma inválida agora, em comparação com seu estado ao chegar em Bath. Naquela época, sim, ela havia sido digna de pena, pois pegara uma gripe durante a viagem, e mal havia tomado posse de seus aposentos antes de ter que ficar confinada à cama novamente, sofrendo com dores severas e constantes. Tudo isso entre estranhos, com a absoluta necessidade de ter alguém cuidando de si constantemente, e com suas finanças, naquele momento, particularmente incapazes de cobrir qualquer despesa extraordinária. Havia resistido, contudo, e agora podia dizer, verdadeiramente, que o que acontecera lhe fizera bem. Aumentara seu conforto, fazendo-a sentir estar em boas mãos. Conhecia o mundo bem demais, para esperar afeto inesperado ou desinteressado por parte de qualquer pessoa, mas sua enfermidade havia provado para ela que sua senhoria tinha um caráter a preservar, e não se aproveitaria dela; e também tinha sido particularmente afortunada em relação à sua enfermeira, visto que uma das irmãs da senhoria, enfermeira de profissão, e que sempre fazia daquela casa seu lar quando estava desempregada, estava livre para atendê-la justamente naquela época.

– E ela, – disse a Sra. Smith, – além de cuidar de mim da forma mais admirável, demonstrou ser uma amiga valiosíssima. Assim que consegui usar as mãos novamente, me ensinou a tricotar, o que tem sido uma grande diversão; e me mostrou como fazer aqueles porta-linha de costura, almofadinhas de alfinetes e porta-cartões de visitas que você sempre me vê costurando, e que me permitem fazer um pouco de bem para uma ou duas famílias muito pobres deste bairro. A enfermeira tem uma grande rede de conhecidos, profissionalmente, é claro, que têm dinheiro para comprar estes itens, e sempre vende minhas mercadorias. Sempre espera a hora certa para oferecê-las. Todos ficam caridosos, sabe, quando acabaram de escapar de dores severas, ou estão recuperando a bênção da saúde, e a enfermeira Rooke sabe exatamente quando falar. É uma mulher astuta, inteligente e sensata. Tem o dom de enxergar a natureza humana, e é um poço de bom senso e observação, o que faz com que seja uma acompanhante infinitamente superior a milhares daquelas que só receberam "a melhor educação do mundo", mas não sabem nada de valor. Chame de fofoca, se quiser, mas quando a enfermeira Rooke tem meia hora livre para gastar comigo, sempre tem algo para contar, que seja divertido e útil, algo que faça com que se conheça melhor a própria espécie. Todos gostam de saber o que está acontecendo, estar em dia com os novos modos de ser frívolo e tolo. Para mim, alguém que passa tanto tempo sozinha, as conversas dela são um deleite, asseguro-lhe.

Anne, longe de querer fazer objeção a seu prazer, respondeu:

– Acredito facilmente. Mulheres daquela classe têm muitas oportunidades e, se forem inteligentes, vale a pena escutar o que têm a dizer. Imagine a tamanha variedade da natureza humana que costumam encontrar! E não são versadas somente nas tolices das pessoas, pois têm a oportunidade de vê-las sob circunstâncias das mais interessantes ou comoventes. Que cenas não devem testemunhar, de amor ardente, desinteressado e abnegado, de heroísmo, força, paciência, resignação: todos os conflitos e sacrifícios que mais nos enobrecem. O quarto de um doente pode valer incontáveis livros.

– Sim, – disse a Sra. Smith, um tanto duvidosa, – às vezes pode valer, apesar de temer que seus ensinamentos não costumam ser deste tipo elevado que descreve. Ocasionalmente, a natureza humana pode ser grandiosa, em momentos de provação; mas, no geral, é a fraqueza, e não a força, que aparece no quarto de um doente. É o egoísmo e a impaciência, ao invés da generosidade e da força, de que se ouve falar. Há tão pouca amizade verdadeira no mundo! E, infelizmente, – disse ela, em voz baixa e trêmula, – há tantas pessoas que se esquecem de pensar em coisas sérias, até ser quase tarde demais.

Anne reconheceu a tristeza de seus sentimentos. Seu marido não tinha sido o que deveria, e o resultado disso fora que sua esposa se encontrava em meio àquela parte da humanidade que a fazia ter uma opinião sobre o mundo que era pior do que ela esperava que este merecesse. Com a Sra. Smith, tal emoção era passageira, contudo; se recuperou e logo acrescentou, em um tom diferente:

– Não acho que a situação em que minha amiga, a Sra. Rooke, se encontra atualmente fornecerá muitas coisas que me interessarão ou edificarão. Está apenas cuidando da Sra. Wallis, de Marlborough Buildings, uma mulher meramente bonita, tola, esbanjadora e interessada nas tendências da moda, creio eu. É claro que não terá nada a relatar, a não ser sobre coisas finas e elegantes. Entretanto, pretendo lucrar com a Sra. Wallis. Ela tem bastante dinheiro, e quero que compre todas as coisas caras que tenho em mãos, no momento.

Anne visitara sua amiga diversas vezes, antes que sua família ficasse sabendo da existência de tal pessoa. Finalmente, tornou-se necessário falar sobre ela. Sir Walter, Elizabeth e a Sra. Clay voltaram, uma manhã, de Laura Place com um convite repentino de Lady Dalrymple para aquela mesma noite, mas Anne já havia se comprometido a passá-la em Westgate Buildings. Não lamentou ter tal desculpa. Tinha certeza de que sua família só havia sido convidada porque Lady Dalrymple, forçada a ficar em casa devido a uma forte gripe, aproveitou o relacionamento que havia sido pressionada a aceitar; então, recusou o convite com grande alacridade: "Havia combinado de passar aquela noite com uma antiga colega de escola". Não se interessavam muito por nada relativo a Anne, mas ainda assim, fizeram perguntas o suficiente para que entendessem quem era esta antiga colega de escola; Elizabeth foi desdenhosa, Sir Walter, severo.

– Westgate Buildings! – disse ele. – E quem a Srta. Anne Elliot vai visitar em Westgate Buildings? Uma tal de Sra. Smith. Uma viúva Sra. Smith. E quem era o marido dela? Um dentre cinco mil Srs. Smith, cujos nomes se encontra por todo canto. E qual é a atração dela? O fato de ser velha e doente. Deus, do céu, Srta. Anne Elliot, você tem o mais extraordinário dos gostos! Tudo o que enoja os outros, companhia de pessoas desimportantes, cômodos miseráveis, ar infectado, associações repugnantes, tudo lhe é convidativo. Mas decerto que consegue adiar a visita a esta velha senhora até amanhã; não está tão perto do fim, presumo eu, a ponto de não sobreviver mais um dia. Quantos anos tem? Quarenta?

– Não, senhor, ainda não fez trinta e um; mas não creio que possa adiar meu compromisso, pois é a única noite, por algum tempo, adequada para ela e para mim. Amanhã ela irá às termas e, como sabe, estamos ocupados pelo resto da semana.

– E o que Lady Russell pensa sobre esta amizade? – perguntou Elizabeth.

– Não vê nada de reprovável, – respondeu Anne, – pelo contrário, aprova a situação, e me levou quase todas as vezes em que fui visitar a Sra. Smith.

– Os habitantes de Westgate Buildings devem ter ficado um tanto quanto surpresos, com a aparição de uma carruagem em sua rua – observou Sir Walter. – É verdade que a viúva de Sir Henry Russell não tem fama para distinguir seu brasão, mas ainda assim é um bonito coche, e sem dúvida sabem que está transportando uma Srta. Elliot. Uma viúva, Sra. Smith, morando em Westgate Buildings! Uma pobre viúva, mal capaz de se sustentar, entre trinta e quarenta anos de idade; uma mera Sra. Smith, uma comum Sra. Smith, de todas as pessoas e todos os nomes do mundo, ser escolhida como amiga da Srta. Anne Elliot, e ser preferida por ela em detrimento de suas próprias parentas, que fazem parte da nobreza da Inglaterra e da Irlanda! Sra. Smith! Que nome!

A Sra. Clay, que estivera presente enquanto tudo transcorria, pensou ser melhor sair da sala, e Anne podia ter dito muito, e na verdade falou algumas coisas em defesa da situação de sua amiga, que não era muito diferente da situação deles próprios, mas sua noção de respeito por seu pai a impediu. Não respondeu. Deixou que ele lembrasse sozinho que a Sra. Smith não era a única viúva em Bath, entre trinta e quarenta anos de idade, com pouco dinheiro e nenhum sobrenome ilustre.

Anne cumpriu seu compromisso; os outros cumpriram os deles e, é claro, ela ouviu, na manhã seguinte, que haviam passado uma excelente noite. Ela fora a única do grupo que se ausentara, pois Sir Walter e Elizabeth não só estiveram eles mesmos a serviço da viscondessa, como também assumiram, de bom grado, a tarefa de arrumar outras pessoas, tendo convidado Lady Russell e o Sr. Elliot. Este último fez questão de deixar o Coronel Wallis mais cedo do que o planejado, e Lady Russell remarcou todos os seus compromissos para aquela noite, para poder visitar a viscondessa. Anne ouviu de Lady Russell tudo o que a noite lhes proporcionara. O que mais lhe interessava era o fato de ter sido o assunto de muitas conversas entre sua amiga e o Sr. Elliot, de que desejaram que estivesse lá, lamentaram sua ausência e, ao mesmo tempo, a respeitaram por ter deixado de ir devido a causa tão honrada. Suas visitas gentis e compassivas a uma antiga colega, doente e empobrecida, pareciam ter deleitado o Sr. Elliot. A considerava uma jovem das mais extraordinárias; seu temperamento, seus modos e sua mente a tornavam um modelo de excelência feminina. Equiparava-se até mesmo a Lady Russell, na discussão sobre seus méritos, e Anne não pôde ouvir sua amiga falar tanto, nem ficar sabendo que era tida em tão alta conta por um homem sensato, sem despertar em si as sensações agradáveis que sua amiga pretendera.

A opinião de Lady Russell sobre o Sr. Elliot estava, agora, perfeitamente decidida. Estava tão convencida de que ele pretendia conquistar Anne quanto do fato de que ele a merecia, e começara a calcular dentro de quantas semanas ele estaria livre das restrições do período de luto e poderia exercer abertamente seus poderes de conquista. Não queria falar com Anne com a metade da certeza que sentia quanto ao assunto, e ousava somente fazer algumas insinuações sobre o que poderia acontecer em breve, um possível afeto por parte dele e quão desejável seria tal aliança, supondo-se que tal afeto fosse verdadeiro e reciprocado. Anne a ouvia, mas não fazia qualquer exclamação animada; só sorria, corava e sacudia a cabeça gentilmente.

– Não sou nenhuma casamenteira, como bem sabe, – disse Lady Russell, – pois estou ciente demais de toda a incerteza dos eventos e planos humanos. Só quero dizer que, se o Sr. Elliot lhe pedir em casamento no futuro, e se estiver disposta a aceitá-lo, acho que teriam grandes chances de serem felizes juntos. Todos certamente considerariam uma união perfeitamente apropriada, mas creio que poderia ser uma muito feliz.

– O Sr. Elliot é um homem extremamente agradável, e tenho uma opinião muito boa sobre ele, em diversos aspectos, – disse Anne, – mas não seríamos compatíveis.

Lady Russell deixou este comentário passar, e apenas respondeu:

– Admito que poder vê-la como a futura senhora de Kellynch, a futura Lady Elliot, esperar e ver você ocupando o lugar da sua querida mãe, sucedendo-a em todos os seus direitos e toda a sua popularidade, assim como todas as suas virtudes, seria o que há de mais gratificante possível para mim. Você é idêntica à sua mãe, em aparência e temperamento, e se ao menos eu pudesse vê-la como ela foi, em posição social, sobrenome e lar, presidindo e florescendo no mesmo lugar, superior a ela só por ser mais valorizada! Minha querida Anne, isso me daria mais prazer do que se costuma sentir na minha idade!

Anne foi obrigada a se virar, levantar e andar até uma mesa distante, e, debruçando-se sobre ela e fingindo ocupar-se, tentou controlar os sentimentos que tal descrição evocara. Por alguns momentos, sua imaginação e seu coração ficaram arrebatados. A ideia de se tornar aquilo que sua mãe havia sido; de ter o precioso nome de "Lady Elliot" reavivado pela primeira vez em si mesma; de voltar para Kellynch, podendo chamá-la de lar novamente, seu lar para sempre, era um encanto que não podia resistir imediatamente. Lady Russell não disse mais uma palavra, disposta a deixar o assunto progredir sozinho, e acreditando que, se ao menos o Sr. Elliot pudesse, naquele momento, ter se pronunciado de forma decorosa! Acreditava, em resumo, naquilo que Anne não acreditava. Esta mesma imagem, do Sr. Elliot pedindo-a em casamento, fez com que Anne recobrasse a compostura. Os encantos de Kellynch e de "Lady Elliot" se esvaíram. Jamais poderia aceitá-lo. E não era porque seus sentimentos continuavam rejeitando todos os homens, exceto um; seu juízo, após considerar seriamente as possibilidades de tal caso, era contra o Sr. Elliot.

Apesar de já se conhecerem há um mês, não estava certa de realmente conhecer seu caráter. Que ele era um homem sensato e agradável, que falava bem, externava boas opiniões, parecia ter juízo e ser um homem de princípios, tudo isso estava claro o suficiente. Ele certamente sabia o que era correto, e ela não podia identificar nenhum dever moral violado por ele; ainda assim, ela hesitaria asseverar sua boa conduta. Desconfiava do passado, senão do presente. Os nomes de antigos conhecidos que ele mencionava ocasionalmente, alusões a antigas práticas e ocupações, sugeriam suspeitas desfavoráveis do que ele fora. Ela sabia que ele tivera hábitos ruins, que viajara de domingo, que houvera um período de sua vida (que provavelmente não foi curto) em que ele fora, no mínimo, descuidado de assuntos sérios, e, apesar de agora ele talvez pensasse de forma muito diferente, quem poderia garantir quis eram os verdadeiros sentimentos de um homem esperto e cauteloso, velho o suficiente para apreciar um bom caráter? Como poderia saber se sua mente fora verdadeiramente expurgada?

O Sr. Elliot era racional, discreto e polido, mas não era franco. Nunca havia qualquer arroubo de sentimento, indignação acalorada ou deleite, ao se deparar com atos ruins ou bons cometidos pelos outros. Isso, para Anne, era decididamente uma imperfeição. Suas primeiras impressões eram incuráveis. Valorizava um caráter franco, sincero e vivaz acima de qualquer outro. Calidez e entusiasmo ainda a cativavam. Sentia que podia confiar muito mais na sinceridade daqueles que às vezes pareciam ou diziam algo descuidado ou apressado, do que daqueles cuja presença de espírito nunca os falhava, cuja língua nunca escorregava.

O Sr. Elliot era agradável de maneira uniforme demais. Por mais variados que fossem os temperamentos na casa de seu pai, ele os agradava a todos. Aguentava bem demais, se dava bem demais com todo mundo. Falara com Anne sobre a Sra. Clay de forma um tanto quanto franca, parecera saber exatamente quais eram as intenções da Sra. Clay e desprezá-la por isso; ainda assim, a Sra. Clay o achava tão simpático quanto todos os outros.

Lady Russell enxergava menos ou mais do que sua jovem amiga, pois não via nada que despertasse sua desconfiança. Não conseguia imaginar um homem que fosse mais precisamente o que deveria ser do que o Sr. Elliot, tampouco nutria uma sensação mais doce do que a esperança de vê-lo receber a mão de sua querida Anne na igreja de Kellynch, durante o próximo outono.

Capítulo 18

Era começo de fevereiro e Anne, já há um mês em Bath, começava a ficar ansiosa por receber notícias de Uppercross e Lyme. Queria saber muito mais do que Mary havia contado. Já fazia três semanas desde que recebera quaisquer notícias pela última vez. Só ficara sabendo que Henrietta voltara para casa, e que Louisa, apesar de aparentar estar se recuperando rapidamente, continuava em Lyme. Anne pensava profundamente sobre eles, uma noite, quando uma carta de Mary, mais grossa do que de costume, lhe foi entregue; e, para aumentar o prazer e a surpresa, fora entregue com os cumprimentos do Almirante e da Sra. Croft.

Os Croft deviam estar em Bath! Tal circunstância lhe interessava. Eram pessoas que atraíam seu coração naturalmente.

– O que é isto? – exclamou Sir Walter. – Os Croft chegaram em Bath? Os Croft que alugam Kellynch? O que eles lhe trouxeram?

– Uma carta de Uppercross Cottage, senhor.

– Oh! Essas cartas são passaportes convenientes. Garantem apresentações. Eu teria visitado o Almirante Croft de qualquer maneira. Sei o que devo ao meu inquilino.

Anne não pôde mais ouvir; não teria conseguido nem escutar seu pai tecer comentários sobre a pele do pobre Almirante: sua carta a absorvia. Havia sido começada muitos dias antes.

"1º de fevereiro.

Minha cara Anne,

Não peço desculpas pelo meu silêncio, pois sei quão pouco as pessoas pensam em cartas em lugares como Bath. Você deve estar feliz demais para se importar com Uppercross, que, como sabe, oferece poucas coisas sobre as quais se escrever. Tivemos um Natal muito enfadonho; o Sr. e a Sra. Musgrove não deram nenhum jantar durante todo o período das festividades. Não levo a família Hayter em consideração. As férias, contudo, acabaram; não acho que nenhuma criança do mundo teve férias tão longas quanto estas. A casa ficou vazia ontem, exceto as crianças dos Harville; mas ficará surpresa em saber que eles nem chegaram a ir para casa. A Sra. Harville deve ser uma mãe estranha, para conseguir ficar sem eles por tanto tempo. Não compreendo. Não são crianças boazinhas, na minha opinião, mas a Sra. Musgrove parece gostar tanto deles quanto de seus netos, senão mais. Que tempo horrível andamos tendo! Pode não sentir aí em Bath, com as suas belas calçadas, mas no interior faz diferença. Não recebo uma única visita desde a segunda semana de janeiro, exceto Charles Hayter, que tem feito muito mais visitas do que seria conveniente. Cá entre nós, acho uma pena Henrietta não ter ficado em Lyme tanto tempo quanto Louisa; a teria tirado um pouco do caminho dele. A carruagem foi hoje buscar Louisa e os Harville, e trazê-los amanhã. Não fomos convidados para jantar com eles, contudo, até o dia seguinte, pois a Sra. Musgrove tem tanto medo que ela fique exausta com a viagem, o que não é muito provável, considerando os cuidados que ela receberá; e seria muito mais conveniente para mim jantar lá amanhã. Fico feliz por você ter achado o Sr. Elliot um homem tão agradável, e gostaria de poder conhecê-lo, também. Mas tenho a minha sorte de costume: nunca estou presente, quando alguma coisa de desejável está acontecendo, sempre sou a última da família a ser reconhecida. Que temporada imensa a Sra. Clay está passando com Elizabeth! Não pretende ir embora nunca? Mas talvez se ela vagasse o quarto, ainda assim não seríamos convidados. Me diga o que pensa disso. Não espero que meus filhos sejam convidados, sabe. Posso muito bem deixá-los no casarão principal, por um mês, ou seis semanas. Acabei de ouvir que os Croft estão partindo para Bath quase que imediatamente; acham que o Almirante está começando a sofrer de artrite. Charles ouviu por acaso; não tiveram a educação de me avisar, ou se oferecer para levar nada. Não acho que eles melhoraram muito, como vizinhos. Nunca os vemos, e é uma demonstração de tremenda falta de consideração. Charles e eu enviamos nosso amor e tudo o mais. Com afeto.

Mary M.

Sinto dizer que estou muito mal, e Jemima acabou de me contar que o açougueiro disse que há uma dor de garganta se espalhando pela região. Ouso dizer que vou pegar, e minhas dores de garganta, como sabe, são sempre piores do que as dos outros".

Assim acabava a primeira parte da carta, que fora, então, colocada dentro de um envelope que continha outra, quase do mesmo tamanho.

"Mantive minha carta aberta, para poder mandar notícias sobre como foi a viagem de Louisa, e agora fico muito feliz por tê-lo feito, pois tenho muito a acrescentar. Em primeiro lugar, recebi um bilhete da Sra. Croft ontem, oferecendo-se para levar qualquer coisa que eu quisesse mandar para você; um bilhete muito gentil e amigável, endereçado a mim, como devia ser. Portanto, poderei escrever uma carta tão longa quanto quiser. O Almirante não parece estar muito doente, e espero sinceramente que Bath lhe faça tão bem quanto ele espera. Ficarei muito contente

quando voltarem. Nossa vizinhança não pode ficar sem uma família tão agradável. Mas agora deixe-me falar de Louisa. Tenho algo a comunicar que te causará muito espanto. Ela e os Harville chegaram na terça-feira, em segurança, e fomos à noite ver como ela estava, quando ficamos um tanto surpresos ao percebermos que o Capitão Benwick não fazia parte do grupo, pois ele havia sido convidado junto com os Harville; e qual acha que era o motivo? Nada mais, nada menos do que ele estar apaixonado por Louisa, e ter decidido não ousar ir a Uppercross até receber uma resposta do Sr. Musgrove; pois já estava tudo decidido entre ele e ela, antes mesmo de ela voltar para casa, e ele havia enviado uma carta ao pai dela através do Capitão Harville. É verdade, juro por Deus! Não está atônita? Ficarei surpresa se você houver escutado falar alguma coisa sobre isso, pois eu nunca escutei. A Sra. Musgrove jura solenemente que não sabia nada sobre o assunto. Contudo, estamos todos muito contentes, pois apesar de não ser a mesma coisa que se casar com o Capitão Wentworth, é infinitamente melhor do que Charles Hayter. O Sr. Musgrove deu seu consentimento por carta, e o Capitão Benwick está sendo esperado para hoje. A Sra. Harville diz que seu marido está bastante magoado, por conta de sua pobre irmã; mas Louisa é muito querida pelos dois. Na verdade, a Sra. Harville e eu concordamos que nossa estima por ela aumentou após termos cuidado dela até se recuperar. Charles imagina o que o Capitão Wentworth dirá, mas se você se lembra, nunca pensei que ele fosse afeiçoado a Louisa, nunca vi nada desse tipo. E é este o desfecho da suposta admiração do Capitão Benwick por você. Como Charles pôde enfiar uma coisa dessas na cabeça sempre me foi incompreensível. Espero que ele seja mais agradável, agora. Certamente que não é um ótimo casamento para Louisa Musgrove, mas um milhão de vezes melhor do que se casar entre os Hayter".

Mary não precisava temer que sua irmã já estivesse de algum modo preparada para receber tal notícia. Nunca na vida havia ficado tão surpresa. O Capitão Benwick e Louisa Musgrove! Era quase incrível demais, e foi só com o maior esforço que Anne conseguiu ficar na sala, preservar um ar de calma e responder as perguntas corriqueiras que lhe eram feitas. Felizmente para ela, não eram muitas. Sir Walter queria saber se os Croft viajaram com quatro cavalos, e se seria provável que se hospedassem em alguma parte de Bath adequada para receber uma visita da Srta. Elliot e dele mesmo, mas não teve muita curiosidade por outros assuntos.

– Como está Mary? – perguntou Elizabeth e, sem esperar uma resposta, acrescentou: – E diga-me, o que traz os Croft a Bath?

– Vieram por causa do Almirante. Pensam que está com início de artrite.

– Artrite e decrepitude! – disse Sir Walter. – Pobre e velho cavalheiro.

– Eles têm amigos por aqui? – perguntou Elizabeth.

– Não sei, mas dificilmente suporia que, com a idade e a profissão do Almirante Croft, ele não tenha muitos amigos em um lugar como este.

– Suspeito – disse Sir Walter, friamente – que o Almirante Croft será mais comumente conhecido em Bath como o locatário de Kellynch Hall. Elizabeth, podemos nos aventurar a apresentar os Croft em Laura Place?

– Oh, não! Creio que não. Com o relacionamento que temos com Lady Dalrymple, de primos, precisamos ser muito cuidadosos para não embaraçá-la com conhecidos que ela pode não aprovar. Se não fôssemos parentes, não teria importância, mas na qualidade de primos, ela sentiria escrúpulos em relação a qualquer proposta feita por nós. Seria melhor deixarmos os Croft encontrarem seu próprio nível. Há muitos homens de aparência estranha andando por aqui, que ouvi dizer serem marinheiros. Os Croft se associarão com eles.

Esta foi a parcela de interesse de Sir Walter e Elizabeth pela carta. Após a Sra. Clay ter tido a consideração de demonstrar uma atenção decente, perguntando sobre a Sra. Charles Musgrove e seus belos menininhos, Anne foi liberada.

Em seu próprio quarto, tentou compreender. Era de se imaginar que Charles perguntaria como o Capitão Wentworth estaria se sentindo! Talvez ele houvesse abandonado a briga e desistido de Louisa, deixado de amá-la, descoberto que não a amava. Anne não podia aguentar a ideia de traição ou leviandade, ou qualquer coisa parecida com um comportamento inadequado entre ele e o amigo. Não podia suportar imaginar que uma amizade como a deles seria terminada de forma injusta.

O Capitão Benwick e Louisa Musgrove! A alegre e falante Louisa Musgrove e o deprimido, pensativo, sensível e ávido leitor Capitão Benwick pareciam não ter uma única característica que os tornasse compatíveis. As mentes mais dessemelhantes! Qual poderia ter sido a atração? A resposta logo veio. Havia sido as circunstâncias. Foram forçados a conviver um com o outro por muitas semanas, vivendo dentro do mesmo núcleo familiar; desde a partida de Henrietta, deviam ter dependido inteiramente um do outro, e Louisa, acabando de se recuperar de uma enfermidade, estivera em um estado interessante, e o Capitão Benwick não estava inconsolável. Esta era uma questão que Anne não pudera deixar de suspeitar antes, e, ao invés de chegar à mesma conclusão que Mary sobre o atual estado das coisas, serviu apenas para confirmar a ideia de Anne de que ele sentira um início de afeto por ela mesma. Contudo, não tinha intenção de extrair disso tudo um agrado à sua própria vaidade muito maior do que aquilo que Mary poderia ter admitido. Estava convencida de que qualquer jovem toleravelmente agradável, que o ouvisse e parecesse afeiçoada a ele, teria recebido a mesma honra. Ele tinha um coração afetuoso. Precisava amar alguém.

Anne não via motivos para que os dois não fossem felizes. Louisa já tinha naturalmente um belo fervor naval, e eles logo ficariam mais parecidos um com o outro. Ele ganharia alegria, e ela aprenderia a se entusiasmar com Scott e Byron; não, isso provavelmente já havia sido aprendido: é claro que eles se apaixonaram lendo poesia. A ideia de Louisa Musgrove se tornar uma pessoa de gostos literários e reflexão sentimental era divertida, mas Anne não tinha dúvidas de que era o que havia acontecido. O dia passado em Lyme e queda no quebra-mar poderiam influenciar sua saúde, seus nervos, sua coragem e seu caráter até o fim de sua vida, tão inteiramente quanto parecia ter influenciado seu destino.

A conclusão de toda a história era que, se uma mulher que notara os méritos do Capitão Wentworth era capaz de preferir outro homem, não havia nada no noivado que despertasse uma surpresa muito duradoura, e se o Capitão Wentworth não perdera um amigo por causa disso, tampouco havia algo a ser lamentado. Não, não era pesar que fazia o coração de Anne bater mais rápido e suas faces ruborizarem ao pensar no Capitão Wentworth livre e desimpedido.

Ela tinha sentimentos que estava com vergonha de investigar. Eram parecidos demais com felicidade, felicidade desmedida!

Ansiava por ver os Croft, mas quando o encontro ocorreu, ficou evidente que nenhum rumor da notícia havia chegado até eles. A visita formal foi feita e retribuída, e o nome de Louisa Musgrove foi mencionado, assim como o do Capitão Benwick, sem um único sorriso.

Os Croft alugaram aposentos em Gay Street, perfeitamente a contento de Sir Walter. Ele não estava nem um pouco envergonhado do relacionamento com eles, e, na verdade, pensava e falava sobre o Almirante muito mais do que o Almirante pensava e falava sobre ele.

Os Croft conheciam tantas pessoas em Bath quanto poderiam desejar, e consideravam suas interações com os Elliot uma mera formalidade, sem a menor possibilidade de lhes dar qualquer prazer. Trouxeram com eles do interior o hábito de estar quase sempre juntos. Ele havia recebido ordens de caminhar para controlar a artrite, e a Sra. Croft parecia dividir todas as tarefas com ele, e caminhar o quanto fosse preciso para fazer bem ao marido. Anne os via onde quer que fosse. Lady Russell a levava para passear em sua carruagem quase todas as manhãs, e ela nunca deixava de pensar neles, ou de vê-los. Conhecendo os sentimentos deles como conhecia, formavam uma cena de felicidade das mais atraentes, para ela. Sempre os observava o máximo que podia, adorando adivinhar sobre o que estavam conversando, enquanto passeavam em feliz independência, ou igualmente feliz ao ver o firme aperto de mão do Almirante quando encontrava um velho amigo, e observando suas conversas animadas, quando ocasionalmente formavam um grupinho da Marinha, com a Sra. Croft parecendo tão inteligente e astuta quanto qualquer um dos oficiais ao seu redor.

Anne tinha compromissos demais com Lady Russell para caminhar com frequência, mas uma manhã, uma semana ou dez dias depois da chegada dos Croft, preferiu deixar a amiga, ou a carruagem da amiga, para trás, na parte baixa da cidade, e voltar sozinha para Camden Place. Ao subir por Milson Street, teve a sorte de encontrar o Almirante. Estava parado sozinho na frente da vitrine de uma loja de gravuras, com as mãos atrás das costas, contemplando profundamente uma gravura, e não só Anne poderia ter passado reto por ele sem que ele a notasse, como foi obrigada a chamá-lo e cutucá-lo para atrair sua atenção. Quando ele a notou e reconheceu, contudo, o fez com toda a franqueza e o bom humor de costume.

– Ah! É você? Obrigado, obrigado. Isso que é me tratar como um amigo. Aqui estou, como pode ver, encarando um quadro. Nunca consigo passar por esta loja sem parar. Mas que coisa é essa que temos aqui, se fazendo passar por um barco! Dê só uma olhada. Já viu coisa parecida? Que camaradas esquisitos devem ser os tais pintores finos, para pensarem que alguém arriscaria a vida em uma concha disforme dessas! Mas aqui estão dois cavalheiros empoleirados nela, todos empertigados e tranquilos, olhando ao seu redor para as rochas e as montanhas, como se não estivessem prestes a emborcar, o que certamente estão. Me pergunto onde este barco foi construído! – disse ele, rindo à larga. – Não arriscaria cruzar um laguinho dentro dele. Bem, – completou, virando-se para ela, – para onde está indo? Posso ir a algum lugar por você, ou com você? Posso lhe ser útil de alguma forma?

– Não, agradeço, a não ser que queira me dar o prazer de sua companhia pelo pequeno trecho do caminho que compartilhamos. Estou indo para casa.

– Farei exatamente isso, com todo prazer, e vou mais longe ainda. Sim, sim, faremos uma gostosa caminhada juntos, e tenho algo para lhe contar enquanto andamos. Aqui, pegue meu braço; isso mesmo, não me sinto confortável se não tiver uma mulher o segurando. Céus! Que barco é esse! – exclamou ele, dando uma última olhada na gravura, enquanto se punham em movimento.

– Disse que tinha algo para me contar, senhor?

– Sim, tenho, daqui a pouco. Aí vem um amigo, o Capitão Brigden; só vou dizer "como vai?" enquanto passamos, não vou parar. Como vai? Brigden ficou surpreso em ver alguém comigo que não seja minha esposa. A pobrezinha está presa pela perna. Tem uma bolha em um dos calcanhares, grande como uma moeda de três xelins. Se olhar para o outro lado da rua, verá o Almirante Brand descendo, junto com seu irmão. Camaradas escusos, esses dois! Fico feliz por não estarem nesta calçada. Sophy não os suporta. Me passaram a perna, uma vez, me roubaram alguns dos meus melhores homens. Te conto a história toda uma outra vez. Aí vem o velho Sir Archibald Drew e seu neto. Veja, ele nos viu; está beijando a mão em sua homenagem, pensa que é minha esposa. Ah, os tempos de paz chegaram rápido demais para aquele rapaz. Pobre velho Sir Archibald! O que está achando de Bath, Srta. Elliot? Nos está caindo muito bem. Estamos sempre encontrando algum velho amigo, as ruas estão cheias deles todas as manhãs, temos sempre com quem conversar. E depois nos livramos de todos eles e nos trancamos em nossos aposentos, puxamos nossas poltronas e ficamos tão confortáveis quanto se estivéssemos em Kellynch, ficamos mesmo, ou até mesmo como costumávamos ficar em North Yarmouth e em Deal. Não gostamos menos dos nossos aposentos aqui, só porque nos lembram dos primeiros que ocupamos, em North Yarmouth. O vento sopra através de um dos armários exatamente do mesmo jeito.

Após terem andado mais um pouco, Anne ousou perguntar novamente o que ele tinha para lhe contar. Esperava ter sua curiosidade saciada após terem saído de Milsom Street, mas foi obrigada a esperar mais, pois o Almirante havia se decidido a não começar até que estivessem no espaço e no silêncio de Belmont. Então, como ela não era a Sra. Croft de verdade, teve que deixá-lo fazer as coisas do jeito dele. Assim que começaram a descer a Belmont, ele começou:

– Bom, agora a senhorita irá ouvir algo que a surpreenderá. Mas primeiro precisa me dizer o nome da jovem sobre quem irei falar. Aquela jovem, sabe, com quem todos estivemos tão preocupados. A Srta. Musgrove, com quem tudo aconteceu. O primeiro nome dela, sempre me esqueço do nome de batismo dela.

Anne ficara encabulada de aparentar compreender tão rapidamente, mas agora podia sugerir com segurança o nome "Louisa".

– Sim, sim, a Srta. Louisa Musgrove, é este o nome. Queria que as jovens não tivessem tamanha variedade de belos nomes de batismo. Nunca me esqueceria se fossem todas Sophys, ou algo do tipo. Bom, essa Srta. Louisa, todos pensamos, sabe, que iria se casar com Frederick. Ele a cortejava semana após semana. A única dúvida era o que eles estavam esperando, até que aconteceu tudo aquilo em Lyme. Então, ficou claro que eles precisariam esperar até que o cérebro dela fosse consertado. Mas ainda assim, havia algo estranho no modo como estavam agindo. Ao invés de ficar em Lyme, ele partiu para Plymouth, e depois foi visitar Edward. Quando voltou de Minehead, foi para a casa de Edward, e lá esteve desde então. Não o vemos desde novembro. Nem Sophy conseguiu entender. Mas agora, a história teve a reviravolta mais estranha de todas, pois esta jovem, a mesma Srta. Musgrove, ao invés de ficar noiva de Frederick, está noiva de James Benwick. Você conhece James Benwick.

– Um pouco. Conheço um pouco o Capitão Benwick.

– Bom, ela irá se casar com ele. Não, provavelmente já devem estar casados, pois não sei por que esperariam.

– Achei o Capitão Benwick um jovem muito simpático, – disse Anne, – e me foi dito que tem um caráter excelente.

– Oh, sim, sim, não tenho uma palavra para dizer contra James Benwick. Só foi nomeado comandante no verão passado, é claro, e esta é uma época difícil de se progredir, mas não tem outro defeito, que eu saiba. Um camarada excelente e de bom coração, asseguro-lhe; um oficial muito ativo e zeloso, também, que é mais do que se imagina, talvez, pois aqueles modos doces dele não lhe fazem justiça.

– Na verdade, se engana quanto a isso, senhor; eu jamais teria interpretado os modos do Capitão Benwick como falta de ânimo. Achei que tinha modos particularmente agradáveis, e garanto que agradam a todos.

– Bem, bem, as damas são as melhores juízas. Mas James Benwick é um tanto quanto suave demais, para mim. E apesar de ser muito provável que seja nossa parcialidade falando, Sophy e eu não podemos deixar de pensar que os modos de Frederick são melhores do que os dele. Há algo em Frederick que nos agrada mais.

Anne foi pega de surpresa. Pretendera somente se opor à ideia, demasiado comum, de que ânimo e gentileza eram incompatíveis um com o outro, de modo algum descrever os modos do Capitão Benwick como os melhores que poderia haver; e, após um pouco de hesitação, começara a dizer: "Não estava fazendo uma comparação entre os dois amigos", mas o Almirante a interrompeu, dizendo:

– E isso tudo é bem verdade. Não é mera fofoca. Ouvimos do próprio Frederick. Sua irmã recebeu uma carta dele ontem, na qual ele nos conta tudo, e ele mesmo havia acabado de receber uma carta de Harville, escrita no local, em Uppercross. Imagino que estejam todos em Uppercross.

Esta era uma oportunidade a que Anne não pôde resistir. Disse, portanto:

– Espero, Almirante, que não tenha havido nada no modo como o Capitão Wentworth escreveu a carta que preocupasse o senhor ou a Sra. Croft. Parecia, no outono passado, haver um afeto entre ele e Louisa Musgrove, mas espero que tenha se desgastado de ambos os lados igualmente, e sem agitações. Espero que a carta dele não demonstre que está se sentindo maltratado.

– De forma alguma, de forma alguma; não houve uma imprecação ou reclamação, do início ao fim.

Anne abaixou a cabeça para esconder o sorriso.

– Não, não; Frederick não é do tipo que reclama e se queixa, tem vigor demais para isso. Se a garota gosta mais de outro homem, é melhor mesmo que fique com ele.

– Certamente. Mas o que quis dizer é que espero que não haja nada na escrita do Capitão Wentworth que faça o senhor supor que ele se sentiu maltratado pelo amigo, o que pode parecer, sabe, sem que ele tenha dito com todas as letras. Ficaria muito triste se uma amizade como a que há entre ele e o Capitão Benwick for destruída, ou até mesmo abalada, por uma circunstância deste tipo.

– Sim, sim, compreendo o que quer dizer. Mas não há nada do tipo, na carta. Ele não fez nenhuma insinuação em relação a Benwick, não escreveu nem mesmo "fiquei surpreso, tenho meus próprios motivos para ter ficado surpreso". Não, você não adivinharia, com base no modo como ele escreveu, que ele alguma vez pensou na Srta. (como é mesmo o nome dela?) para si mesmo. Ele, muito galantemente, espera que sejam felizes juntos, e não há nada de impiedoso nisso, creio eu.

Anne não ficou tão perfeitamente convencida quanto o Almirante parecia desejar, mas teria sido inútil perguntar mais. Portanto, se contentou com observações corriqueiras ou atenção silenciosa, e o Almirante fez tudo do seu jeito.

– Pobre Frederick! – disse ele, finalmente. – Agora precisa começar tudo de novo, com outra pessoa. Acho que precisamos trazê-lo a Bath. Sophy precisa escrever para ele e implorar que venha a Bath. Há garotas bonitas o suficiente, aqui, tenho certeza. Não faria sentido ir a Uppercross novamente, pois fiquei sabendo que aquela outra Srta. Musgrove está comprometida com o primo, o jovem vigário. Não acha, Srta. Elliot, que seria melhor tentarmos trazê-lo a Bath?

Capítulo 19

Enquanto o Almirante Croft passeava com Anne e expressava seu desejo de trazer o Capitão Wentworth a Bath, o Capitão Wentworth já estava a caminho de lá. Antes de a Sra. Croft escrever a ele, ele já havia chegado, e logo na próxima vez que Anne saiu para caminhar, o viu.

O Sr. Elliot acompanhava suas duas primas e a Sra. Clay. Estavam em Milsom Street. Começara a chover, não muito, mas o suficiente para fazer com que as mulheres quisessem se abrigar, e mais do que o suficiente para fazer com que fosse muito desejável para a Srta. Elliot ser levada para casa na carruagem de Lady Dalrymple, que fora vista aguardando à distância; ela, Anne e a Sra. Clay, portanto, entraram na loja Molland's, enquanto o Sr. Elliot ia até onde Lady Dalrymple estava, para solicitar seu auxílio. Logo retornou a elas, tendo sido bem-sucedido, é claro; Lady Dalrymple ficaria muito feliz em levá-las para casa, e viria dentro de alguns minutos.

A carruagem da viscondessa era uma "*barouche*", e não comportava mais do que quatro pessoas confortavelmente. A Srta. Carteret estava com a mãe; consequentemente, não seria razoável esperar que houvesse espaço para as três senhoras de Camden Place. Não podia haver dúvidas quanto à Srta. Elliot. Quem quer que sofresse alguma inconveniência, não seria ela, mas as outras duas levaram pouco tempo para decidir de forma civilizada. A chuva era insignificante, e Anne foi sincera ao dizer que preferiria caminhar com o Sr. Elliot. Mas a chuva também era insignificante para a Sra. Clay; ela mal admitia estar caindo alguma gota, e suas botas eram tão grossas! Muito mais grossas do que as da Srta. Anne. Em resumo, sua educação a fez ficar tão ansiosa para caminhar com o Sr. Elliot quanto Anne, e discutiram entre elas com tamanha generosidade, polidez e determinação, que os outros foram obrigados a decidir por elas. A Srta. Elliot argumentou que a Sra. Clay já estava se resfriando, e o Sr. Elliot decidiu, mediante solicitação, que as botas de sua prima Anne eram as mais grossas.

Ficou, então, decidido que a Sra. Clay deveria ir na carruagem. Haviam acabado de chegar a este ponto, quando Anne, sentada ao lado da vitrine, vislumbrou, da forma mais certeira e distinta, o Capitão Wentworth descendo a rua.

Sua surpresa foi perceptível só para si mesma, mas imediatamente sentiu-se a maior tola do mundo, a mais inexplicável e absurda das pessoas! Por alguns minutos, não via nada à sua frente, era tudo confusão. Ficou perdida, e quando conseguiu se controlar, viu os outros esperando a carruagem, e o Sr. Elliot (sempre prestativo) caminhando em direção a Union Street para cumprir alguma tarefa em nome da Sra. Clay.

Anne sentiu uma vontade repentina de ir até a porta externa da loja, queria ver se estava chovendo. Por que suspeitaria de algum outro motivo? O Capitão Wentworth já deveria estar longe. Levantou-se, queria ir; metade de si mesma não podia ser sempre mais sábia do que a outra, ou sempre suspeitar de que a outra era pior do que de fato era. Queria ver se estava chovendo. Foi mandada de volta para seu assento, contudo, dentro de um instante, pela entrada do Capitão Wentworth em pessoa, em meio a um grupo de cavalheiros e damas, evidentemente seus amigos, e aos quais devia ter se juntado um pouco abaixo em Milsom Street. Ele ficou mais obviamente surpreso e confuso ao vê-la do que ela jamais notara; seu rosto enrubescera profundamente. Pela primeira vez, desde que retomaram contato, ela sentiu que ele era quem, dentre os dois, demonstrava mais sensibilidade. Anne tinha a vantagem, sobre ele, de ter tido os últimos momentos para se preparar. Todos os primeiros efeitos da surpresa, avassaladores, estonteantes e desorientadores, já haviam se passado, para ela. Ainda assim, sentiu o suficiente! Agitação, prazer, algo entre deleite e tristeza.

O capitão falou com ela, e depois virou as costas. Seus modos demonstravam embaraço. Ela não poderia tê-los chamado de frios ou amigáveis, tampouco de nada tão certeiro como encabulados.

Contudo, após um curto intervalo, ele andou em sua direção e dirigiu-se a ela novamente. Perguntas mútuas sobre assuntos corriqueiros foram feitas, provavelmente sem que nenhum dos dois conseguisse absorver o que tinha ouvido, e o fato de ele estar menos tranquilo do que antigamente continuava perfeitamente perceptível para Anne. Tendo passado tanto tempo juntos, conseguiam anteriormente conversar com uma quantidade considerável de aparente indiferença e calma, mas o Capitão Wentworth não foi capaz de fazê-lo naquela ocasião. O tempo o havia mudado, ou Louisa o havia mudado. Estava consciente de alguma coisa. Sua aparência estava muito boa, não como se estivesse sofrendo física ou mentalmente, e falou sobre Uppercross, os Musgrove, até mesmo de Louisa, e um olhar carregado de significado passou por seu semblante, ao mencionar o nome dela. Mesmo assim, não parecia estar confortável ou tranquilo, tampouco conseguia fingir que estava.

Anne não ficou surpresa, e sim decepcionada, ao ver que Elizabeth não tomou conhecimento dele. Viu que ele vira Elizabeth e que esta o vira, houve um perfeito reconhecimento de ambos os lados. Estava convencida de que ele esperava ser reconhecido, e teve a decepção de ver sua irmã dar-lhe as costas, com uma frieza inalterada.

A carruagem de Lady Dalrymple, que a Srta. Elliot aguardava com muita impaciência, acabara de chegar, e o criado entrara para anunciá-la. Começava a chover novamente, e houve um atraso, uma comoção e um burburinho tamanhos que fizeram com que toda a pequena multidão dentro da loja ficasse sabendo que Lady Dalrymple viera para buscar a Srta. Elliot. Finalmente, a Srta. Elliot e sua amiga, auxiliadas somente pelo criado (pois o primo ainda não voltara), partiram, e o Capitão Wentworth, observando-as, voltou-se novamente para Anne, e através de sua postura, ao invés de suas palavras, oferecia seus serviços para ela.

– Fico muito grata, – respondeu ela, – mas não vou com elas. A carruagem não comporta tantas pessoas. Andarei; prefiro andar.

– Mas está chovendo.

– Oh! Muito pouco. Nada que me abale.

Após uma pausa momentânea, ele disse:

– Apesar de ter chegado só ontem, já me equipei adequadamente para Bath, como pode ver – apontando para um guarda-chuva novo. – Gostaria que o usasse, já que está determinada a andar, apesar de que penso ser mais prudente que me permita arrumar-lhe uma cadeira.

Anne ficou muito grata, mas recusou todas as ofertas, repetindo sua convicção de que a chuva não pioraria naquele momento, e acrescentou:

– Estou só esperando o Sr. Elliot. Tenho certeza de que chegará a qualquer momento.

Mal havia acabado de pronunciar tais palavras, quando o Sr. Elliot entrou. O Capitão Wentworth lembrou-se dele perfeitamente. Não havia qualquer diferença entre ele e o homem que parara nos degraus de Lyme, admirando Anne enquanto esta passava, exceto pelo ar, a aparência e os modos de um parente e amigo privilegiado. Entrou ansiosamente, parecia enxergar e pensar somente nela, pediu desculpas pelo atraso, lamentou tê-la mantido esperando e declarou estar ansioso para levá-la para casa sem mais delongas e antes que a chuva piorasse. Em um momento, já estavam partindo juntos, o braço dela sob o dele, tendo tipo tempo somente para um olhar gentil e encabulado e um "bom dia para você!" enquanto passava.

Assim que se foram, as damas do grupo do Capitão Wentworth começaram a falar deles.

– O Sr. Elliot não é indiferente à prima, imagino eu?

– Oh, não, isto está claro o bastante. Podemos só imaginar o que acontecerá. Ele está sempre com elas; passa metade do tempo com a família, acredito. Que homem bem-apessoado!

– Sim, e a Srta. Atkinson, que jantou uma vez com ele na casa da família Wallis, disse que ele é o homem mais agradável que já conheceu.

– Ela é bonita, acho, Anne Elliot; muito bonita, quando se olha bem. Não está em voga dizer isso, mas confesso que a admiro mais do que sua irmã.

– Oh! Eu também.

– E eu também. Não tem comparação. Mas os homens ficam todos atrás da Srta. Elliot. Anne é delicada demais para eles.

Anne teria ficado extremamente grata ao primo, se este houvesse caminhado ao seu lado, até chegarem em Camden Place, sem dizer uma palavra. Nunca havia tido tanta dificuldade para escutá-lo, apesar de ele estar sendo muito solícito e cuidadoso e falar de assuntos que sempre lhe eram interessantes: elogios calorosos, justos e sagazes a Lady Russell, e insinuações altamente racionais em relação à Sra. Clay. Mas, naquele momento, só conseguia pensar no Capitão Wentworth. Não compreendia seus sentimentos atuais, se ele estava realmente sofrendo com muita decepção ou não; e, até que esta questão estivesse decidida, não conseguiria agir naturalmente.

Esperava conseguir ser sábia e razoável, eventualmente, mas infelizmente precisava admitir para si mesma que este momento ainda não havia chegado.

Outra circunstância que ansiava por saber era quanto tempo ele pretendia ficar em Bath; não havia mencionado, ou ela não conseguia se lembrar. Podia estar só de passagem. Mas era mais provável que fora para ficar. Neste caso, com tamanha probabilidade de todos se encontrarem uns com os outros em Bath, Lady Russell provavelmente o veria em algum lugar. Será que se lembraria dele? Como tudo transcorreria?

Anne já havia sido obrigada a contar a Lady Russell que Louisa Musgrove iria se casar com o Capitão Benwick. Fora difícil encarar a surpresa de Lady Russell, e agora, se por acaso se encontrasse com o Capitão Wentworth, suas informações incompletas sobre o assunto poderiam fazer com que o preconceito que tinha contra ele aumentasse.

Na manhã seguinte, Anne passeava com Lady Russell e, durante a primeira hora, estava em um estado constante e temeroso de observação, tentando vê-lo, em vão. Finalmente, ao voltarem por Pulteney Street, ela o discerniu na calçada do lado direito, a uma distância que permitia que fosse visto pela maior parte da rua. Havia muitos outros homens ao redor dele, e outros grupos andando na mesma direção, mas não havia como confundi-lo. Anne olhou instintivamente para Lady Russell, mas não com alguma ideia insana de que o teria reconhecido tão rapidamente quanto ela mesma. Não, não seria de se supor que Lady Russell o perceberia até que estivessem quase na mesma altura da rua, em calçadas opostas. Anne olhava para ela, contudo, periódica e ansiosamente, e quando chegava o momento de chamar a atenção dela para a presença dele, apesar de não ousar olhar para ela novamente (pois sabia que sua expressão não estava adequada), estava perfeitamente consciente do fato de que o olhar de Lady Russell estava voltado exatamente na direção dele – do fato de que, em resumo, ela o observava intensamente. Anne era capaz de compreender completamente o tipo de fascinação que ele deveria exercer sobre a mente de Lady Russell, a dificuldade que ela deveria ter para desviar o olhar, a surpresa que deveria estar sentindo com o fato de que oito ou nove anos terem se passado para ele, em climas estrangeiros e em serviço ativo, acima de tudo, sem tê-lo roubado de nenhum encanto pessoal!

Finalmente, Lady Russell virou o rosto. "Como será que falará dele?".

– Deve estar se perguntando – disse ela – o que atraiu meu olhar por tanto tempo; mas eu estava apenas olhando algumas cortinas que Lady Alicia e a Sra. Frankland mencionaram ontem. Descreveram as cortinas da sala de estar de uma das casas desta calçada, e esta parte da rua, como sendo as mais bonitas da cidade. Mas não conseguia me lembrar do número exato da casa, e estava tentando descobrir qual poderia ser; mas confesso que não vi nenhuma cortina por aqui que combine exatamente com a descrição que elas fizeram.

Anne suspirou, corou e sorriu, de pena e desdém, por si mesma ou por sua amiga. A parte que a irritara mais fora o fato de que, com todo aquele desperdício de previdência e cautela, ela perdera o momento certo para ver se ele as havia notado.

Um ou dois dias se passaram sem que nada acontecesse. O teatro ou os salões, onde seria mais provável que ele estivesse, não eram elegantes o suficiente para os Elliot, cujas diversões noturnas consistiam unicamente na estupidez altiva de jantares privados, para os quais os convites só aumentavam. E Anne, cansada de tamanho estagnação, enjoada de não ficar sabendo de nada, e imaginando que estava mais forte, só pelo fato de que sua força não havia sido testada, ficava cada vez mais impaciente pela chegada da noite do concerto. Era um concerto em benefício de uma pessoa apadrinhada por Lady Dalrymple, então é claro que precisariam comparecer. A expectativa era de que seria uma maravilhosa apresentação, e o Capitão Wentworth gostava muito de música. Se ao menos ela pudesse ter uma conversa de alguns minutos com ele, novamente, achava que ficaria satisfeita; e quanto à capacidade de abordá-lo, sentia-se confiante, caso a oportunidade aparecesse. Elizabeth virara as costas para ele, Lady Russell fingira que não o vira; seus nervos foram fortalecidos por essas circunstâncias, pois sentia que devia a ele esta consideração.

Já havia meio que prometido à Sra. Smith passar a noite com ela, mas, durante uma visita curta e apressada, se desculpou e adiou o compromisso, com a promessa mais firme de uma visita longa no dia seguinte. A Sra. Smith aquiesceu, de bom humor.

– Fique à vontade, – disse ela, – só me conte tudo sobre isso quando voltar. Com quem irá?

Anne listou os nomes de todos. A Sra. Smith não respondeu, mas, quando Anne saía, disse, com uma expressão que misturava seriedade e brincadeira:

– Bom, desejo do fundo do coração que seu concerto seja como espera; e não falhe comigo amanhã, se puder vir, pois começo a ter um pressentimento de que não receberei mais muitas visitas suas.

Anne ficou surpresa e confusa; porém, após um momento de suspense, foi obrigada, e não lamentou ter sido obrigada, a sair apressadamente.

Capítulo 20

Sir Walter, suas duas filhas e a Sra. Clay foram os primeiros de seu grupo a chegar na sala de concertos, aquela noite; e, como precisavam esperar por Lady Dalrymple, ocuparam lugares perto de uma das lareiras do Salão Octogonal. Mal haviam acabado de se acomodar, quando a porta abriu-se novamente, e o Capitão Wentworth entrou sozinho. Anne era quem estava mais próxima dele e, caminhando um pouco em sua direção, falou imediatamente. Ele estava se preparando somente para fazer uma reverência e continuar andando, mas o doce "como vai você?" por ela proferido fez com que ele se desviasse de sua trajetória em linha reta e parasse ao lado dela, fazendo-lhe perguntas em troca, apesar de seus formidáveis pai e irmã ao fundo. O fato de estarem atrás de Anne a ajudou; não fazia ideia de como estavam suas expressões, e sentia-se pronta para fazer tudo o que acreditava que devia ser feito.

Enquanto conversavam, sussurros entre seu pai e Elizabeth lhe chamaram a atenção. Não conseguiu entender, mas podia adivinhar qual seria o assunto. Ao ver o Capitão Wentworth fazer uma reverência contida, compreendeu que seu pai havia julgado correto reconhecê-lo minimamente, e voltou-se logo a tempo de ver de relance uma reverência por parte de Elizabeth. Isto, apesar de tarde, relutante e descortês, era melhor do que nada, e seu humor melhorou.

Contudo, após falarem sobre o tempo, Bath e o concerto, a conversa começou a esmorecer, e tão pouco foi dito, ao final, que Anne começou a esperar que ele se retirasse a qualquer momento, mas ele não o fez; não parecia estar com pressa de deixá-la, e depois, com ânimo renovado, um pequeno sorriso e um pouco de alegria, disse:

– Mal vi a senhorita desde o dia em que passamos em Lyme. Temo que tenha sofrido com o choque, ainda mais por não tê-la abalado no momento.

Ela lhe assegurou que não tinha.

– Foi uma hora horrível, – disse ele, – um dia horrível! – E esfregou os olhos, como se a memória ainda fosse dolorosa demais, mas dentro de um momento, sorrindo novamente, acrescentou: – Aquele dia produziu alguns efeitos, contudo; teve algumas consequências que devem ser consideradas o exato oposto de horríveis. Quando você teve a presença de espírito de sugerir que Benwick seria a pessoa mais adequada para ir buscar um médico, mal podia imaginar que ele eventualmente se tornaria uma das pessoas mais preocupadas com a recuperação dela.

– Certamente que não podia ter imaginado. Mas parece... espero que seja uma união muito feliz. Há, de ambos os lados, bons princípios e bons temperamentos.

– Sim, – disse ele, não olhando exatamente para afrente, – mas é aí, penso eu, que terminam as semelhanças. Desejo, do fundo do meu coração, que sejam felizes, e me alegro com todas as circunstâncias a favor disso. Não têm dificuldades para superar em suas casas, nenhuma oposição, capricho ou atraso. Os Musgrove estão se comportando como sempre, da forma mais honrada e gentil, só ansiosos, com seus corações verdadeiramente amorosos, por promover o bem-estar de sua filha. Tudo isso é muito, mas muito favorável à felicidade dos dois; mais do que, talvez...

Parou. Uma lembrança repentina pareceu lhe ocorrer e dar um gostinho daquela emoção que fazia o rosto de Anne enrubescer e seu olhar se fixar no chão. Entretanto, após pigarrear, continuou:

– Confesso que penso haver uma disparidade, uma disparidade grande demais, e em uma questão tão essencial quanto a personalidade. Considero Louisa Musgrove uma garota muito doce e de bom temperamento, e com um discernimento correto, mas Benwick tem algo a mais. Ele é um homem esperto, que tem o hábito da leitura; e confesso que encaro o fato de ter se apaixonado por ela com alguma surpresa. Se houvesse sido efeito da gratidão, se ele houvesse aprendido a amá-la porque acreditava que ela o preferia, teria sido diferente. Mas não tenho motivos para supor que foi assim. Parece, pelo contrário, ter sido um sentimento perfeitamente espontâneo e natural da parte dele, e isso me surpreende. Um homem como ele, naquela situação! Com o coração despedaçado, machucado, quase partido! Fanny Harville era uma criatura muito superior, e o amor dele por ela era, de fato, amor. Um homem não se recupera de tamanha devoção a uma mulher. Não deveria se recuperar; não se recupera.

Contudo, por tomar consciência de que seu amigo havia se recuperado, ou por tomar consciência de alguma outra coisa, não disse mais nada; e Anne, que, apesar do tom de voz agitado em que a última parte do discurso dele havia sido proferida, e apesar dos diversos barulhos do salão, as batidas quase incessantes da porta e o burburinho interminável das pessoas que passavam, havia discernido cada palavra, e ficara surpresa, grata, confusa, começando a respirar muito rapidamente e a sentir centenas de coisas em um único momento. Lhe era impossível comentar sobre tal assunto; ainda assim, após uma pausa, sentindo a necessidade de falar, e sem o menor desejo de mudar completamente de assunto, desviou-o apenas o suficiente para dizer:

– Ficou bastante tempo em Lyme, penso eu?

– Cerca de uma quinzena. Não pude partir até ter certeza de que Louisa se recuperava bem. Participei demais da travessura para ficar em paz rapidamente. Havia sido culpa minha, exclusivamente minha. Ela não teria sido obstinada, se eu não tivesse sido fraco. A região campestre ao redor de Lyme é muito bela. Caminhei e cavalguei bastante, e quanto mais via, mais encontrei para admirar.

– Gostaria muito de ver Lyme novamente – disse Anne.

– É mesmo? Não teria suposto que encontrou algo em Lyme que inspirasse tal sentimento. O horror e a aflição em que esteve envolvida, a pressão mental, o desgaste! Teria imaginado que suas últimas impressões de Lyme consistissem em uma forte repulsa.

– As últimas horas foram certamente muito dolorosas, – respondeu Anne, – mas quando a dor termina, a memória dela frequentemente se transforma em prazer. Não se ama menos um lugar por ter sofrido nele, exceto se tenha sido só sofrimento, nada além de sofrimento, o que não foi, de maneira alguma, o caso em Lyme. Só passamos por ansiedade e aflição nas duas últimas horas, e antes disso tivemos muita diversão. Tantas coisas novas e belas! Viajei tão pouco, que todos os lugares novos seriam interessantes para mim, mas há uma verdadeira beleza em Lyme; em resumo, – disse ela, com um ligeiro rubor causado por algumas lembranças, – minha impressão geral sobre a cidade foi muito agradável.

Quando terminara de falar, a porta se abriu novamente, e o exato grupo pelo qual esperavam entrou. "Lady Dalrymple, Lady Dalrymple", foi o burburinho alegre, e, com toda a avidez compatível com uma elegância ansiosa, Sir Walter e suas duas damas levantaram-se para recebê-la. Lady Dalrymple e a Srta. Carteret, acompanhadas pelo Sr. Elliot e pelo Coronel Wallis, que calhara de chegar no mesmo momento, entraram no salão. Os outros se juntaram a eles, e formou-se um grupo no qual Anne foi necessariamente incluída. Foi separada do Capitão Wentworth. A conversa interessante, quase que interessante demais, entre eles precisou ser interrompida momentaneamente, mas o sofrimento foi pequeno, em comparação com a felicidade que causara! Anne havia descoberto, nos últimos dez minutos, mais sobre os sentimentos dele em relação a Louisa, mais sobre todos os sentimentos dele do que ela ousava cogitar; então, deixou-se levar pelas demandas de seu grupo, pelas necessárias cortesias do momento, com sensações deliciosas, apesar de agitadas. Estava de bom humor com todos. Havia recebido informações que a tornaram disposta a ser cortês e gentil com todos, e a sentir pena de todos, por estarem menos felizes do que ela mesma.

As deleitosas emoções diminuíram um pouco quando, ao se afastar novamente do grupo, para se juntar novamente ao Capitão Wentworth, percebeu que ele havia ido embora. Virou-se logo a tempo de vê-lo entrar na sala de concertos. Partira, havia desaparecido, e Anne sentiu uma pontada de tristeza. Mas pensou que se encontrariam novamente. Ele a procuraria, a encontraria antes do fim da noite, e naquele momento, talvez, fosse melhor que estivessem separados. Ela sentia necessidade de uma pequena pausa para se recompor.

Com a chegada de Lady Russell, logo depois, o grupo estava completo, e só precisavam se reunir e se dirigir à sala de concertos, demonstrando toda a sua importância, atraindo tantos olhares, arrancando tantos sussurros e perturbando tantas pessoas quanto podiam.

Elizabeth e Anne Elliot estavam muito, muito felizes, ao entrarem na sala. Elizabeth, de braços dados com a Srta. Carteret e com o olhar fixo nas costas largas da Viscondessa Dalrymple à sua frente, não desejava mais nada no mundo; e Anne... seria um insulto à natureza da felicidade de Anne compará-la com a da irmã; a origem de uma sendo a vaidade, e da outra, afeto sincero.

Anne não reparava em nenhum detalhe imponente da sala de concertos. Sua felicidade vinha de dentro. Seus olhos brilhavam e suas faces estavam coradas, mas não tinha conhecimento disso. Pensava somente na última meia hora, e, ao tomarem seus lugares, sua mente repassou tudo o que havia ocorrido. Os assuntos que ele havia escolhido, as expressões, modos e aparência dele, haviam sido tais que só podiam ser interpretados de uma maneira. Sua opinião sobre a inferioridade de Louisa Musgrove, que parecera ansioso por expressar, seu espanto com o Capitão Benwick, o que pensava sobre um primeiro e forte relacionamento; frases que começara, mas não pudera terminar, os ligeiros desvios de seu olhar e seu semblante totalmente expressivos, tudo isso declarava que seu coração estava, finalmente, voltando para ela; que a raiva, o ressentimento e o desejo de evitá-la não existiam mais, e que haviam sido substituídos não só por amizade e consideração, mas pelo afeto do passado. Sim, um pouco do afeto do passado. Anne não podia considerar que a mudança insinuava algo menos do que isso. Ele devia amá-la.

Eram estes os pensamentos, com as visões que os acompanhavam, que ocuparam sua mente e a distraíram demasiadamente, deixando-a sem nenhum poder de observação. Percorreu toda a sala sem conseguir encontrá-lo, sem nem mesmo tentar discerni-lo. Após decidirem onde se sentar e se acomodarem, Anne olhou ao seu redor, para ver se ele calhara de estar na mesma parte da sala, mas não estava. Seus olhos não conseguiram encontrá-lo, e, como o concerto acabava de começar, precisou contentar-se com um tipo mais humilde de felicidade.

O grupo foi dividido e arrumado em dois bancos contíguos: Anne estava no da frente, e o Sr. Elliot manobrara tão bem, com a ajuda de seu amigo Coronel Wallis, que sentara-se ao lado dela. A Srta. Elliot, ladeada pelas primas e objeto principal dos galanteios do Coronel Wallis, estava bem contente.

A mente de Anne estava no mais favorável dos estados para receber o entretenimento daquela noite; era a quantidade suficiente de ocupação: seus sentimentos estavam abertos para a ternura, seu humor estava receptivo à alegria, sua atenção pronta a raciocinar, e sua paciência disposta a tolerar o enfado. Ela nunca gostara de um concerto tanto quanto aquele, pelo menos o primeiro ato. Mais perto do fim, durante o intervalo que se sucedeu à uma canção italiana, explicou a letra para o Sr. Elliot. Estavam examinando juntos o livreto.

– Isto – disse ela – é quase que o sentido, na verdade, o significado, das palavras, pois decerto que não devemos falar sobre o sentido de uma canção de amor italiana, mas é o significado mais próximo que consigo dar, pois não finjo compreender a língua. Sou uma estudiosa muito fraca do italiano.

– Sim, sim, vejo que é. Vejo que não entende nada do assunto. Tem conhecimento da língua só o suficiente para traduzir na hora essas linhas invertidas, transpostas e truncadas do italiano para um inglês claro, compreensível e elegante. Não precisa falar mais nada sobre sua ignorância. Esta é uma prova cabal.

– Não farei objeção a tal elogio gentil, mas não gostaria de ser examinada por alguém verdadeiramente proficiente.

– Não tive o prazer de visitar Camden Place por tanto tempo – respondeu ele – sem conhecer um pouco da Srta. Anne Elliot; e a considero modesta demais para que o mundo se torne ciente de metade de suas qualidades, e talentosa demais para que sua modéstia seja natural em qualquer outra mulher.

– Pare com isso! Está sendo lisonjeiro demais. Esqueci o que vem agora – disse ela, voltando-se para o livreto.

– Talvez – disse o Sr. Elliot, em voz baixa – eu conheça sua personalidade há mais tempo do que imagina.

– É mesmo? Como? Só pode ter conhecido minha personalidade quando cheguei a Bath, exceto se tiver ouvido minha própria família falando sobre ela anteriormente.

– Conhecia-a de reputação, muito antes de vir a Bath. Já ouvira uma descrição sua por pessoas que a conhecem intimamente. Estou familiarizado com seu caráter há muitos anos. Sua pessoa, sua disposição, seus talentos e modos; já estava ciente de todos.

O Sr. Elliot não ficou decepcionado com o interesse que pretendia despertar. Ninguém resiste ao charme de tamanho mistério. Ter sido descrita há muito tempo para um conhecido recente, por pessoas incógnitas, é irresistível, e Anne ficou curiosíssima. Imaginou e questionou-o ansiosamente, mas em vão. Estava adorando as perguntas, mas não queria responder.

– Não, não, algum dia, talvez, mas não agora. Não vou mencionar nomes, agora; mas posso lhe assegurar de que é verdade. Há muitos anos, recebi tal descrição da Srta. Anne Elliot que me inspirou com a mais alta opinião sobre seus méritos, e despertou em mim a maior curiosidade sobre ela.

Anne não conseguia pensar em ninguém que pudesse ter falado dela com parcialidade, há muitos anos, além do Sr. Wentworth de Monkford, irmão do Capitão Wentworth. Ele podia ter conhecido o Sr. Elliot, mas ela não teve coragem de fazer a pergunta.

– O nome "Anne Elliot" – disse ele – soa interessante para mim já há muito tempo. Há tempos possui um charme em minha imaginação; e, se eu ousasse, expressaria meu desejo de que tal nome nunca mude.

Tais foram, ela acreditava, suas palavras; mas mal as ouvira pronunciadas, antes que sua atenção fosse atraída por outros sons, imediatamente atrás dela, que fizeram com que todo o resto se tornasse insignificante. Seu pai e Lady Dalrymple estavam conversando.

– Um homem de boa aparência, – dizia Sir Walter, – ótima aparência.

– Um jovem muito bonito, realmente! – respondeu Lady Dalrymple. – Mais elegância do que se costuma ver em Bath. Irlandês, ouso dizer.

– Não, sei como se chama. Nos conhecemos superficialmente. Wentworth; Capitão Wentworth, da Marinha. A irmã dele é casada com meu inquilino, em Somerset, o Croft, que aluga Kellynch.

Antes que Sir Walter houvesse chegado a este ponto, o olhar de Anne já havia encontrado a direção certa e discernido o Capitão Wentworth parado de pé, em um grupo de homens, a alguma distância. Quando seu olhar pousou sobre ele, o dele pareceu desviar-se dela. Foi o que pareceu. Aparentemente, ela olhara com um momento de atraso, e, pelo tempo que ousou observá-lo, ele não olhou novamente. Mas o espetáculo estava recomeçando, então foi forçada a fingir prestar atenção novamente à orquestra e olhar para a frente.

Quando conseguiu lançar um olhar novamente, ele já se afastara. Nem se quisesse, ele conseguiria se aproximar dela, de tão cercada e presa que estava, mas ela gostaria de ter encontrado seu olhar.

O discurso do Sr. Elliot também a abalara. Não tinha mais a menor vontade de falar com ele, e gostaria que ele não estivesse tão perto dela.

O primeiro ato terminara. Anne agora esperava alguma mudança benéfica, e, após um pouco de conversa trivial entre seu grupo, alguns deles decidiram ir em busca de chá. Anne foi uma das poucas pessoas que decidiram não se mexer. Ficou em seu assento, assim como Lady Russell. Mas teve o prazer de se livrar do Sr. Elliot, e não tinha a intenção, apesar do que pudesse sentir em relação a Lady Russell, de deixar de conversar com o Capitão Wentworth, se este lhe desse a oportunidade. Estava convencida, pela expressão no rosto de Lady Russell, de que ela o havia visto.

Contudo, ele não veio. Anne às vezes imaginara tê-lo vislumbrado à distância, mas ele nunca veio. O intervalo ansioso transcorreu improdutivamente. Os outros voltaram, a sala se encheu novamente, os assentos foram retomados e recuperados, e mais uma hora, de prazer ou penitência, tinha que ser suportada, outra hora de música traria deleite ou exclamações, dependendo do que prevalecesse, gosto verdadeiro ou simulado. Para Anne, a perspectiva era de uma hora de agitação. Não conseguiria sair daquela sala em paz, sem ver o Capitão Wentworth mais una vez, sem a troca de um olhar amistoso.

Quando retomaram seus lugares, houve diversas mudanças, cujo resultado foi favorável a ela. O Coronel Wallis decidiu não se sentar novamente, e o Sr. Elliot foi convidado por Elizabeth e a Srta. Carteret, de uma maneira que não podia ser recusada, a sentar-se entre elas. Com outras trocas, e um pequeno esquema próprio, Anne conseguiu se colocar muito mais perto da ponta do banco do que estivera antes, muito mais ao alcance dos passantes. Não pôde fazer isso sem se comparar com a Srta. Larolles, a inimitável Srta. Larolles[2] ; ainda assim o fez, e obteve um efeito muito mais agradável, pois as pessoas que estavam sentadas ao seu lado saíram mais cedo da apresentação, permitindo que se sentasse logo na ponta do banco, antes do final do concerto.

Esta era sua situação, com um espaço vago ao seu lado, quando viu o Capitão Wentworth novamente. Ele não estava longe, e também a vira; porém, sua expressão era séria e parecia irresoluta, e só chegou perto o suficiente para falar com ela depois de muito tempo. Ela sentiu que havia algo de errado. A mudança era indubitável. A diferença entre seus modos naquele momento, e como havia se comportado no Salão Octogonal, era enorme. Por que? Pensou em seu pai, em Lady Russell. Poderia ter havido algum olhar desagradável? O capitão começou a falar sobre o concerto de forma séria, mais como o Capitão Wentworth de Uppercross; confessou estar decepcionado, pensara que haveria canto; e, em resumo, admitiu que não ficaria chateado quando chegasse ao fim. Anne respondeu, e falou tão eloquentemente em defesa da apresentação, ainda assim levando os sentimentos dele em consideração, de forma tão agradável, que sua expressão melhorou, e ele respondeu novamente, quase sorrindo. Conversaram por mais alguns minutos, e a melhoria continuou; ele até mesmo olhou para o banco, como se visse

[2] N. da T.: Personagem do romance "Cecilia", de Frances Burney, que sempre se sentava perto do corredor, nos teatros, na esperança de conseguir conversar com quem passava, especialmente o Sr. Meadows.

um lugar nele que valesse a pena ser ocupado. Naquele momento, contudo, um toque em seu ombro forçou Anne a se virar. Era o Sr. Elliot. Pediu perdão, mas precisava chamá-la para explicar o italiano novamente. A Srta. Carteret estava muito ansiosa por ter uma ideia geral do que seria cantado subsequentemente. Anne não pôde recusar, mas jamais se sacrificara antes em nome da educação com tanto sofrimento.

Alguns minutos, apesar de terem sido tão poucos quanto fora possível, foram inevitavelmente consumidos; e, quando se viu livre novamente, e pôde se virar e prestar atenção no que se concentrava antes, foi abordada pelo Capitão Wentworth, em uma despedida reservada, porém apressada. Disse que precisava desejar-lhe uma boa noite; estava partindo, e precisava chegar em casa o mais rápido possível.

– Não vale a pena ficar para esta canção? – perguntou Anne, repentinamente abalada por uma ideia que a fez ficar ainda mais ansiosa para encorajá-lo.

– Não! – respondeu ele, de forma chocante. – Não há nada aqui pelo que valha a pena ficar. – E retirou-se imediatamente.

Ciúmes do Sr. Elliot! Era o único motivo inteligível. O Capitão Wentworth estava com ciúmes de seu afeto! Ela não teria acreditado nisso há uma semana; há três horas! Por um momento, o prazer que sentiu foi enorme. Porém, pensamentos muito diferentes se sucederam. Como acalmaria tais ciúmes? Como faria com que a verdade chegasse até ele? Como, com todas as desvantagens peculiares de suas respectivas situações, ele ficaria sabendo de seus verdadeiros sentimentos? Era uma infelicidade, pensar nas atenções do Sr. Elliot. O mal que causaram era incalculável.

Capítulo 21

Anne lembrou-se com prazer, na manhã seguinte, de sua promessa de ir visitar a Sra. Smith, pois a tiraria de casa no período em que o Sr. Elliot tinha a maior probabilidade de fazer uma visita; pois evitar o Sr. Elliot era quase seu objetivo principal.

Sentia muita boa vontade em relação a ele. Apesar da confusão que suas atenções causaram, ela devia a ele gratidão e consideração, talvez compaixão. Não podia deixar de pensar muito sobre as extraordinárias circunstâncias de seu relacionamento, do direito de interessá-la que ele parecia ter, devido a sua situação, seus sentimentos e sua anterior predisposição. Era tudo muito extraordinário; lisonjeiro, porém doloroso. Havia muito a ser lamentado. Como ela poderia ter se sentido, se o Capitão Wentworth não estivesse em cena, não valia a pena conjecturar; pois o Capitão Wentworth estava em cena, e fosse a conclusão do atual suspense boa ou ruim, seu amor seria dele, para sempre. Sua união, ela acreditava, não conseguiria separá-la mais de outros homens do que sua separação definitiva.

Meditações sobre amor e constância eterna mais bonitas do que as que passavam pela cabeça de Anne, enquanto ia de Camden Place a Westgate Buildings, nunca percorreram as ruas de Bath. Era quase suficiente para espalhar pureza e perfume por onde passasse.

Estava certa de ter uma recepção agradável, e sua amiga parecia, naquela manhã, particularmente grata a ela por ter vindo; quase parecia não ter esperado que ela fosse, apesar de ter sido combinado.

Pediu imediatamente uma descrição do concerto, e as lembranças de Anne eram felizes o suficiente para animar as feições de sua amiga, e fazê-la se deleitar com a conversa. Tudo o que podia contar, contou de bom grado, mas tudo isso era pouco, perto do que havia acontecido, e insatisfatório para uma indagadora como a Sra. Smith, que já tinha ouvido, pelo atalho de perguntar à lavadeira e ao garçom, mais sobre o sucesso generalizado da apresentação, do que Anne poderia contar, e que agora lhe pedia, em vão, diversos detalhes sobre as pessoas que haviam comparecido. A Sra. Smith conhecia de nome todas as pessoas importantes ou notórias de Bath.

– Os jovens Durand estavam lá, concluo, – disse ela, – com as bocas abertas para pegar a música, como filhotes de pardal prontos para serem alimentados. Nunca perdem um concerto.

– Sim; eu mesma não os vi, mas ouvi o Sr. Elliot dizer que estavam na sala.

– E os Ibbotson, estavam lá? E as duas novas belas, com o oficial irlandês alto, que dizem que vai se casar com uma delas.

– Não sei; acho que não estavam.

– A velha Lady Mary Maclean? Nem preciso perguntar dela. Ela nunca perde, eu sei; e deve tê-la visto. Ela deve ter estado em seu círculo, pois como você foi com Lady Dalrymple, esteve nos assentos grandiosos, ao redor da orquestra, é claro.

– Não, esse era o meu medo. Teria sido muito desagradável para mim, sob todos os aspectos. Mas felizmente, Lady Dalrymple sempre prefere ficar mais afastada, e nos sentamos em lugares extremamente bons, isto é, para ouvir; não posso dizer que eram bons para se ver, pois pareço ter visto muito pouco.

– Oh, viu o suficiente para sua própria diversão. Compreendo. Existe um tipo de prazer doméstico até mesmo em uma multidão, e foi ele que você experimentou. Eram um grupo grande, e você não queria nada além disso.

– Mas deveria ter olhado mais ao meu redor – disse Anne, consciente, enquanto falava, de que não havia deixado de olhar para os lados, e sim que lhe faltara o objeto pretendido.

– Não, não; ocupou melhor seu tempo. Não precisa me dizer que teve uma noite agradável, posso ver em seu olhar. Vejo perfeitamente como passou suas horas, que sempre teve algo agradável para ouvir. Nos intervalos do concerto, eram as conversas.

Anne deu um ligeiro sorriso, e disse:

– Vê isso em meu olhar?

– Vejo, sim. Seu semblante me informa perfeitamente de que esteve, ontem à noite, com a pessoa que considera a mais agradável do mundo, a pessoa que lhe interessa, neste momento, mais do que todo o resto do mundo junto.

Um rubor se espalhou pelas faces de Anne. Não conseguia dizer nada.

– E, sendo este o caso, – continuou a Sra. Smith, após uma curta pausa, – espero que você acredite que o fato de ter vindo me visitar esta manhã me é inestimável. É mesmo muita gentileza de sua parte, vir aqui sentar-se comigo, quando deve ter demandas muito mais agradáveis sobre o seu tempo.

Anne não ouviu nada disso. Ainda estava atônita e confusa com o que sua amiga havia percebido, incapaz de imaginar como qualquer notícia sobre o Capitão Wentworth poderia ter chegado aos seus ouvidos. Após um curto silêncio, a Sra. Smith disse:

– Diga-me, o Sr. Elliot sabe de sua amizade comigo? Ele sabe que estou em Bath?

– O Sr. Elliot! – repetiu Anne, levantando a cabeça em surpresa. Um momento de reflexão fez com que percebesse o erro que cometera. Cai em si imediatamente; recuperando sua coragem, logo acrescentou, de forma mais calma: – Conhece o Sr. Elliot?

– Conheço o muito bem, – respondeu a Sra. Smith, seriamente, – mas parece que nosso relacionamento se desgastou. Já faz muito tempo que nos conhecemos pela primeira vez.

– Não fazia ideia disso. Você nunca mencionou antes. Se soubesse, teria tido o prazer de conversar com ele sobre você.

– Para falar a verdade, – disse a Sra. Smith, assumindo seu costumeiro ar alegre, – é exatamente este o prazer que quero que tenha. Quero que fale sobre mim com o Sr. Elliot. Quero usar sua influência sobre ele. Ele pode me ser muito útil, e se você pudesse fazer a gentileza, minha querida Srta. Elliot, de assumir esta tarefa, tenho certeza de que será cumprida.

– Ficaria extremamente feliz; espero que não duvide de minha disposição de fazer por você qualquer coisa que esteja ao meu alcance, – respondeu Anne, – mas suspeito que esteja pensando que tenho mais influência sobre o Sr. Elliot, um direito maior de influenciá-lo, do que é realmente o caso. Estou certa de que criou essa noção de alguma forma. Deve pensar em mim apenas como uma parente do Sr. Elliot. Se, nesta qualidade, houver qualquer coisa que uma prima dele possa pedir a ele, de forma justa, peço que não hesite em usar meus poderes.

A Sra. Smith lançou a Anne um olhar penetrante, e então, sorrindo, disse:

– Percebo que fui um tanto quanto prematura; peço que me desculpe. Deveria ter aguardado a informação oficial. Mas minha querida Srta. Elliot, como sua velha amiga, me dê uma dica de quando poderei falar sobre o assunto. Na semana que vem? Com certeza, na semana que vem poderei considerar o assunto como decidido, e criar meus próprios esquemas egoístas em relação à boa fortuna do Sr. Elliot.

– Não, – respondeu Anne, – nem na semana que vem, nem na próxima, tampouco na que vier depois dela. Asseguro-lhe que nada do que está pensando estará decidido na semana que vem. Não me casarei com o Sr. Elliot. Gostaria de saber por que imagina que irei!

A Sra. Smith olhou para Anne novamente, de forma intensa, sorriu, sacudiu a cabeça e exclamou:

– Ah, como gostaria de compreendê-la! Como gostaria de entender o que pretende! Acredito sinceramente que não será cruel, quando o momento certo chegar. Até que o momento chegue, nós, mulheres, não pretendemos aceitar o pedido de ninguém. É costume entre nós que todos os homens serão recusados, até que eles nos peçam em casamento. Mas por que você seria cruel? Permita-me argumentar em favor de meu... não posso chamá-lo de meu amigo atual, mas de meu antigo amigo. Onde você encontraria um par mais adequado? Onde esperaria encontrar um homem mais cavalheiresco e simpático? Deixe-me recomendar o Sr. Elliot. Tenho certeza que só ouviu coisas boas sobre ele, do Coronel Wallis; e quem pode conhecê-lo melhor do que o Coronel Wallis?

– Minha querida Sra. Smith, não faz muito mais do que seis meses que a esposa do Sr. Elliot faleceu. Não devemos supor que ele está cortejando ninguém.

– Oh! Se essa é sua única objeção, – exclamou Sra. Smith, irônica, – o Sr. Elliot está seguro, e não me preocuparei mais com ele. Não esqueça de mim quando estiver casada, é só isso. Diga para ele que sou sua amiga, e então ele não se importará com o esforço que quero que ele faça, o que seria muito natural agora, com tantos assuntos e compromissos que ele mesmo tem para evitar e se livrar, conforme puder; muito natural, talvez. Noventa e nove em cem pessoas fariam o mesmo. É claro que ele não pode estar ciente de quão importante este assunto é para mim. Bem, minha querida Srta. Elliot, espero e confio que será muito feliz. O Sr. Elliot é sensato o suficiente para compreender o valor de uma mulher como você. Sua paz não será abalada, como a minha foi. Estará segura em relação a todos os assuntos mundanos, e segura quanto ao caráter dele. Ele não será levado para o mal caminho; não será enganado por terceiros e acabará arruinado.

– Não, – disse Anne, – acredito facilmente em tudo isso, em relação ao meu primo. Ele parece ter um temperamento calmo e decidido, nem um pouco suscetível a impressões perigosas. Considero-o com muito respeito. Não tenho motivos, com base em tudo o que pude observar, para pensar o contrário. Mas não faz muito tempo que o conheço, e ele não é do tipo de homem, penso eu, que logo se consegue conhecer intimamente. Este modo de me referir a ele, Sra. Smith, não a convence de que não me importo com ele? Certamente que devo estar sendo calma o suficiente. E juro que ele não significa nada para mim. Se algum dia ele me pedir em casamento (o que tenho poucos motivos para imaginar que ele cogita fazer), não o aceitarei. Asseguro-lhe de que não aceitarei. Afirmo que o Sr. Elliot não foi responsável pela parcela de felicidade que o concerto de ontem à noite me trouxe, como deve star supondo; não o Sr. Elliot. Não foi ele que...

Parou, arrependendo-se, com as faces ruborizadas, de ter insinuado tanto; mas menos do que isso já teria sido o suficiente. A Sra. Smith dificilmente teria acreditado tão prontamente no fracasso do Sr. Elliot, se não fosse por ter percebido que havia outra pessoa. Deste modo, ela imediatamente cedeu, e fingiu não ter compreendido nada além. E Anne, ávida por escapar de seus poderes de observação, ficou impaciente para saber por que a Sra. Smith imaginara que ela iria se casar com o Sr. Elliot; de onde teria tirado a ideia, e de quem poderia ter ouvido tal coisa.

– Me conte como isso lhe ocorreu.

– Me ocorreu – respondeu a Sra. Smith – quando descobri quanto tempo passavam juntos, e julguei ser a coisa mais provável do mundo de ser desejada por todos os amigos de ambos; e fique certa de que todos eles também já têm como certo este destino para você. Mas nunca ouvi falar de nada até dois dias atrás.

– E alguém falou, mesmo, deste assunto?

– Reparou na mulher que abriu a porta para você, quando veio me visitar ontem?

– Não. Não era a Sra. Speed, como de costume, ou a criada? Não reparei em ninguém em particular.

– Era minha amiga, a Sra. Rooke; a enfermeira Rooke, que, aliás, estava curiosa para vê-la, e ficou felicíssima por ter tido a oportunidade de abrir-lhe a porta. Só voltou de Marlborough Buildings no domingo, e foi ela quem me disse que você iria se casar com o Sr. Elliot. Ouviu da própria Sra. Wallis, que não parece ser uma fonte muito ruim da informação. Conversou comigo por uma hora, no domingo à noite, e me contou toda a história.

– Toda a história – repetiu Anne, rindo. – Não pode ter sido uma história muito longa, penso eu, baseada em uma pequena notícia infundada.

A Sra. Smith não disse nada.

– Porém, – continuou Anne, – apesar de não ser verdade que tenho tal influência sobre o Sr. Elliot, ficarei extremamente feliz se puder lhe ser útil, de qualquer forma. Devo mencionar a ele que você está em Bath? Posso transmitir qualquer mensagem?

– Não, agradeço; não, certamente que não. No calor do momento, e sob um engano, eu poderia, talvez, ter tentado despertar seu interesse sobre uma certa circunstância, mas agora, não mais. Não, agradeço, mas não tenho nada com que preocupá-la.

– Não me disse que conheceu o Sr. Elliot há muitos anos?

– Conheci.

– Não antes do casamento dele, suponho?

– Sim. Ele ainda não tinha se casado, quando o conheci.

“E... eram próximos?

– Muito próximos.

– Deveras! Então, conte-me como ele era, naquela época de sua vida. Tenho uma grande curiosidade para saber como o Sr. Elliot era quando jovem. Se parecia com a forma como é hoje?

– Não vejo o Sr. Elliot há três anos – foi a resposta da Sra. Smith, dita tão seriamente que foi impossível continuar o assunto. Anne sentiu que não havia conseguido nada, a não ser um aumento de sua curiosidade. As duas ficaram em silêncio; a Sra. Smith, muito pensativa. Até que disse:

– Peço desculpas, minha querida Srta. Elliot, – exclamou ela, em seu tom natural de cordialidade, – peço desculpas pelas respostas curtas que tenho dado, mas não sabia exatamente o que deveria fazer. Tenho duvidado e considerado o que devo contar-lhe. Havia muitas coisas a serem consideradas. Não se quer ser intrometida, causar má impressão ou transtorno. Até mesmo a superfície lisa da união familiar parece digna de ser preservada, apesar de que pode não haver nada durável abaixo dela. Contudo, decidi; acho que estou certa, acho que você precisa ficar sabendo do verdadeiro caráter do Sr. Elliot. Apesar de acreditar piamente que, atualmente, você não tem a menor intenção de aceitar o pedido de casamento dele, não se sabe o que pode acontecer. Você pode, eventualmente, sentir algo diferente em relação a ele. Ouça a verdade agora, portanto, enquanto ainda não tem preconceitos. O Sr. Elliot é um homem sem coração ou consciência; um ser artificioso, astuto e frio, que só pensa em si mesmo; que, para seus próprios interesses ou comodidade, seria culpado de qualquer crueldade, ou qualquer traição, que pudesse ser perpetrada sem riscos para seu caráter em geral. Não sente nada pelos outros. Aqueles de cuja ruína ele foi a principal causa, ele consegue negligenciar e abandonar, sem o menor escrúpulo. Está completamente além do alcance de qualquer sentimento de justiça ou compaixão. Oh! Seu coração é negro, oco e negro!

A expressão atônita e a exclamação de surpresa de Anne a fizeram pausar e, de forma mais calma, acrescentar:

– Minhas expressões a assustam. Deve fazer concessão para uma mulher machucada e furiosa. Mas tentarei me controlar. Não vociferarei contra ele. Só contarei minha opinião sobre ele. Os fatos falarão por si. Ele era amigo íntimo de meu querido marido, que confiava e gostava dele, e acreditava que era um homem tão bom quanto ele próprio. A amizade entre eles começou antes de nosso casamento. Os conheci já amigos íntimos, e eu também gostei muitíssimo do Sr. Elliot, e cultivava a mais alta opinião sobre ele. Aos dezenove anos, sabe, não se reflete muito seriamente; mas o Sr. Elliot me parecia ser uma pessoa tão boa quanto qualquer outra, e muito mais simpática do que muitas outras, e estávamos quase o tempo todo juntos. Passávamos a maior parte do tempo na cidade, vivendo em grande estilo. Naquela época, as circunstâncias dele é que eram as inferiores, ele é que era o pobre; tinha um escritório de advocacia no distrito de Temple[3] , e mal sabia o que fazer para manter as aparências de ser um cavalheiro. Sempre tinha um lugar para ficar, conosco, quando quisesse; era sempre bem-vindo, como um irmão. Meu pobre Charles, que tinha a alma mais bela e generosa do mundo, teria dividido seu último centavo com ele, e sei que sua carteira estava sempre aberta para ele, e que o auxiliava com frequência.

– Deve ter sido este aquele período da vida do Sr. Elliot – disse Anne – que sempre despertou minha curiosidade. Deve ter sido nesta mesma época que meu pai e minha irmã o conheceram. Eu mesma nunca o conheci, só ouvi falar nele. Mas havia algo em sua conduta, naqueles tempos, em relação a meu pai e minha irmã, e depois, por ocasião de sem casamento, que eu nunca consegui conciliar com seu comportamento hoje em dia. Parecia anunciar um tipo diferente de homem.

– Eu sei de tudo, sei de tudo isso – exclamou a Sra. Smith. – Ele foi apresentado a Sir Walter e sua irmã antes de eu o conhecê-lo, mas o ouvi falar deles o tempo todo. Sabia que ele havia sido convidado e encorajado, e que decidira não ir. Posso informar-lhe, talvez, sobre questões que você mal imaginaria; e quanto ao casamento dele, fiquei sabendo de tudo, na época. Sabia de todos os prós e contras, era eu a amiga em quem ele confiava suas esperanças e seus planos. E, apesar de não conhecer a esposa dele anteriormente, pois sua posição inferior na sociedade faria com que isso fosse impossível, soube de tudo sobre a vida dela depois disso, ou pelo menos até os dois últimos anos de sua vida, e posso responder qualquer pergunta que queira fazer.

[3] Distrito antigo de Londres, conhecido por ser um centro do direito inglês.

– Não, – disse Anne, – não tenho nenhuma pergunta específica para fazer sobre ela. Sempre soube que não foram um casal feliz. Mas gostaria de saber por que, naquela época da vida dele, ele desdenhou de ter um relacionamento com meu pai, como fez. Meu pai estava certamente disposto a tratá-lo com consideração gentil e apropriada. Por que o Sr. Elliot afastou-se?

– O Sr. Elliot, – respondeu a Sra. Smith, – naquele período de sua vida, tinha um único objetivo: fazer sua fortuna, e através de um processo muito mais rápido do que o direito. Estava determinado a fazer fortuna pelo casamento. Estava determinado, pelo menos, a não estragar suas chances com um casamento imprudente, e sei que acreditava (se de forma justa ou não, é claro que não sei dizer) que seu pai e irmã, com suas cortesias e seus convites, estavam planejando uma união entre o herdeiro e a jovem, e era impossível que tal casamento correspondesse a suas ideias de riqueza e independência financeira. Era este seu motivo para afastar-se, posso assegurar. Ele me contou a história toda. Não escondia nada de mim. Foi curioso, tendo acabado de deixar você para trás em Bath, a primeira e principal amizade que fiz foi seu primo, e que, através dele, eu continuamente ouvisse falar de seu pai e irmã. Ele descrevia uma Srta. Elliot, e eu pensava com muito afeto na outra.

– Talvez – exclamou Anne, com uma ideia repentina – você tenha, às vezes, falado sobre mim com o Sr. Elliot?

– Certamente que falei, com muita frequência. Costumava me gabar de minha Anne Elliot, e assegurar a ele que era uma criatura muito diferente da...

Se conteve a tempo.

– Isso explica algo que o Sr. Elliot me disse, ontem à noite – exclamou Anne. – Isso explica tudo. Descobri que ele costumava ouvir falar de mim. Não conseguia compreender como. Como nossa imaginação corre solta, quando o assunto diz respeito a nós mesmos! É quase certo que nos enganamos! Mas perdoe-me, te interrompi. O Sr. Elliot, então, se casou só pelo dinheiro? Provavelmente foi a circunstância que abriu seus olhos pela primeira vez quanto ao caráter dele.

A Sra. Smith hesitou um pouco, neste ponto.

– Oh! Essas coisas são muito comuns. Quando se conhece o mundo, o fato de um homem ou uma mulher se casar por dinheiro é comum demais para que a pessoa se choque como deve. Eu era muito jovem, e só interagia com outros jovens; formávamos um grupo leviano e alegre, sem quaisquer regras severas de conduta. Vivíamos para nos divertir. Penso de forma diferente, agora; o tempo, a doença e a tristeza me deram outras noções. Mas, naquele período, devo admitir que não via nada de repreensível no que o Sr. Elliot estava fazendo. "Fazer o melhor por si mesmo" era o que considerávamos um dever.

– Mas ela não era uma mulher de posição muito baixa?

– Sim, ao que objetei, mas ele não se importou. Dinheiro, dinheiro, era tudo o que ele queria. O pai dela era um criador de gado, seu avô um açougueiro, mas isso não significava nada. Era uma mulher muito bonita, havia tido uma educação decente e fora apresentada à sociedade por alguns primos. Tendo conhecido o Sr. Elliot por acidente, se apaixonou por ele, e não houve qualquer dificuldade ou escrúpulo, por parte dele, em relação a seu berço. Todo o cuidado que ele tomou foi para se certificar do verdadeiro tamanho de sua fortuna, antes de se comprometer. Pode estar certa de que qualquer estima que o Sr. Elliot possa ter por sua própria posição social atualmente, quando era jovem, não lhe dava o menor valor. Sua chance de herdar a propriedade de Kellynch era alguma coisa, mas toda a honra da família ele considerava absolutamente insignificante. O ouvi declarar muitas vezes que, se títulos de baronete pudessem ser vendidos, qualquer um poderia comprar o dele por cinquenta libras, brasão, lema, nome e libré incluídos. Mas não repetirei metade do que costumava ouvi-lo dizer sobre o assunto. Não seria justo; ainda assim, você verá provas, pois o que é tudo isso senão afirmações? Você verá provas.

– Realmente, minha cara Sra. Smith, não quero prova alguma – exclamou Anne. – Não afirmou nada que contradiga o que o Sr. Elliot parecia ser, há alguns anos. Tudo isso é, na verdade, confirmação do que costumávamos ouvir e acreditar. Estou mais curiosa para saber por que ele age de forma diferente, agora.

– Para minha própria satisfação, se fizer a gentileza de tocar a campainha para chamar Mary; fique, tenho certeza de que fará a gentileza ainda maior de ir, você mesma, ao meu quarto e me trazer a pequena caixa marchetada que encontrará na prateleira superior do armário.

Anne, percebendo que sua amiga estava honestamente decidida a tanto, fez o que lhe pedira. A caixa foi trazida e colocada à sua frente, e a Sra. Smith, suspirando ao destrancá-la, disse:

– Está cheia de papeis que pertenceram a ele, ao meu marido; apenas uma pequena parte do que tive que examinar quando o perdi. A carta que procuro foi escrita pelo Sr. Elliot a ele, antes de nosso casamento, e guardada, por algum motivo; por que, só podemos imaginar. Mas ele era descuidado e irrefletido, como outros homens, quanto a essas coisas, e quando analisei estes papeis, encontrei a carta junto com outras, ainda mais triviais, de diferentes pessoas, aqui e acolá, enquanto muitas cartas e memorandos de verdadeira importância haviam sido destruídos. Aqui está ela; não quis queimá-la, pois, estando, mesmo naquela época, muito pouco satisfeita com o Sr. Elliot, estava determinada a preservar todos os documentos que comprovassem sua antiga amizade. Agora, tenho outro motivo para ficar feliz por poder mostrá-la.

Esta era a carta, endereçada a "Sr. Charles Smith, Tunbridge Wells", remetida de Londres e datada de julho de 1803:

"Caro Smith,

Recebi sua correspondência. Quase não tenho palavras para agradecer sua gentileza. Gostaria que a natureza tivesse feito mais corações como o seu, mas já vivi vinte e três anos no mundo, e nunca vi um igual. Atualmente, acredite, não tenho necessidade de sua ajuda, tendo conseguido algum dinheiro, novamente. Estou feliz: me livrei de Sir Walter e da senhorita. Voltaram a Kellynch, mas quase me fizeram jurar que ia visitá-los este verão; mas minha primeira visita a Kellynch será com um perito, para me dizer como posso vendê-la com mais lucro. Todavia, não é improvável que o baronete se case novamente; ele é tolo o suficiente. Se se casar, contudo, eles me deixarão em paz, o que pode ser uma compensação decente para o revés. Ele está ainda pior do que o ano passado.

Queria ter qualquer nome, menos Elliot. Estou cansado dele. Posso abandonar o nome 'Walter', graças a Deus! E desejo que nunca me insulte com o segundo 'W' novamente, pois pretendo ser, pelo resto de minha vida, sinceramente,

Wm. Elliot"

Tal carta não podia ser lida sem fazer Anne enrubescer, e a Sra. Smith, observando o forte corar de sua face, disse:

– A forma de se expressar é extremamente desrespeitosa, eu sei. Apesar de já ter esquecido os termos exatos, me lembro perfeitamente do sentido geral. Mas mostra quem é o homem. Repare nas declarações dele para meu marido. Já viu algo mais arrebatado?

Anne não conseguiu superar imediatamente o choque e a mortificação de ler tais palavras referindo-se a seu pai. Foi obrigada a lembrar que ler a carta era uma violação das leis da honra, que ninguém deveria ser julgado ou interpretado com base em tais testemunhos e que nenhuma correspondência privada aguentava o escrutínio de terceiros, antes de recobrar a calma o suficiente para devolver a carta, sobre a qual refletia, e dizer:

– Obrigada. Esta é uma prova cabal, sem dúvidas; prova de tudo o que estava dizendo. Mas por que se aproximar de nós, agora?

– Posso explicar isso, também – afirmou a Sra. Smith, sorrindo.

– Pode, mesmo?

– Sim. Mostrei-lhe o Sr. Elliot como era há doze anos, agora mostrarei como é atualmente. Não posso apresentar provas escritas, novamente, mas posso dar um depoimento verbal tão autêntico quanto desejar, sobre o que ele anda querendo e o que vem fazendo. Não é mais um hipócrita. Quer mesmo se casar com você. Sua presente atenção para com sua família é bastante sincera, do coração. Te direi quem é minha fonte: seu amigo, Coronel Wallis.

– O Coronel Wallis! Você o conhece?

– Não. Não chegou até mim de forma tão direta assim; fez uma ou duas curvas, mas nada de importante. O fluxo é tão bom quanto o primeiro; os pequenos resíduos que coleta no caminho são facilmente retirados. O Sr. Elliot fala sem reservas com o Coronel Wallis sobre seus planos em relação a você, e imagino que este Coronel Wallis seja um tipo sensato, cuidadoso e criterioso, mas tem uma esposa muito bonita e muito tola, para quem conta coisas que seria melhor não contar, repetindo tudo para ela. Ela, na alegria da recuperação após o parto, repetiu tudo para sua enfermeira; e a enfermeira, sabendo de minha amizade com você, muito naturalmente me traz todas as informações. Na noite de segunda-feira, minha boa amiga, a Sra. Rooke, me contou o seguinte, sobre os segredos de Marlborough Buildings. Quando falei sobre a história toda, poderá ver que não estava romanceando tanto quanto imaginou.

– Minha cara Sra. Smith, sua fonte de informações é deficiente. Isso não servirá. O fato de o Sr. Elliot ter intenções em relação a mim não explica nem um pouco os esforços que fez por uma reconciliação com meu pai. Isso tudo foi antes de minha chegada a Bath. Os encontrei nos mais amigáveis termos, quando cheguei.

– Sei que sim; sei de tudo isso perfeitamente, mas...

– Realmente, Sra. Smith, não podemos esperar obter informações verdadeiras de tal forma. Fatos ou opiniões que passam pelas mãos de tantas pessoas podem ser interpretados erroneamente por uma pessoa tola, ou por outra ignorante, e não pode restar muita verdade neles.

– Apenas me escute. Logo poderá julgar a validade das informações, tendo ouvido alguns detalhes que você mesma poderá imediatamente contradizer ou confirmar. Ninguém supõe que você foi o primeiro motivo dele. Ele a havia visto antes de chegar a Bath, e a admirado, mas sem saber que era você. Pelo menos, é o que diz minha narradora. É verdade? Ele a viu no último verão ou outono, "em algum lugar no oeste", para usar as palavras dela, sem saber quem você era?

– Viu, sim. Até aí, é bem verdade. Em Lyme. Ocorreu de eu estar em Lyme.

– Bem, – continuou a Sra. Smith, em tom triunfante, – dê à minha amiga o crédito que merece, pela confirmação da primeira asseveração. Ele a viu em Lyme, e gostou tanto de você, a ponto de ficar feliz em reencontrá-la em Camden Place, como Srta. Elliot, e, daquele momento em diante, não tenho dúvidas, teve um duplo motivo para frequentar a casa. Mas houve outro motivo, que precedeu este e que agora explicarei. Se houver qualquer coisa em minha história que você saiba ser falso ou improvável, interrompa-me. Minha história diz que a amiga de sua irmã, a senhora que está hospedada com sua família, de quem ouvi você falar, veio para Bath com a Srta. Elliot e Sir Walter, já em setembro (ou seja, quando eles próprios vieram), e está hospedada lá desde então; que ela é uma mulher esperta, insinuante e bonita, pobre e convincente, e com situação e modos que fizeram com que os conhecidos de Sir Walter começassem a pensar que deseja se tornar Lady Elliot e se surpreendessem com o fato de a Srta. Elliot estar, aparentemente, cega para o perigo.

Neste ponto, a Sra. Smith fez uma pausa momentânea, mas Anne não tinha uma palavra para dizer. Continuou, então:

– Foi deste modo que a situação pareceu para aqueles que conheciam a família, muito antes de você voltar; e o Coronel Wallis estava de olho em seu pai há tempo suficiente para perceber, apesar de, naquela época, não frequentar Camden Place. Mas sua amizade cm o Sr. Elliot o fez se interessar por observar tudo o que acontecia lá, e quando o Sr. Elliot veio para Bath por um ou dois dias, logo antes do Natal, o Coronel Wallis descreveu para ele como a situação parecia estar se desenrolando, e as histórias que começavam a se espalhar. Agora, compreenda que o passar do tempo fez com que as opiniões do Sr. Elliot quanto ao valor de um título de baronete mudassem significativamente. No que tange a todas as questões de sangue e família, ele é um homem completamente mudado. Tendo, há tempos, tanto dinheiro quanto poderia querer, e nada a desejar em relação a avareza ou indulgência, vem gradualmente aprendendo a colocar sua felicidade sobre a importante posição social que herdará. Bem que pensei estar começando, antes de nossa amizade acabar, mas agora é um sentimento confirmado. Ele não aguenta a ideia de não ser Sir William. Portanto, pode adivinhar que a notícia que recebeu do amigo não pode ter sido muito agradável, e quais foram os efeitos da mesma: a decisão de voltar para Bath assim que possível, e de se estabelecer aqui por algum tempo, com a intenção de renovar o antigo relacionamento e recuperar uma posição na família que o permita verificar o grau de perigo que está correndo, assim como contornar a referida senhora, se achasse necessário. Os dois amigos concordaram que esta era a única coisa que poderia ser feita, e o Coronel Wallis o auxiliaria de todo jeito que pudesse. Ele se apresentaria, e a Sra. Wallis se apresentaria, e todo mundo seria apresentado um ao outro. O Sr. Elliot voltou, conforme combinado; e, ao pedir, foi perdoado, como sabe, e recebido novamente no seio da família. Uma vez lá, seu objetivo constante e único (até que sua chegada acrescentou mais um motivo) era observar Sir Walter e a Sra. Clay. Não perdeu uma oportunidade de estar com eles, colocava-se no caminho deles de propósito, visitava a todas as horas; mas não preciso dar detalhes sobre este assunto. Pode imaginar o que um homem ardiloso faria; e com este guia, talvez, possa lembrar o que o viu fazer.

– Sim, – disse Anne, – não está me contando nada que não combine com o que eu já sabia, ou podia imaginar. Sempre há algo de ofensivo nos detalhes de artimanhas. As manobras do egoísmo e da duplicidade sempre são revoltantes, mas não ouvi nada que me surpreendesse. Sei quem ficaria chocado com tal descrição do Sr. Elliot, que teriam dificuldade em acreditar nela; mas eu nunca estive satisfeita. Sempre quis encontrar um outro motivo para a conduta dele, além dos aparentes. Gostaria de saber qual é a atual opinião dele sobre a probabilidade do evento que teme acontecer; se ele considera que o perigo está diminuindo ou não.

– Acredita que está diminuindo, pelo que sei – respondeu a Sra. Smith. – Ele pensa que a Sra. Clay tem medo dele, está ciente que ele sabe o que planeja e não ousa agir como agiria em sua ausência. Mas, como ele precisa se ausentar eventualmente, não sei como ele pode se sentir seguro, enquanto ela tem a influência que tem atualmente. A

Sra. Wallis tem a divertida ideia, conforme a enfermeira me contou, que será colocado no contrato de casamento, quando você e o Sr. Elliot se casarem, que seu pai não deverá se casar com a Sra. Clay. Um esquema digno da mentalidade da Sra. Wallis, pelo que ouvi dizer; mas minha sensata enfermeira Rooke percebe o absurdo disso tudo. "Certamente, senhora", disse ela, "que isso não impediria que ele se casasse com qualquer outra pessoa". E, para falar a verdade, não creio que a enfermeira, em seu coração, se opõe muito a um segundo casamento de Sir Walter. Devemos entender que ela é favorável ao matrimônio, sabe; e, já que nossas opiniões pessoais se intrometem, quem poderá dizer que ela não tem alguma esperança de cuidar da próxima Lady Elliot, através de uma recomendação da Sra. Wallis?

– Fico muito feliz em saber de tudo isso – disse Anne, após passar um tempo pensativa. – Será mais doloroso para mim, sob alguns aspectos, estar na companhia dele, mas saberei melhor o que fazer. Minha conduta será mais direta. O Sr. Elliot é evidentemente um homem dissimulado, artificial e mundano, que nunca se deixou guiar por um princípio mais elevado do que o egoísmo.

Mas a Sra. Smith não havia acabado o assunto do Sr. Elliot. Tinha se desviado de sua primeira direção, e Anne esquecera, com as questões que envolviam sua família, tudo o que havia sido originalmente insinuado contra ele, mas sua amiga agora chamava sua atenção para a explicação daquelas primeiras alusões. Anne ouviu uma narrativa que, mesmo se não justificasse completamente a amargura da Sra. Smith, provava que ele havia sido muito insensível em sua conduta em relação a ela; muito deficiente em justiça e compaixão.

Ficou sabendo que a intimidade entre o Sr. Smith e o Sr. Elliot continuara desimpedida pelo casamento deste último, e os dois amigos passavam tanto tempo junto quanto antes. Com isso, o Sr. Elliot levara seu amigo a incorrer em despesas muito além de suas posses. A Sra. Smith não queria assumir qualquer parcela de culpa, e hesitou muito em atribuí-la a seu marido; mas Anne se lembrava de que a renda deles nunca havia acompanhado seu estilo de vida, e que, desde o começo, houvera uma grande extravagância geral e conjunta.

Com base na descrição de sua esposa, Anne pôde formar uma ideia do Sr. Smith como um homem caloroso, de temperamento fácil, hábitos descuidados e uma mente não muito afiada, muito mais amigável do que seu amigo e completamente diferente dele, que se deixava levar por ele e provavelmente por ele era desprezado. O Sr. Elliot, elevado a grande afluência por seu casamento, e inclinado a buscar toda gratificação de prazer e vaidade que pudesse obter sem se envolver (pois, com toda a sua indulgência, havia se tornado um homem prudente), e tendo acabado de ficar rico, ao mesmo tempo em que seu amigo descobriu estar pobre, parecia não ter se importado nem um pouco com o provável estado das finanças de tal amigo; pelo contrário, encorajara e incentivara despesas que só podiam acabar em ruína financeira. E os Smith, deste modo, foram arruinados.

O marido morrera a tempo de ser poupado de conhecer inteiramente a situação. Já haviam passado por embaraços o suficiente para testar a força de suas amizades, e provar que era melhor não testar a do Sr. Elliot; mas foi só após a morte dele que o lamentável estado de suas finanças foi inteiramente averiguado. Confiando na amizade do Sr. Elliot, o que demonstrava que tinha mais afeto do que percepção, o Sr. Smith nomeou o amigo como seu testamenteiro. Porém, o Sr. Elliot não agiu, e as dificuldades e aflições que esta recusa empilharam sobre a viúva, além dos inevitáveis sofrimentos de sua situação, haviam sido tamanhos, que não podiam ser contados sem angústia, ou ouvidos sem igual indignação.

A Sra. Smith deu a Anne algumas cartas escritas por ele na ocasião, respostas a pedidos urgentes feitos pela primeira, e todas demonstravam a mesma resolução severa de não se dedicar a um trabalho infrutífero e, sob um verniz de civilidade fria, a mesma indiferença dura a quaisquer males que isso pudesse acarretar para ela. Era uma imagem horrível de ingratidão e desumanidade, e Anne pensou, em alguns momentos, que nenhum crime óbvio e assumido poderia ter sido pior. Teve muito o que ouvir; todos os detalhes de tristezas passadas, todas as minúcias de aflição em cima de aflição, as quais haviam sido apenas mencionadas em conversas anteriores, eram agora expostos com uma compreensível indulgência. Anne entendia perfeitamente o delicioso alívio, e só aumentou seu espanto com a compostura do estado de espírito costumeiro de sua amiga.

Havia uma circunstância, na história de suas infelicidades, que a irritava particularmente. Tinha bons motivos para acreditar que uma propriedade pertencente a seu marido, nas Índias Ocidentais, que estivera, por muitos anos, sob algum tipo de sequestro pelo pagamento de seus próprios gravames, poderia ser recuperada, através das medidas adequadas. E tal propriedade, apesar de não ser grande, seria o suficiente para torná-la comparativamente rica. Mas não havia ninguém que se dispusesse a fazer nada. O Sr. Elliot se recusara, e ela não podia agir por conta própria, igualmente impedida por seu estado de fraqueza física e por não ter dinheiro para contratar terceiros. Não tinha nenhum conhecido que pudesse auxiliá-la, nem mesmo com conselhos, e não podia pagar pela ajuda da lei. Este era um cruel agravo de uma situação já complicada. Sentir que deveria estar sob melhores circunstâncias, que um pouco de esforço na direção certa seria o suficiente, e temer que o atraso estaria enfraquecendo seu direito de reivindicação, era difícil de aguentar.

Era quanto a esta questão que esperava fazer com que Anne exercesse sua influência sobre o S. Elliot. Anteriormente, quando acreditava que iriam se casar, temera perder a amiga; mas, ao ouvir a asseveração de que ele não fizera nenhuma tentativa daquela natureza, pois nem mesmo sabia que ela estava em Bath, teve a ideia de que algo poderia ser feito a seu favor, através da influência da mulher por quem ele estava apaixonado, e começara a se preparar para despertar o interesse de Anne, na medida em que a observância do caráter do Sr. Elliot permitia, quando a refutação, por Anne, do suposto noivado mudara completamente a situação. Então, apesar de descartar sua esperança recém-formada de obter uma resolução para o maior motivo de sua ansiedade, propiciou-lhe, pelo menos, o conforto de contar sua história de sua própria maneira.

Após ouvir a descrição completa do Sr. Elliot, Anne não pôde deixar de expressar alguma surpresa com o fato de a Sra. Smith ter falado dele de forma tão favorável, no começo da conversa entre as duas. Parecera recomendar e elogiá-lo!

– Minha cara, – foi a resposta da Sra. Smith, – não havia mais nada que pudesse fazer. Estava certa de que iria se casar com ele, apesar de ele poder ainda não tê-la pedido, e estava tão impedida de falar a verdade sobre ele, quanto se ele já fosse seu marido. Meu coração sangrava por você, enquanto falava de felicidade; ainda assim, ele é sensato e agradável, e, com uma mulher como você, não era uma situação absolutamente desesperançosa. Ele foi muito cruel com sua primeira esposa, foram muito infelizes, juntos. Mas ela era ignorante e frívola demais para que ele a respeitasse, e nunca a amara. Estava disposta a esperar que você se sairia melhor.

Anne reconheceu uma mínima possibilidade de ter sido convencida a se casar com ele, o que foi o suficiente para fazê-la estremecer diante da ideia da infelicidade que teria se seguido. Havia uma pequena chance de ter sido persuadida por Lady Russell! Neste caso, quem dentre as duas teria ficado mais infeliz, quando o tempo mostrasse a verdade, tarde demais?

Era necessário que Lady Russell não fosse mais enganada, e um dos combinados resultantes desta conversa de tamanha importância, que ocupou-as pela maior parte da manhã, foi que Anne teria total liberdade para informar sua amiga sobre tudo relativo à Sra. Smith, que envolvesse a conduta do Sr. Elliot.

Capítulo 22

Anne foi para casa, refletir sobre tudo o que havia ouvido. Quanto a uma questão, seus sentimentos foram aliviados por tudo o que descobrira sobre o Sr. Elliot. Não se sentia obrigada a nutrir qualquer tipo de afeto por ele. Era o oposto do Capitão Wentworth, com toda a sua impertinência indesejada; e o mal que suas atenções causaram, na noite anterior, o desastre irremediável que poderia ter causado, foi examinado com sensações inomináveis e perplexas. Havia acabado toda a pena que sentira por ele. Mas este era o único ponto que lhe propiciava alívio. Sob todos os outros aspectos, ao olhar ao seu redor ou para o futuro, Anne enxergava mais coisas das quais desconfiar e para lhe causar apreensão. Preocupava-se com a decepção e a dor que Lady Russell sentiria, a humilhação de seu pai e irmã, e sofreu por antever muitos males, sem saber como impedir nenhum. Ficou muito grata por ela mesma saber a verdade sobre ele. Nunca pensara que tinha o direito a uma recompensa por não desprezar uma amiga antiga como a Sra. Smith, mas esta era uma verdadeira recompensa! A Sra. Smith pudera contar-lhe o que ninguém mais poderia. Será que o conhecimento poderia ser transmitido ao resto de sua família? Mas esta era uma ideia vã. Precisava falar com Lady Russell, contar a ela, consultá-la e, tendo feito o que podia, esperar pelo evento com tanta compostura quanto possível. Afinal, a fonte de sua maior descompostura seria o canto de sua mente que não poderia compartilhar com Lady Russell; aquele fluxo de ansiedades e medos seria responsabilidade sua.

Descobriu, ao chegar em casa, que havia conseguido escapar de ver o Sr. Elliot, conforme pretendera; ele havia aparecido e feito uma longa visita matinal. Porém, Anne mal acabara de se congratular e começar a se sentir segura, quando ficou sabendo que ele viria novamente à noite.

– Não tive a menor intenção de convidá-lo, – disse Elizabeth, fingindo não se importar, – mas ele fez tantas insinuações... pelo menos, é o que a Sra. Clay diz.

– Sim, digo, mesmo. Nunca vi alguém fazer tantas indiretas para ser convidado. Pobre homem! Fiquei com muita pena dele; pois sua irmã de coração duro, Srta. Anne, parece decidida a ser cruel.

– Oh! – exclamou Elizabeth. – Estou acostumada demais com esse jogo para ceder rapidamente às indiretas de um cavalheiro. Contudo, quando descobri como ele lamentava não ter visto papai esta manhã, cedi imediatamente, pois nunca poderia perder uma oportunidade de colocá-lo em companhia de Sir Walter. Ficam tão bonitos juntos, ambos se comportando de forma tão agradável, o Sr. Elliot admirando-o com tanto respeito.

– Muito encantador! – clamou a Sra. Clay, sem ousar, contudo, voltar o olhar em direção a Anne. – Exatamente como pai e filho! Minha cara Srta. Elliot, não posso dizer que parecem pai e filho?

– Oh, não desejo controlar a fala de ninguém. Se lhe ocorreu tal ideia! Mas asseguro-lhe que não reparo mais nas atenções dele do que nas de qualquer outro homem.

– Minha cara Srta. Elliot! – exclamou a Sra. Clay, elevando as mãos e o olhar, e afundando o resto de sua admiração em um silêncio conveniente.

– Bom, minha cara Penelope, não precisa ficar tão preocupada com ele. Acabei convidando-o, sabe. Despedi-me dele com sorrisos. Quando descobri que vai visitar seus amigos em Thornberry Park amanhã, o dia todo, tive compaixão dele.

Anne admirou a boa atuação da amiga de sua irmã, por ser capaz de demonstrar tamanho prazer com a chegada da pessoa cuja presença mais interferiria com seu objetivo principal. Era impossível que a Sra. Clay não odiasse a mera aparição do Sr. Elliot; ainda assim, conseguia assumir um semblante prestativo e plácido, e parecer bastante satisfeita com o fato de só poder dedicar metade de suas costumeiras atenções a Sir Walter.

Para Anne, foi muito difícil ver o Sr. Elliot entrar na sala, e bastante doloroso quando a abordou e falou com ela. Antes, pensava que ele não era totalmente sincero, mas agora via insinceridade em tudo. Sua deferência atenciosa a Sir Walter, contrastando com o linguajar que utilizara anteriormente, era odiosa; e quando Anne pensava em sua conduta cruel em relação à Sra. Smith, mal podia olhar para seus sorrisos e gentilezas, ou ouvir seus elogios artificiais.

Queria evitar qualquer alteração de seus modos, que pudesse provocar uma queixa por parte dele. Seu objetivo era escapar de quaisquer perguntas ou atenção, mas pretendia ser tão decididamente fria para com ele quanto pudesse ser compatível com seu parentesco, e desfazer, tão silenciosamente quanto possível, os poucos passos de desnecessária intimidade que havia sido convencida a dar. Agiu, deste modo, de forma mais reservada e fria do que agira na noite anterior.

O Sr. Elliot tentou despertar a curiosidade de Anne novamente, quanto a como e onde ele poderia ter ouvido elogios sobre ela, no passado; queria muito a lisonja de mais perguntas, mas o feitiço se quebrara. Descobriu que o calor e a animação de um lugar público eram necessários para acender a vaidade de sua modesta prima. Descobriu, pelo menos, que não conseguiria fazê-lo naquele momento, com qualquer medida que tentara em meio às demandas dos outros por sua atenção. Mal podia imaginar que este era um assunto, naquele exato momento, que atuava contra seus interesses, fazendo com que Anne pensasse imediatamente sobre todos os menos desculpáveis de seus atos.

Anne teve a pequena satisfação de descobrir que ele sairia mesmo da cidade no dia seguinte, logo cedo, e que ficaria fora por quase dois dias. Foi convidado para ir a Camden Place na mesma noite em que voltasse, mas de quinta-feira até a noite de sábado, sua ausência era certa. Era ruim o suficiente ter que conviver constantemente com alguém como a Sra. Clay, mas um hipócrita ainda maior fazer parte de sua convivência destruía toda a sua paz e conforto. Era tão humilhante refletir sobre o fato de seu pai e Elizabeth estarem sendo constantemente enganados, considerar as diversas fontes de aviltamento sendo preparadas para eles! O egoísmo da Sra. Clay não era tão complicado ou revoltante quanto isso, e Anne teria defendido seu casamento com Sir Walter imediatamente, com todos os males que ensejaria, só para se livrar das artimanhas que o Sr. Elliot utilizava para tentar impedi-lo.

Na manhã de sexta, pretendia ir logo cedo à casa de Lady Russell, e fazer a necessária comunicação. Teria ido logo depois do café-da-manhã, mas a Sra. Clay também estava de saída para cumprir alguma tarefa no lugar de sua irmã, o que fez com que Anne esperasse até estar livre de tal companheira. Portanto, deixou que a Sra. Clay saísse, bem antes de começar a falar sobre passar a manhã em Rivers Street.

– Muito bem, – disse Elizabeth, – não tenho nada a mandar, senão lembranças. Oh! Pode aproveitar e devolver aquele livro enfadonho que ela fez questão de me emprestar, e fingir que li inteiro. Não posso, de jeito nenhum, me incomodar com todos os novos poemas e ensaios que são publicados. Lady Russell é bastante entediante, com todas as suas novas publicações. Não precisa dizer isso a ela, mas achei horrível o vestido que usou há algumas noites. Costumava pensar que ela tinha um pouco de bom gosto para se vestir, mas fiquei com vergonha dela, no concerto. Havia algo tão formal e afetado em seus ares! E ela se senta tão ereta! Mande minhas carinhosas lembranças, é claro.

– E as minhas – acrescentou Sir Walter. – Meus votos de que se encontre bem. E pode dizer a ela que planejo visitá-la em breve. Mandar uma mensagem educada, mas só deixarei meu cartão. Visitas matutinas nunca são justas, para mulheres da idade dela, que se arrumam tão pouco. Se ao menos usasse ruge, não precisaria ter medo de ser vista; mas, da última vez que a visitei, percebi que baixou as persianas imediatamente.

Enquanto seu pai falava, houve uma batida na porta. Quem poderia ser? Anne, lembrando-se das visitas do Sr. Elliot a qualquer hora, teria esperado que fosse ele, se não soubesse que tinha um compromisso a onze quilômetros de distância. Após o costumeiro momento de suspense, os sons de alguém se aproximando foram ouvidos, e "o Sr. e a Sra. Charles Musgrove" foram conduzidos até a sala.

Surpresa foi a emoção mais forte despertada pela aparição dos dois, mas Anne ficou genuinamente contente em vê-los. Os outros não ficaram decepcionados a ponto de não conseguirem simular um ar de boas-vindas, e, assim que ficou claro que estes, seus parentes mais próximos, não haviam vindo com intenção de se hospedar naquela casa, Sir Walter e Elizabeth se tornaram mais cordiais e recebê-los muito bem. Haviam vindo a Bath por alguns dias, com a Sra. Musgrove, e estavam hospedados na estalagem White Hart. Até aí, ficou logo claro; mas até que Sir Walter e Elizabeth levaram Mary para a outra sala de estar, deleitando-se com a admiração dela, Anne não pôde pedir a Charles a história completa de sua vinda, ou uma explicação para algumas insinuações sorridentes de um propósito específico, que haviam sido ostensivamente feitas por Mary, assim como uma aparente confusão sobre quem fazia parte do grupo com o qual haviam viajado.

Descobriu, então, que faziam parte do grupo a Sra. Musgrove, Henrietta e o Capitão Harville, assim como eles dois. Charles lhe contou a história de forma muito simples e inteligível, com base na qual Anne identificou eventos bastante comuns. O plano se originara no desejo do Capitão Harville de vir a Bath a negócios. Começara a falar sobre isso uma semana antes, e, para ter algo para fazer, já que a temporada de caça terminara, Charles se propusera a vir com ele, e a Sra. Harville parecera gostar muito da ideia, como sendo vantajosa para seu marido. Mas Mary não aceitou ser deixada de fora, e expressou tanto sua infelicidade que, por um ou dois dias, tudo parecia estar sob suspense, ou terminado. Porém, os pais de Charles decidiram entrar no plano. Sua mãe tinha alguns velhos amigos em Bath, que gostaria de ver, e pensaram que seria uma boa oportunidade para Henrietta comprar seu enxoval, e o da irmã; em resumo, acabou sendo a viagem de sua mãe, de modo a tornar as coisas mais confortáveis e fáceis para o Capitão Harville, e ele e Mary foram incluídos para fins de conveniência. Haviam chegado tarde, na noite anterior. A Sra. Harville, seus filhos e o Capitão Benwick ficaram com o Sr. Musgrove e Louisa em Uppercross.

A única surpresa de Anne foi o fato de os preparativos já estarem tão adiantados, a ponto de se falar do enxoval de Henrietta. Havia imaginado existirem tamanhas dificuldades relativas a fortuna que impediriam que o casamento ocorresse logo; porém, ficou sabendo por Charles que, muito recentemente (depois da última carta de Mary), Charles Hayter recebera uma solicitação de um amigo, para ocupar um vicariato no lugar de uma criança, que não poderia reivindicá-lo ainda por muitos anos, e que, com sua renda atual e a quase certeza de algo mais permanente, muito antes do término do prazo em questão, as duas famílias haviam consentido com os desejos dos jovens, e seu casamento provavelmente ocorreria dentro de alguns meses, quase tão logo quanto o de Louisa.

– E é um ótimo vicariato, – acrescentou Charles, – só quarenta quilômetros de distância de Uppercross, e em um condado muito bonito: uma linda região de Dorset. No centro de algumas das melhores terras do reino, cercado por três grandes proprietários, um mais cuidadoso e cuidadoso do que o outro; e Charles pode conseguir uma recomendação especial com dois desses três. Não que ele dará o valor que devia – observou ele. – Charles é indiferente demais à caça. É sua pior qualidade.

– Fico muito feliz, de verdade, – exclamou Anne, – especialmente feliz, por isso ter acontecido. Ainda mais por serem duas irmãs, ambas igualmente merecedoras e que sempre foram grandes amigas, as perspectivas agradáveis de uma não diminuirão as da outra, e poderão ter a mesma prosperidade e o mesmo conforto. Espero que seus pais estejam muito felizes, em relação às duas.

– Oh, sim! Meu pai ficaria contente se os cavalheiros tivessem mais dinheiro, mas não tem outra reclamação a fazer. Dinheiro, sabe, ter que disponibilizar dinheiro – duas filhas ao mesmo tempo – não pode ser uma operação muito agradável, e faz com que ele economize em muitas outras coisas. Contudo, não quero dizer que elas não tenham esse direito. É correto que elas tenham os quinhões de filhas, e ele sempre foi um pai muito gentil e liberal comigo. Mary não gosta muito do noivo de Henrietta. Nunca gostou, sabe. Mas não é justa com ele, nem pensa sobre Winthrop. Não consigo fazê-la ver o valor da propriedade. É uma união bastante justa, nos tempos atuais; e sempre gostei de Charles Hayter, a vida toda, e não deixarei de gostar dele agora.

– Pais excelentes como o Sr. e a Sra. Musgrove – exclamou Anne – deveriam ficar felizes com os casamentos de seus filhos. Tenho certeza de que fazem tudo para lhes trazer felicidade. Que bênção para esses jovens, estar em tão boas mãos! Seus pais parecem ser totalmente livres de todos aqueles sentimentos ambiciosos que já levaram tantas pessoas a agir errado e à infelicidade, velhos e jovens. Pensa que Louisa já está completamente recuperada?

Ele respondeu com um pouco de hesitação:

– Sim, acredito que esteja; bem recuperada. Mas está mudada; deixou de correr e pular por aí, cantar ou dançar. Está bem diferente. Se alguém fecha uma porta com um pouco de força demais, ela leva um susto e treme como um pintinho n'água; e Benwick fica o dia todo ao seu lado, lendo versos ou sussurrando em seu ouvido.

Anne não pôde deixar de rir.

– Isso não pode ser muito do seu gosto, eu sei – disse ela. – Mas acredito que ele seja um jovem excelente.

– Certamente que é. Ninguém duvida disso, e espero que não pense que sou tacanho a ponto de querer que todos os homens tenham os mesmos objetivos e prazeres que eu. Valorizo muito Benwick; e quando conseguimos fazer com que fale, ele tem muito a dizer. Seu hábito da leitura não lhe fez mal, pois ele lutou, além de ler. É um sujeito corajoso. O conheci melhor na última segunda-feira do que jamais conhecera antes. Passamos a manhã inteira caçando ratos nos enormes celeiros do meu pai, e ele se saiu tão bem, que passei a gostar mais dele, desde então.

Nesta altura, foram interrompidos pela absoluta necessidade de Charles seguir os outros, para admirar espelhos e porcelanas; mas Anne já ouvira o suficiente para compreender a atual situação de Uppercross, e regozijar-se com sua felicidade. Apesar de suspirar, ao mesmo tempo em que regozijava-se, seus suspiros não tinham a malícia da inveja. Certamente que gostaria de ter as mesmas bênçãos que os outros, se pudesse, mas não queria diminuir as deles.

A visita transcorreu com muito bom humor. Mary estava com uma disposição excelente, adorando a diversão e a mudança de ares, e tão satisfeita com a viagem na carruagem da sogra, puxada por quatro cavalos, e com sua completa independência de Camden Place, que estava de humor perfeito para admirar tudo como deveria, e concordar prontamente com todas as qualidades da casa, conforme descritas. Não esperava nada do pai ou da irmã, e suas lindas salas de estar aumentavam sua própria importância.

Elizabeth sofreu bastante, por um curto espaço de tempo. Pensava que a Sra. Musgrove e todo o seu grupo precisavam ser convidados para jantar com eles, mas não suportava a ideia de que a diferença de estilo e a redução do número de criados, que seriam expostas por um jantar, fossem testemunhadas por pessoas que sempre haviam sido tão inferiores aos Elliot de Kellynch. Era uma briga entre a correção e a vaidade; mas a vaidade saiu ganhando, e então Elizabeth ficou feliz novamente. Estas eram suas persuasões internas: "Noções antiquadas; hospitalidade campestre; não costumamos dar jantares; poucas pessoas em Bath dão; Lady Alicia nunca dá; não convidou nem mesmo a família da irmã, apesar de terem passado um mês aqui; e ouso dizer que seria muito inconveniente para a Sra. Musgrove, um verdadeiro transtorno para seus planos. Tenho certeza de que ela preferiria não vir; não poderia se sentir à vontade conosco. Os convidarei para fazer uma visita à noite; será muito melhor. Será algo novo e divertido. Nunca viram salas como estas, antes. Ficarão contentes em vir amanhã à noite. Será uma reunião normal, pequena, mas das mais elegantes". E isso a satisfez. Quando o convite foi feito às duas visitas, e prometido para os ausentes, Mary ficou completamente satisfeita. Pediram que viesse especificamente para conhecer o Sr. Elliot, e ser apresentada a Lady Dalrymple e à Srta. Carteret, que, felizmente, já haviam sido convidadas; e Mary não poderia ter sido alvo de uma consideração mais gratificante. A Srta. Elliot teria a honra de visitar a Sra. Musgrove durante aquela manhã, e Anne saiu com Charles e Mary, para fazer uma visita a ela e a Henrietta imediatamente.

Seu plano de se encontrar com Lady Russell precisaria ser adiado. Os três a visitaram em Rivers Street, por alguns minutos, mas Anne convenceu-se de que atrasar a comunicação pretendida por um dia não teria importância, e apressou-se em direção à estalagem White Hart, para rever os amigos e companheiros do outono passado, com uma boa-vontade ávida que muitas associações contribuíram para formar.

Encontraram a Sra. Musgrove e sua filha lá dentro e sozinhas, e Anne recebeu as boas-vindas mais gentis por parte de ambas. Henrietta estava naquele estado de perspectivas recém-melhoradas e felicidade recém-formada que a enchia de consideração e interesse por todas as pessoas de quem já gostava antes; e Anne havia conquistado o verdadeiro afeto da Sra. Musgrove por ter sido tão útil a sua família em tempos de necessidade. Eram tamanha cordialidade, afabilidade e sinceridade que faziam com que Anne as apreciasse ainda mais, devido à falta de tais bênçãos em seu próprio lar. Pediram que passasse tanto tempo quando pudesse com eles, a convidaram para aparecer todo dia, e ficar o dia todo; na verdade, a trataram como parte da família e, em retribuição, ela deixou-se levar naturalmente por seu costumeiro modo de agir, atencioso e prestativo. Quando Charles as deixou sozinhas, Anne ouvia a Sra. Musgrove contar a história de Louisa e Henrietta a sua própria, dando opiniões sobre os assuntos e recomendações de lojas, com intervalos em que dava a Mary toda a ajuda que esta lhe pedia, que incluíam ajeitar seu laço, fazer contas, achar suas chaves e organizar seus badulaques, além de tentar convencê-la de que não estava sendo maltratada por ninguém, o que Mary não podia deixar de imaginar ocasionalmente, apesar de estar tão entretida quanto poderia desejar, sentada perto da janela, observando a entrada do Salão das Bombas[4].

Era de se esperar que fosse uma manhã de absoluta confusão. Um grupo grande em um hotel garantia cenas agitadas e que mudavam rapidamente. Em cinco minutos chegava um bilhete, nos próximos cinco, um pacote; e não fazia meia hora que Anne estava lá, quando a sala de jantar, por mais espaçosa que fosse, parecia ocupada mais do que pela metade. Um grupo de amigos antigos estavam sentados ao redor da Sra. Musgrove, e Charles voltou com os Capitães Harville e Wentworth. A aparição deste último causou surpresa apenas momentânea. Era impossível para ela esquecer que a chegada de amigos em comum logo faria com que se encontrassem novamente. Seu último encontro havia sido extremamente importante para a elucidação dos sentimentos dele, e Anne retirara disso uma deliciosa convicção; mas temia, pela expressão dele, que a mesma infeliz persuasão que o fizera sair apressado da sala de concertos ainda prevalecia. Não parecia querer chegar perto o suficiente dela para conversarem.

Tentou ficar calma, e deixar que as coisas tomassem seu próprio curso, concentrando-se no seguinte argumento racional: "Certamente que se houver uma constância de afeto de ambos os lados, nossos corações se entenderão logo. Não somos crianças, para sermos capciosamente irritáveis, enganados pela surpresa de cada momento, brincando arbitraria-

[4] N. da T.: Prédio histórico de Bath, onde os visitantes bebiam as águas com propriedades medicinais; também usado como ponto de encontro pelos turistas de alta posição social.

mente com nossa própria felicidade". Ainda assim, alguns minutos depois, sentia que estarem juntos, sob as atuais circunstâncias, só os exporia às inadvertências e interpretações errôneas, do mais pernicioso tipo.

– Anne, – exclamou Mary, ainda perto da janela, – ali está a Sra. Clay, tenho certeza, parada debaixo da colunata, e em companhia de um cavalheiro. Os vi virar a esquina de Bath Street logo agora. Parecem absortos pela conversa. Quem é ele? Venha e me diga. Deus do céu! Me lembrei. É o Sr. Elliot em pessoa.

– Não, – disse Anne, rapidamente, – não pode ser o Sr. Elliot, asseguro-lhe. Ele saiu de Bath às nove horas de hoje, e não volta até amanhã.

Enquanto falava, sentia que o Capitão Wentworth a olhava, e esta consciência a aborrecia e embaraçava, fazendo-a se arrepender do que dissera, por mais simples que fosse.

Mary, ressentindo-se da suposição de que não reconheceria seu próprio primo, começou a falar acaloradamente sobre as feições da família, argumentando, com ainda mais vigor, que era o Sr. Elliot e chamando Anne novamente para vir ver por si mesma, mas Anne não quis se mexer, e tentou se comportar de forma calma e despreocupada. Seu aborrecimento voltou, contudo, ao perceber sorrisos e olhares cheios de significado entre duas ou três visitantes, como se acreditassem estar a par do segredo. Era evidente que a história que a envolvia havia se espalhado, e uma curta pausa se seguiu, que parecia garantir que agora se espalharia ainda mais.

– Venha, Anne – gritou Mary, – venha ver por si mesma. Será tarde demais, se não se apressar. Eles estão se despedindo; estão apertando as mãos. Ele está se virando para ir embora. Não reconhecer o Sr. Elliot, até parece! Você parece ter esquecido tudo o que se passou em Lyme.

Para pacificar Mary, e talvez esconder seu próprio embaraço, Anne andou silenciosamente até a janela. Chegou logo a tempo de averiguar que era, mesmo, o Sr. Elliot, no que não acreditara até então, antes dele desaparecer para um lado, enquanto a Sra. Clay andava rapidamente para o outro. Controlando a surpresa que não pôde deixar de sentir mediante tal aparência de conferência amigável entre duas pessoas com interesses diametralmente opostos, disse, calmamente:

– Sim, é o Sr. Elliot, certamente. Mudou o horário de sua partida, suponho, é só. Ou talvez eu esteja enganada, não me recordo. – E voltou para sua cadeira, recomposta e com a confortável esperança de ter se saído muito bem.

Os visitantes se despediram, e Charles, após acompanhá-los educadamente até a saída, ter feito careta na direção deles e reclamado do fato de terem vindo, disse:

– Bem, mamãe, fiz algo por você, de que irá gostar. Fui até o teatro e reservei um camarote para amanhã à noite. Não sou um bom filho? Sei que ama peças, e haverá lugar para todos nós. Cabem nove pessoas. Já convidei o Capitão Wentworth. Anne não ficará triste em se juntar a nós, tenho certeza. Todos gostamos de uma peça. Não fiz bem, mamãe?

A Sra. Musgrove começava a expressar, de bom humor, sua perfeita disposição para assistir à peça, se Henrietta e todos os outros quisessem, quando Mary interrompeu-a ansiosamente, exclamando:

– Deus do céu, Charles! Como pôde pensar em tal coisa? Reservar um camarote para amanhã à noite! Esqueceu que nos comprometemos a ir a Camden Place, amanhã à noite? E que fomos convidados especificamente para conhecermos Lady Dalrymple e sua filha, assim como o Sr. Elliot, e todos os principais parentes da família, propositalmente para sermos apresentados a eles? Como pôde ser tão esquecido?

– Ora bolas! – respondeu Charles. Que importância tem uma reunião noturna? Nunca é digna de se lembrar. Seu pai poderia ter nos convidado para jantar, penso eu, se quisesse mesmo nos ver. Pode fazer o que quiser, mas eu irei à peça.

– Oh, Charles, afirmo que será abominável se fizer isso, mesmo, quando prometeu ir.

– Não, não prometi. Só dei um sorrisinho e fiz uma reverência, e disse a palavra "feliz". Não houve promessa.

– Mas precisa ir, Charles. Seria imperdoável faltarmos. Fomos convidados justamente para sermos apresentados. Sempre houve um grande relacionamento entre os Dalrymple e nossa família. Nunca aconteceu algo, em uma família, que não fosse anunciado imediatamente. Somos parentes bem próximos, sabe; e o Sr. Elliot, também, quem você deveria especialmente conhecer! Devemos a maior consideração ao Sr. Elliot. Pense, ele é o herdeiro de meu pai, o futuro representante da família.

– Não fale comigo sobre herdeiros e representantes, – exclamou Charles, – não sou do tipo que negligencia o governo estabelecido em benefício de outros. Se não vou por seu pai, seria escandaloso ir pelo herdeiro dele. Que importância tem o Sr. Elliot para mim?

Esta expressão de desdém agradou Anne imensamente. Viu que o Capitão Wentworth prestava a maior atenção, observando e ouvindo com toda a sua alma, e que as últimas palavras fizeram com que desviasse seu olhar curioso de Charles para ela.

Charles e Mary continuavam discutindo no mesmo estilo; ele, meio sério e meio brincalhão, insistindo nos planos de ir ao teatro, e ela, invariavelmente séria, se opondo a eles acaloradamente, sem deixar de declarar que, apesar de estar determinada a ir a Camden Place sozinha, se sentiria extremamente maltratada se eles fossem à peça sem ela. A Sra. Musgrove interviu:

– É melhor adiarmos. Charles, é muito melhor você voltar e trocar a reserva para a terça-feira. Seria uma pena nos separarmos, e também teríamos que ir sem a Srta. Anne, se vai haver uma reunião na casa do pai dela. E tenho certeza de que nem Henrietta, nem eu mesma, aproveitaríamos a peça, se a Srta. Anne não pudesse ir conosco.

Anne sentiu-se verdadeiramente agradecida a ela, por tamanha generosidade, e também pela oportunidade que lhe propiciou, de dizer, de forma decidida:

– Se dependesse somente de meus próprios desejos, senhora, a reunião em casa (exceto por causa de Mary) não seria o menor impedimento. Não gosto nem um pouco daquele tipo de encontro, e trocaria por uma peça de muito bom grado, ainda mais com vocês. Mas talvez fosse melhor nem tentar.

Pronto, falara; mas estava tremendo, ao terminar, consciente de que suas palavras haviam sido ouvidas, e não ousando nem mesmo tentar observar o efeito das mesmas.

Ficou logo acordado entre todos que terça-feira seria o dia, com Charles insistindo em provocar a esposa, declarando que iria à peça no dia seguinte, ainda que ninguém mais fosse.

O Capitão Wentworth levantou-se da cadeira e andou em direção à lareira, provavelmente com a intenção de se afastar da mesma logo depois, e posicionar-se, de forma menos óbvia, ao lado de Anne.

– Não está em Bath há tempo suficiente – disse ele – para ter aproveitado as reuniões noturnas do lugar.

– Oh, não! A natureza costumeira das festas não me atrai. Não sou de jogar cartas.

– Não costumava ser, eu sei. Não costumava gostar de cartas; mas o tempo traz muitas mudanças.

– Não mudei tanto assim – exclamou Anne, e parou, temendo algum tipo de interpretação errônea, sem nem mesmo saber qual. Após aguardar alguns momentos, ele disse, como se fosse o resultado de um sentimento imediato:

– É um intervalo e tanto! Oito anos é meio é um belo intervalo.

Se ele continuaria a falar ou não, ficou a cargo da imaginação de Anne, em um momento mais calmo, pois enquanto ainda absorvia as palavras ditas por ele, foi desviada para outros assuntos por Henrietta, ávida por aproveitar o tempo livre para dar um passeio e insistindo para que suas companheiras não perdessem tempo, antes que outra pessoa chegasse.

Foram obrigados a sair. Anne disse que estava perfeitamente pronta, e tentou parecer que estava, mesmo, mas pensava que se Henrietta pudesse conhecer o pesar e a relutância em seu coração, ao se levantar daquela cadeira e se preparar para sair da sala, teria sentido pena dela, pensando em tudo o que ela mesma sentia por seu primo e sua certeza de que ele a amava.

Seus preparativos, contudo, foram interrompidos. Sons alarmantes foram ouvidos; outros visitantes se aproximavam, e a porta foi aberta para Sir Walter e a Srta. Elliot, cuja entrada parecia ter feito uma sensação de frio se abater sobre todos. Anne sentiu uma opressão instantânea, e via sintomas idênticos por onde olhasse. O conforto, a liberdade e a alegria da sala estavam acabados, sufocados em compostura distante, silêncio determinado ou conversas insípidas, para combinar com a elegância de seu pai e sua irmã. Que humilhante era perceber isso!

Seu olhar ciumento teve um motivo para se alegrar. Ambos tomaram conhecimento novamente do Capitão Wentworth, Elizabeth de forma ainda mais graciosa do que antes. Até mesmo se dirigiu a ele, uma vez, e olhou para ele mais de uma. Na verdade, Elizabeth estava planejando algo importante. O que aconteceu depois explicou seu comportamento. Após desperdiçar alguns minutos com as costumeiras conversas corteses, começou a fazer o convite que deveria compensar tudo o que devia à família Musgrove.

– Amanhã à noite, para conhecer alguns amigos; sem formalidades.

Tudo foi dito muito graciosamente, e os cartões que trouxera, com a inscrição "Srta. Elliot disponível", foram colocados sobre a mesa, com um sorriso cortês e que abarcava a todos, e um sorriso e um cartão adicionais para o Capitão Wentworth. A verdade era que Elizabeth estava em Bath há tempo o suficiente para compreender a importância de um homem com os modos e a aparência dele. O passado não era nada. O presente era que o Capitão Wentworth ficaria muito bem, passeando por sua sala de estar. O cartão foi entregue de forma incisiva, e Sir Walter e Elizabeth desapareceram.

A interrupção foi curta, apesar de severa, e a tranquilidade e a animação voltaram para a maioria dos outros, quando a porta se fechou atrás dos dois, mas não para Anne. Só conseguia pensar, atônita, sobre o convite que presenciara, e o modo como este havia sido recebido: um modo de significado duvidoso, de surpresa, ao invés de gratidão, de reconhecimento educado, ao invés de aceitação. Ela o conhecia: viu desdém em seu olhar, e não ousava acreditar que tinha decidido aceitar tal oferta como reparação por toda a insolência do passado. O humor de Anne se abateu. Ele segurava o cartão na mão, após a saída deles, como se estivesse considerando profundamente.

– Imagine só, Elizabeth incluiu todos! – sussurrou Mary, de forma bastante audível. – Não me surpreende o Capitão Wentworth estar aprazido! Vê que não larga o cartão.

Anne encontrou o olhar dele, viu seu rosto corar e sua boca formar uma momentânea expressão de desprezo; então, se virou, para que não pudesse ver, nem ouvir, mais nada que a aborrecesse.

O grupo se separou. Os cavalheiros tinham seus próprios compromissos, as damas foram cuidar de seus próprios assuntos, e eles não se encontraram mais, por todo o tempo que Anne ficou em companhia delas. Insistiram para que voltasse para jantar e passar o resto do dia com elas, mas seu ânimo havia sido testado por tanto tempo que, naquele momento, sentia-se incapaz de fazer mais esforços, e só queria ir para casa, onde poderia ficar em silêncio por tanto tempo quanto quisesse.

Prometendo passar a manhã do dia seguinte inteira com elas, completou o cansaço do dia com uma caminhada fatigante até Camden Place, para passar maior parte da noite lá, ouvindo os preparativos de Elizabeth e da Sra. Clay para a reunião do dia seguinte, a frequente enumeração dos convidados e os detalhes de todos os enfeites que fariam com que fosse o encontro mais completamente elegante de seu tipo em Bath, ao mesmo tempo em que perturbava a si mesma com a questão irrespondível: o Capitão Wentworth viria ou não? Estavam contando com a presença dele, mas para Anne, era uma inquietação que a consumia e na qual não conseguia parar de pensar por mais de cinco minutos. No geral, pensava que ele iria, porque achava que ele deveria; mas era um caso para o qual não conseguia formar uma ideia certa de qualquer ato de dever ou arbítrio, de forma a desafiar as sugestões de seus sentimentos conflitantes.

Só despertou de tais reflexões agitadas para dizer à Sra. Clay que a havia visto com o Sr. Elliot três horas depois da suposta partida dele, pois esperara em vão que a própria senhora mencionasse o encontro. Decidira, então, mencionar e pareceu-lhe ter visto uma expressão de culpa no rosto da Sra. Clay, enquanto a ouvia falar. Foi transiente, e passou em um instante, mas Anne imaginou ter lido em seu rosto a consciência de ter sido, por alguma complicação resultante dos artifícios de ambos, ou alguma autoridade dominadora da parte dele, obrigada a ouvir (por quase meia hora) os discursos e restrições dele quanto a seus planos para Sir Walter. Ela exclamou, contudo, com uma imitação tolerável de um tom de voz natural:

– Oh, céus! É verdade. Imagine só, Srta. Elliot, para minha grande surpresa, encontrei o Sr. Elliot em Bath Street. Nunca ficara tão surpresa antes. Ele se virou e caminhou comigo até o pátio na frente da Sala das Bombas. Algo o impedira de partir para Thornberry, mas não me lembro o que, pois estava apressada e não pude dar muita atenção a ele. Só posso afirmar que estava decidido a não atrasar sua volta. Queria saber qual seria o horário mais cedo que poderia ser recebido aqui, amanhã. Só falava em "amanhã", e está muito evidente que eu mesma só penso nisso, também, desde que entrei em casa e fiquei sabendo da extensão de seu plano e de tudo o que aconteceu, senão não teria esquecido tão completamente de tê-lo encontrado.

Capítulo 23

Só um dia havia se passado desde a conversa de Anne com a Sra. Smith, mas algo mais interessante sucedera, e agora ela se importava tão pouco com a conduta do Sr. Elliot, exceto seus efeitos sobre um determinado assunto, que foi uma decisão natural, na manhã seguinte, adiar novamente a visita explicativa a Lady Russell. Havia prometido ficar com os Musgrove do café até o jantar. Se comprometera, e o caráter do Sr. Elliot, assim como a cabeça da sultana Sherazade, viveria mais um dia.

Não conseguiu ser pontual, contudo; o tempo não estava favorável, e Anne lamentou estar chovendo, por conta de seus amigos e de si mesma, antes de ousar sair de casa. Quando chegou ao White Hart e subiu aos aposentos corretos, descobriu que não havia chegado na hora, tampouco era a primeira a chegar. O grupo à sua frente era composto pela Sra. Musgrove, que conversava com a Sra. Croft, e o Capitão Harville, que falava com o Capitão Wentworth, e imediatamente ficou sabendo que Mary e Henrietta, impacientes demais para esperar, haviam saído no minuto em que a chuva parara, mas voltariam logo, e tinham deixado instruções rigorosas com a Sra. Musgrove, para mantê-la lá até que voltassem. A Anne só restava obedecer, sentar-se, aparentar calma e sentir novamente toda a agitação pelas quais pensara que iria passar só um pouco, antes que a manhã terminasse. Não houve atraso, nem perda de tempo. Mergulhou profundamente na felicidade de tal tristeza, ou na tristeza de tal felicidade, imediatamente. Dois minutos após entrar na sala, o Capitão Wentworth disse:

– Escreveremos a carta da qual falávamos, Harville, agora mesmo, se me der os materiais.

Os materiais estavam à mão, em uma mesa ao lado; ele andou até lá e, dando as costas a todos quase que completamente, ficou absorto pela escrita.

A Sra. Musgrove contava à Sra. Croft a história do noivado de sua filha mais velha, naquele tom de voz inconveniente que é perfeitamente audível, enquanto finge ser um sussurro. Anne sentia que não fazia parte da conversa, mas como o Capitão Harville parecia pensativo e indisposto a conversar, não pôde deixar de ouvir diversos detalhes indesejados, como: "o Sr. Musgrove e meu irmão Hayter se encontraram novamente, para discutir o assunto; o que meu irmão Hayter disse um dia, e o que o Sr. Musgrove propôs que fizessem, no outro dia, e o que aconteceu com minha cunhada Hayter, e o que os jovens pediram, e o que eu disse, logo de início, que jamais permitiria, mas depois fui persuadida a pensar que daria muito certo", e muito mais do mesmo tipo de comunicação franca, detalhes que, mesmo se ditos de forma elegante e delicada, o que a Sra. Musgrove não podia fazer, só podiam ser interessantes para os envolvidos. A Sra. Croft ouvia tudo com muito bom humor e, sempre que falava alguma coisa, o fazia com muita sensatez. Anne esperava que os cavalheiros estivessem ocupados demais com seus próprios assuntos para ouvir a conversa.

– Então, senhora, considerando-se tudo isso, – dizia a Sra. Musgrove, em um sussurro alto, – apesar de termos desejado que as coisas fossem diferentes, ainda assim não achamos justo esperar mais, pois Charles Hayter estava ansiosíssimo por isso, e Henrietta quase tanto quanto ele. Deste modo, pensamos que seria melhor que se casassem imediatamente, e fizessem o melhor que pudessem, como muitos outros casais fizeram antes deles. De qualquer forma, disse eu, será melhor do que um noivado longo.

– Era exatamente o que eu ia observar – exclamou a Sra. Croft. – Prefiro que os jovens se estabeleçam juntos, com uma pequena renda, logo que puderem, e tenham que lidar com algumas dificuldades juntos, do que se envolverem em um noivado longo. Sempre pensei que nenhuma...

– Oh! Minha cara Sra. Croft, – bradou a Sra. Musgrove, incapaz de deixá-la terminar de falar, – não há nada que eu abomine mais para os jovens do que um noivado longo. Sempre objetei a isso para meus filhos. Tudo bem os jovens noivarem, eu costumava dizer, se houver uma certeza de que poderão se casar em seis meses, ou até mesmo doze; mas um noivado longo...

– Sim, minha cara senhora, – disse a Sra. Croft, – ou um noivado incerto, que possa ser longo. Começar sem saber em que momento terão possibilidade de se casar penso ser muito inseguro e desaconselhável, e que todos os pais deveriam impedir, se pudessem.

Anne descobriu um interesse inesperado pelo assunto. Sentiu a aplicação do que diziam a si mesma, com um arrepio nervoso perpassando seu corpo. E, no mesmo momento que seus olhos instintivamente se voltaram para a mesa distante, a pena do Capitão Wentworth parou de se mexer; levantou a cabeça, pausando, ouvindo, e virou-se, no instante seguinte, para lançar a ela um olhar, um olhar rápido e consciente.

As duas damas continuaram a conversar, repetindo as mesmas afirmações com as quais já concordaram e reforçando-as com exemplos dos efeitos nocivos da prática desaconselhável que discutiam, mas Anne não escutou nada direito; era só um burburinho de palavras em seu ouvido, sua mente estava em turbilhão.

O Capitão Harville, que não ouvira nada, levantou-se de sua poltrona e andou até uma janela, e Anne parecia observá-lo, apesar de estar meramente distraída; porém, gradualmente percebeu que ele a convidava para juntar-se a ele. Olhou para ela com um sorriso no rosto e um pequeno movimento de cabeça, que dizia: "Venha até aqui, tenho algo a dizer", e seus modos simples, tranquilos e gentis, que demonstravam os sentimentos de um amigo mais antigo do que ele realmente era, reforçaram o convite. Anne forçou-se a despertar e foi até ele. A janela perto da qual ele estava parado ficava do lado oposto àquele em que as duas damas estavam, e, apesar de estar mais perto da mesa em que se encontrava o Capitão Wentworth, não era muito próxima. Quando Anne chegou até o Capitão Harville, seu rosto assumiu novamente a expressão séria e pensativa, que parecia ser seu estado natural.

– Olhe aqui, – disse ele, desembrulhando um pacote em sua mão e mostrando a ela uma pintura em miniatura, – sabe quem é este?

– Certamente: o Capitão Benwick.

– Sim, e pode adivinhar para quem será dado. Contudo, – disse ele, em um tom grave, – não foi feito para ela. Srta. Elliot, lembra-se de nosso passeio em Lyme, quando lamentamos a situação dele? Mal podia imaginar, naquela ocasião... mas não importa. Esta pintura foi feita no Cabo. Lá, ele conheceu um artista alemão muito talentoso e, cumprindo uma promessa que fizera à minha pobre irmã, posou para ele e estava trazendo a miniatura para dar a ela. E agora tenho a incumbência de fazer com que chegue às mãos de outra! Foi um pedido que fez a mim! Mas quem mais ele haveria de usar? Espero poder fazer as concessões que merece. Não lamento, de verdade, transferir a tarefa a outra pessoa. Ele se ofereceu, – disse ele, olhando para o Capitão Wentworth, – está escrevendo sobre isso agora mesmo. – E, com os lábios tremendo, desistiu de se controlar, acrescentando: – Pobre Fanny! Ela não o teria esquecido tão rapidamente.

– Não – respondeu Anne, em um tom baixo e carregado de emoção. – Nisso posso facilmente acreditar.

– Não era da natureza dela. Era devotada a ele.

– Não é da natureza de nenhuma mulher que ame de verdade.

O Capitão Harville sorriu, dizendo:

– Reivindica isso para seu sexo?

Ela respondeu, também sorrindo:

– Sim. Certamente que não esquecemos vocês com tanta rapidez quanto vocês nos esquecem. É, talvez, nosso destino, ao invés de nosso mérito. Não podemos evitar. Vivemos em nossos lares, quietas, confinadas, e nossos sentimentos nos consomem. Vocês são forçados a se engajar em outras atividades. Sempre têm uma profissão, passatempos, negócios de um tipo ou de outro, para fazer com que saiam para o mundo imediatamente, e ocupação contínua e mudanças logo enfraquecem as impressões.

– Partindo do princípio que sua afirmação é verdadeira, e que o mundo causa, mesmo, tudo isso nos homens com tanta rapidez (com o que, contudo, creio que não concordo), isso não se aplica a Benwick. Ele não foi forçado a participar de qualquer atividade. A declaração de paz o fez voltar para a terra firme logo naquele momento, e tem vivido conosco, em nosso pequeno círculo familiar, desde então.

– Verdade, – disse Anne, – isso é bem verdade, não me lembrava. Mas o que diremos agora, Capitão Harville? Se a mudança não partir das circunstâncias externas, deve ter vindo de dentro; deve ser a natureza, a natureza masculina, que operou sobre o Capitão Benwick.

– Não, não, não é a natureza masculina. Não concordarei que seja mais natural para um homem do que para uma mulher ser inconstante e esquecer aqueles que amam ou amaram. Acredito que seja o oposto. Acredito em uma verdadeira analogia entre nossas estruturas físicas e mentais e, como nossos corpos são mais fortes, também o são nossos sentimentos; capazes de aguentar mais provações e superar as intempéries mais pesadas.

– Seus sentimentos podem ser os mais fortes, – respondeu Anne, – mas a mesma analogia me permitirá afirmar que os nossos são os mais tenros. O homem é mais robusto do que a mulher, mas não é o que vive por mais tempo, o que explica perfeitamente minha opinião sobre a natureza de seus afetos. Não, seria difícil demais para vocês, se fosse o contrário. Vocês têm dificuldades, provações e perigos o suficiente com os quais lidar. Estão sempre trabalhando e se esforçando, expostos a todos os tipos de risco e sofrimento. Têm que abandonar o lar, a pátria, os amigos. Não podem dispor livremente de seu tempo, sua saúde e sua vida. Seria difícil, mesmo, – completou ela, com a voz trêmula, – se os sentimentos de uma mulher fossem acrescentados a tudo isso.

– Nunca concordaremos neste ponto – o Capitão Harville começava a dizer, quando um ligeiro barulho chamou a atenção deles para o canto, até então perfeitamente silencioso, da sala ocupado pelo Capitão Wentworth. Ele havia apenas derrubado sua pena, mas Anne ficou surpresa ao vê-lo mais perto do que imaginara, e começava a suspeitar que só havia derrubado a pena porque estava concentrado na conversa deles, tentando entender as palavras, mas Anne não acreditava que conseguira.

– Terminou sua carta? – perguntou o Capitão Harville.

– Ainda não, faltam algumas linhas. Terminarei em cinco minutos.

– Não tenho pressa. Estarei pronto quando você estiver. Estou muito bem ancorado, aqui, – disse ele, sorrindo para Anne, – bem abastecido, e não preciso de nada. Não estou com nenhuma pressa de partir. Bem, Srta. Elliot, – continuou ele, abaixando o tom de voz, – como eu dizia, suponho que nunca concordaremos quanto a esta questão. Nunca haveria concordância entre um homem e uma mulher, provavelmente. Mas deixe-me observar que todas as histórias estão contra você: toda prosa e todo verso. Se eu tivesse a memória de Benwick, poderia fornecer cinquenta citações que embasem meu argumento agora mesmo, e não creio ter aberto um único livro que não tenha algo a dizer sobre a inconstância de uma mulher. Canções e provérbios, todos eles falam sobre a volubilidade das mulheres. Mas talvez vá me dizer que todos foram escritos por um homem.

– Talvez eu o diga. Sim, sim, por favor, sem referência a exemplos de livros. Homens têm toda a vantagem sobre nós, no que tange a contar a própria história. A educação deles é infinitamente superior à nossa; a pena está em suas mãos. Não permitirei que os livros provem nada.

– Mas como provaremos alguma coisa, então?

– Nunca provaremos. Não podemos esperar provar nada, quanto a este ponto. É uma diferença de opinião que não admite provas. Cada um de nós provavelmente já começa pendendo um pouco para o nosso próprio sexo, e com base nisso construímos todas as circunstâncias a favor do que ocorreu dentro de nosso próprio círculo; e muitas dessas circunstâncias (talvez justamente aqueles casos que nos afetaram mais) podem ser exatamente aqueles que não possam ser mencionados sem trair um segredo ou dizer o que não deveria ser dito.

– Ah! – exclamou o Capitão Harville, em um tom de forte emoção. – Se ao menos pudesse fazê-la compreender o que um homem sofre, quando olha para a esposa e os filhos pela última vez, e observa o barquinho que os leva para longe, até o perder de vista, e depois se vira e diz: "só Deus sabe se nos veremos novamente!". E então, se eu pudesse explicar a alegria de sua alma quando os vê novamente; quando, ao voltar depois de uma ausência de doze meses, talvez, é obrigado a atracar em outro porto, começa a calcular quanto tempo levaria para trazer a família até lá, tentando enganar a si mesmo e dizendo: "Não conseguem chegar aqui antes do dia tal", mas o tempo todo esperando a chegada deles doze horas mais cedo, e finalmente os vendo chegar, como se os céus lhe houvessem dado asas, muitas horas mais cedo! Se pudesse explicar tudo isso, e tudo o que um homem aguenta e faz, e faz de bom grado, pelo bem desses tesouros de sua existência! Falo, é claro, somente dos homens que têm corações! – terminou, colocando a mão sobre o seu, com emoção.

– Oh! – disse Anne, avidamente. – Espero fazer justiça a tudo o que o senhor e os seus sentem. Deus me livre de não dar o valor adequado aos sentimentos amorosos e fieis de qualquer ser humano! Seria merecedora do mais absoluto desprezo, se ousasse supor que verdadeiro afeto e constância são exclusivos das mulheres. Não, acredito que vocês sejam capazes de tudo o que há de bom e correto, em suas vidas de casados. Acredito que sejam capazes de fazer todos os esforços que importam, e suportar todos os problemas domésticos, contanto que – se é que me permite a expressão – contanto que tenham um objetivo. Quero dizer, enquanto as mulheres que amam vivem, e vivem para vocês. Todo o privilégio que reivindico para meu próprio sexo (e não é um muito invejável; não há necessidade de cobiçá-lo) é o de amar por mais tempo, quando a existência ou a esperança já se foram.

Anne não teria conseguido externar outra frase; seu coração estava cheio demais, seu peito oprimido.

– A senhorita é uma alma nobre – exclamou o Capitão Harville, colocando a mão sobre seu braço, de forma afetuosa. – Não há como brigar com a senhorita. Quando penso em Benwick, não posso falar mais nada.

A atenção deles foi despertada pelos outros. A Sra. Croft estava de saída.

– Agora, Frederick, nos despedimos, creio eu – disse ela. – Estou indo para casa, e você tem um compromisso com seu amigo. Hoje à noite, podemos ter o prazer de nos encontrarmos todos em sua festa – continuou ela, virando-se para Anne. – Recebemos o cartão de sua irmã ontem, e fiquei sabendo que Frederick também recebera um, apesar de não tê-lo visto; e está livre, Frederick, não está, assim como nós?

O Capitão Wentworth estava dobrando uma carta apressadamente, e não pôde, ou não quis, responder direito.

– Sim, – disse ele, – é bem verdade; aqui nos separamos, mas Harville e eu logo a seguiremos; quer dizer, Harville, se estiver pronto, estarei em meio minuto. Sei que gostará de se colocar a caminho. Estarei à sua disposição dentro de meio minuto.

A Sra. Croft partiu, e o Capitão Wentworth, tendo selado sua carta com grande rapidez, ficou, mesmo, pronto, e tinha um ar apressado e agitado, que demonstrava sua impaciência para partir. Anne não sabia como interpretar. Ouviu o gentil "Bom dia, Deus te abençoe!" do Capitão Harville, mas dele, nem uma única palavra, nem um olhar! Saiu da sala sem nem lhe lançar um olhar!

Contudo, Anne só teve tempo de se aproximar da mesa onde ele estivera escrevendo, antes que ouvisse passos retornando; a porta se abriu, e era ele próprio. Desculpou-se, dizendo que esquecera as luvas, e, imediatamente cruzando a sala em direção à escrivaninha, tirou uma carta debaixo dos papeis espalhados, colocou-a na frente de Anne com um olhar suplicante fixo em seu rosto por alguns segundos e, pegando suas luvas apressadamente, saiu novamente da sala, quase antes de a Sra. Musgrove tomar conhecimento de sua presença; tudo se passou em um instante!

O turbilhão que um instante causara em Anne mal pode ser expressado. A carta, endereçada de forma quase ilegível para "Srta. A. E.", era evidentemente aquela que ele dobrara com tanta pressa. Enquanto supunham que estava escrevendo só para o Capitão Benwick, também estivera se dirigindo a ela! Tudo o que a vida poderia fazer por ela dependia do conteúdo daquela carta. Tudo era possível, tudo poderia ser suportado, exceto o suspense. A Sra. Musgrove estava ocupada com suas próprias tarefas, em outra mesa; Anne teria que confiar que isso a protegeria e, afundando na cadeira que ele ocupara antes, substituindo-o no mesmo lugar onde ele se inclinara e escrevera, os olhos dela devoraram as seguintes palavras:

"Não posso mais ouvir em silêncio. Preciso falar-lhe, do modo que estiver em meu alcance. Você dilacera minha alma. Sou metade agonia, metade esperança. Não me diga que é tarde demais, que aqueles preciosos sentimentos se foram para sempre. Ofereço-me a você novamente, com um coração que é mais seu do que quando você quase o partiu, há oito anos e meio. Não ouse dizer que um homem se esquece antes de uma mulher, que o amor dele morre mais cedo. Nunca amei ninguém, senão você. Posso ter sido injusto, e fui fraco e ressentido, mas nunca inconstante. Só vim a Bath por sua causa. Só penso e planejo por sua causa. Não percebeu? Será mesmo que não compreendeu meus desejos? Não teria esperado nem mesmo estes dez dias, se pudesse ter lido seus sentimentos, como acho que você deve ter entendido os meus. Mal consigo escrever. A cada instante, ouço algo que me domina. Você está abaixando seu tom de voz, mas consigo distinguir as nuances dela, que passariam despercebidas pelos outros. Criatura boa demais, excelente demais! É justa para com os homens, sim. Acredita que há verdadeiro afeto e constância entre nós. Acredite que são dos mais ardentes e constantes em F. W.

Preciso ir, incerto de meu destino; mas voltarei para cá, ou seguirei seu grupo, assim que possível. Uma palavra, um olhar, serão o suficiente para decidir se entro na casa de seu pai esta noite, ou nunca mais".

Não seria possível recuperar-se logo de tal carta. Meia hora de solidão e reflexão poderia tê-la tranquilizado, mas os parcos dez minutos que se passaram antes de ser interrompida, com todas as restrições de sua situação, não fizeram nada por sua tranquilidade. Pelo contrário, cada momento trazia uma nova agitação. Era uma felicidade sobrepujante. E, antes de ter passado do primeiro estágio dessas sensações, Charles, Mary e Henrietta chegaram.

A absoluta necessidade de agir normalmente produziu, então, um conflito imediato, mas depois de um tempo, não havia mais nada que pudesse fazer. Começou a não entender uma palavra do que diziam, e foi obrigada a alegar indisposição e pedir licença. Todos puderam ver que ela aparentava estar mesmo mal, ficaram chocados e preocupados, e se recusaram terminantemente a sair sem ela. Foi horrível. Se ao menos eles houvessem saído e a deixado de posse silenciosa da sala, isso teria sido sua cura; mas tê-los todos ao seu redor, esperando em pé, era atordoante. Em seu desespero, Anne disse que iria para casa.

– Claro, minha querida, – disse a Sra. Musgrove, – vá para casa imediatamente, e cuide-se, para que possa estar bem hoje à noite. Gostaria que Sarah estivesse aqui para te examinar, mas eu mesma não sou médica. Charles, toque a campainha e peça uma carruagem. Ela não deve andar.

Anne não poderia aceitar a carruagem. Pior do que qualquer outra coisa! Perder a possibilidade de trocar duas palavras com o Capitão Wentworth durante seu progresso silencioso e solitário pela cidade (e ela tinha quase certeza de que o encontraria) não seria tolerável. Protestou veementemente contra a carruagem, e a Sra. Musgrove, que pensava somente em um tipo de moléstia, tendo se assegurado, com alguma ansiedade, de que não houvera nenhuma queda, naquele caso, de que Anne não escorregara e batera a cabeça e de que ela estava perfeitamente convencida de que não caíra, despediu-se dela de bom humor, confiando que a encontraria melhor à noite.

Ansiosa por não deixar de tomar nenhuma precaução, Anne esforçou-se e disse:

– Temo, senhora, que não tenha ficado perfeitamente entendido. Faça a gentileza de mencionar para os outros cavalheiros que esperamos ver todo o seu grupo, esta noite. Temo que tenha havido algum engano, e gostaria que a senhora assegurasse especificamente o Capitão Harville e o Capitão Wentworth de que esperamos encontrá-los ambos.

– Oh, minha cara, está tudo entendido, dou-lhe minha palavra. O Capitão Harville nem cogita deixar de ir.

– Acha mesmo? Mas tenho medo, e ficaria muito decepcionada se não fossem. Promete que mencionará, quando os vir novamente? Ouso dizer que verá os dois novamente, ainda pela manhã. Prometa-me.

– Claro que mencionarei, se é o que deseja. Charles, se vir o Capitão Harville em qualquer lugar, lembre-se de dar a ele a mensagem da Srta. Anne. Mas realmente, minha querida, não precisa ficar preocupada. O

Capitão Harville considera-se absolutamente comprometido, posso garantir; e o mesmo vale para o Capitão Wentworth, ouso dizer.

Anne não podia fazer nada além disso, mas seu coração pressentia algum infortúnio que diminuiria a perfeição de sua felicidade. Entretanto, não poderia durar muito. Ainda que ele não viesse a Camden Place pessoalmente, ela teria a oportunidade de mandar a ele uma frase inteligível pelo Capitão Harville. Outro aborrecimento momentâneo ocorreu, Charles, com verdadeira preocupação e bondade, insistiu em acompanhá-la até sua casa, e não houve como impedi-lo. Foi quase uma crueldade. Porém, Anne não pôde ser ingrata por muito tempo; ele estava sacrificando um compromisso com um armeiro para lhe ser útil, então partiram com ele, sem aparentar nada além de gratidão.

Estavam em Union Street, quando passos mais rápidos atrás deles, que soavam um tanto quanto familiares, permitiram que ela tivesse dois segundos de preparação antes de ver o Capitão Wentworth. Ele se juntou aos dois, mas, como se não soubesse se deveria acompanhá-los ou continuar andando, não disse nada, só observou. Anne se controlou o suficiente para receber seus olhares, de forma acolhedora. A face que antes estava pálida, agora corava, e os movimentos que antes hesitavam, agora eram decididos. Ele caminhou ao lado deles. Logo depois, acometido por uma ideia repentina, Charles disse:

– Capitão Wentworth, para que lado está indo? Só até Gay Street, ou mais além?

– Mal sei – respondeu o Capitão Wentworth, surpreso.

– Está indo até Belmont? Perto de Camden Place? Porque, se estiver, não terei escrúpulos em pedir que tome meu lugar, e dê seu braço a Anne, acompanhando-a até a porta da casa do pai. Está bem cansada, e não deveria andar tão longe sem ajuda, e eu preciso ir ter com aquele camarada no mercado municipal. Prometeu mostrar-me uma arma maravilhosa que está prestes a enviar para um comprador, disse que a manteria fora da caixa o máximo que pudesse, para que eu consiga vê-la, e se não me dirigir até lá agora mesmo, não terei chance. Pela descrição dele, a arma é bem parecida com a minha de cano duplo, que você mesmo usou em Winthrop, naquele dia.

Não pode haver qualquer objeção. Houve somente a mais cortês alacridade, a mais prestativa concordância perante os olhos de terceiros; e, internamente, sorrisos contidos e exultação. Dentro de alguns segundos, Charles descia por Union Street, e os outros dois prosseguiam juntos; sem demora, palavras suficientes já haviam sido trocadas entre eles para que decidissem pegar o caminho de cascalho, comparativamente silencioso e afastado, onde o poder de conversarem tornou a próxima hora uma verdadeira bênção, preparando-os para toda a felicidade eterna que seu futuro traria. Lá, expressaram novamente os sentimentos e as promessas que outrora pareceram garantir sua felicidade, mas que haviam sido seguidos por muitos e muitos anos de divisão e separação. Lá, voltaram ao passado, mais deliciosamente felizes, talvez, por sua reunião, do que da primeira vez que fizeram os mesmos planos; mais afetuosos, mais experientes, mais certos do caráter, da verdade e do amor um do outro. Mais capazes de agir, e agindo de forma mais justificada. E lá, conforme caminhavam vagarosamente pela subida gradual, inconscientes de todos ao seu redor, não reparando em políticos se pavoneando, governantas ocupadas, garotas flertando, babás ou crianças, puderam se dar ao luxo de mergulhar nas retrospecções e reconhecimentos, especialmente nas explicações sobre tudo o que precedera diretamente aquele momento, que foram extremamente emocionantes e interessantes. Todas as pequenas variações da semana anterior foram examinadas, e as do dia anterior e daquele mesmo dia eram intermináveis.

Ela não o havia interpretado erroneamente. Ciúme do Sr. Elliot havia sido o motivo da demora, a dúvida, o tormento. Começara a afetá-lo logo que a encontrara em Bath, e acontecido novamente, após uma curta suspensão, para arruinar o concerto; e o influenciara em tudo o que dissera e fizera, ou que deixara de fazer e dizer, pelas últimas vinte e quatro horas. Gradualmente cedera às esperanças que os olhares, palavras ou atos dela ocasionalmente encorajavam, e fora finalmente destruído pelos sentimentos e tons que ele entreouvira enquanto ela conversava com o Capitão Harville; então, sem poder resistir, ele pegara uma folha de papel e confessara seus sentimentos.

Não retirou ou explicou nada do que escrevera. Insistiu que não amara ninguém, a não ser ela. Ela jamais fora substituída. Ele nem mesmo acreditava ter conhecido alguém que se comparasse a ela. Foi obrigado, contudo, a reconhecer o seguinte: que fora constante inconscientemente, não, involuntariamente; que tentara esquecê-la, e acreditava tê-lo feito. Considerara-se indiferente, quando só estivera com raiva, e havia sido injusto com os méritos dela, porque estes o haviam feito sofrer. O caráter dela estava, agora, fixo em sua mente como a perfeição personificada, mantendo um lindo meio-termo entre força e gentileza; mas foi obrigado a reconhecer que fora somente em Uppercross que aprendera a ser justo com ela, e só em Lyme que começara a compreender a si mesmo. Em Lyme, recebera mais de um tipo de lição. A fugaz admiração do Sr. Elliot finalmente o despertara, e os eventos que se passaram no quebra-mar e na casa do Capitão Harville estabeleceram definitivamente sua superioridade.

Quanto a suas tentativas de se afeiçoar a Louisa Musgrove (nascidas de um orgulho ferido), ele protestou que sempre sentira que seria impossível; que não se importava, não conseguia se importar, com Louisa, apesar de, até aquele dia, até o tempo para refletir que se seguiu àquele dia, ele não ter compreendido a perfeita excelência de sua mente, com a qual a de Louisa mal poderia ser comparada, ou o perfeito e inigualável poder que possuía sobre a sua própria. Naquele momento, aprendera a distinguir entre a constância de princípios e a obstinação da vontade, entre a ousadia do e a resolução de uma mente composta. Lá, vira o suficiente para aumentar sua estima pela mulher que havia perdido, e começara a deplorar o orgulho, a tolice e a loucura do ressentimento que o impediram de tentar reconquistá-la, quando o destino a colocara em seu caminho.

A partir daquele período, sua penitência fora severa. Assim que se livrara do horror e do remorso que acompanharam os primeiros dias após o acidente de Louisa, assim que começara a se sentir vivo novamente, a se sentir normal, apesar de vivo, não se sentia em liberdade.

– Descobri – disse ele – que Harville me considerava um homem comprometido! Que nem Harville, nem sua esposa, tinham qualquer dúvida de nossa afeição mútua. Fiquei atônito e chocado. Até certo ponto, pude contradizer isso instantaneamente, mas quando comecei a refletir que outras pessoas poderiam ter pensado o mesmo, a própria família dela, ou talvez ela mesma, não era mais um homem livre. Era dela, em honra, se ela o desejasse. Eu havia sido descuidado. Não pensara seriamente sobre o assunto, antes. Não havia levado em consideração que minha excessiva intimidade poderia acarretar diversas consequências negativas, e que eu não tinha o menor direito de tentar me afeiçoar a qualquer uma das garotas, correndo o risco de ensejar um único rumor desagradável, ainda que não houvesses outros efeitos nocivos. Me comportara de forma absolutamente errada, e deveria arcar com as consequências.

Em resumo, descobrira tarde demais que havia se enrolado, e que justo quando tomara consciência de que não sentia absolutamente nada por Louisa, precisava se considerar comprometido com ela, se seus sentimentos por ele fosse, mesmo, o que os Harville supunham. Isso o fez se decidir por sair de Lyme, e esperar sua recuperação completa em outro lugar. Enfraqueceria de bom grado, por qualquer meio justo, quaisquer sentimentos ou especulações que poderiam existir em relação a ele; portanto, foi para a casa do irmão, pretendendo, após um tempo, voltar a Kellynch e agir conforme as circunstâncias exigissem.

– Passei seis semanas com Edward, – disse ele, – e testemunhei sua felicidade. Não queria outros prazeres. Não merecia nenhum. Ele perguntou de você, muito especificamente; perguntou até mesmo se estava mudada, mal podendo suspeitar que, para mim, você nunca mudaria.

Anne sorriu, e deixou passar. Era um tropeço agradável demais para que o repreendesse. É significativo para uma mulher, em seu vigésimo-oitavo ano de vida, ouvir que não perdeu o charme de sua juventude, mas o valor de tal elogio era muito maior para Anne, pois comparava-o com palavras ouvidas anteriormente, e percebia que era o resultado, e não a causa, do reflorescimento de seu amor por ela.

O Capitão Wentworth ficara em Shropshire, lamentando a cegueira de seu próprio orgulho e os erros de seus próprios cálculos, até que foi libertado repentinamente por Louisa, ao receber a notícia surpreendente e bem-vinda de seu noivado com Benwick.

– E foi então – disse ele – que terminou a pior parte, pois daí em diante, pude ao menos me dar a chance de ser feliz, fazer algum esforço, tomar alguma atitude. Mas esperar por tanto tempo, sem poder fazer nada, aguardando apenas algo indesejado, fora terrível. Dentro de cinco minutos, disse: "Irei para Bath na quarta-feira", e fui. Foi imperdoável pensar que valia a pena vir? E chegar aqui com um pouco de esperança? Você estava solteira. Era possível que ainda nutrisse os sentimentos do passado, como eu; e tive um encorajamento. Nunca duvidei de que outros a iriam amar e cortejar, mas sabia, com certeza, que recusara pelo menos um homem, que tinha pretensões melhores do que as minhas. E não pude deixar de me perguntar com frequência: "Foi por minha causa?".

O primeiro encontro entre eles, em Milson Street, rendeu muita conversa, mas o concerto rendeu ainda mais. Aquela noite parecia composta por momentos deliciosos. O momento em que ela deu um passo para a frente, no Salão Octogonal, para falar com ele; o momento em que o Sr. Elliot aparecera e a levara embora, e um ou dois momentos subsequentes, marcados pelo retorno da esperança ou pelo aumento do esmorecimento, foram discutidos energicamente.

– Vê-la, – exclamou ele, – no meio daqueles que não me desejavam o bem; ver seu primo ao seu lado, conversando e sorrindo, e perceber como uma união entre vocês seria horrivelmente apropriada e conveniente! Considerar que isso seria o desejo concreto de todas as pessoas com alguma influência sobre você! Ainda que seus sentimentos fossem relutantes ou indiferentes, pensar sobre o poderoso apoio que ele receberia! Não seria o suficiente para fazer com que eu fizesse o papel de tolo que fiz? Como eu poderia deixar de observá-la com agonia? A visão da amiga que se sentara atrás de você, a lembrança do que se passou, a ciência da influência dela sobre você, a impressão indelével e imutável do que a persuasão fizera antes – tudo isso não estava contra mim?

– Devia ter percebido – respondeu Anne. – Não devia ter suspeitado de mim, agora. A situação é tão diferente, assim como minha idade. Se errei ao ceder à persuasão antes, lembre-se de que foi a uma persuasão que pendia para a segurança, e não para o risco. Quando cedi, pensei que era meu dever, mas nenhum dever poderia ser alegado, nesta situação. Casar-me com um homem que não sente nada por mim seria correr todo o tipo de risco, e violar todos os meus deveres.

– Talvez eu devesse ter raciocinado de tal forma, – respondeu ele, – mas não consegui. Não consegui extrair qualquer benefício do conhecimento tardio que obtive sobre seu caráter. Não consegui levá-lo em consideração; estava sobrecarregado, afogado, perdido naqueles sentimentos antigos que me atormentavam, ano após ano. Só conseguia pensar em você como aquela que cedera, que desistira de mim, que havia sido influenciada por outra pessoa, que não eu. A vi com a mesma pessoa que a orientara, naquele infeliz ano. Não tinha motivos para acreditar que ela teria menos autoridade, agora. Precisava, também, levar em conta a força do hábito.

– Eu imaginaria – disse Anne – que meu comportamento em relação a você poderia tê-lo poupado de muito, ou tudo isso.

– Não, não! Seus modos poderiam ser somente a tranquilidade ensejada por seu noivado com outro homem. Despedi-me de você com esta crença; ainda assim, estava determinado a vê-la novamente. Recobrei o ânimo na manhã seguinte, e pensei que ainda tinha um motivo para continuar na cidade.

Anne finalmente chegara em casa, mais feliz do que qualquer um lá dentro poderia conceber. Toda a surpresa e o suspense, e todas as outras partes dolorosas da manhã, haviam se dissipado com a conversa, e ela retornou ao lar tão feliz, que obrigou-se a moderar sua felicidade com as momentâneas apreensões de que a mesma não duraria muito. Um curto período de reflexão, séria e grata, era o melhor corretivo para todos os perigos daquela felicidade tão extrema; dirigiu-se, então, para o quarto e usou sua gratidão para nutrir sua determinação e destemor.

A noite chegou, os candelabros das salas de estar foram acendidos, e os visitantes recebidos. Era apenas uma reunião para jogar cartas, uma mistura entre pessoas que não se conheciam e pessoas que se encontravam com frequência demais; um negócio corriqueiro, numeroso demais para conversas profundas, pequeno demais para variedade. Mas Anne nunca passara uma noite mais curta. Reluzente e bela, devido à emoção e à felicidade, e mais admirada por todos do que cogitara ou quisera, tinha um sentimento alegre ou tolerante para cada pessoa ao seu redor. O Sr. Elliot estava lá; ela o evitou, mas sentiu pena dele. Divertiu-se ao compreender os Wallis. Lady Dalrymple e a Srta. Carteret – logo seriam primas inócuas para ela. Não se importava com a Sra. Clay, e os modos de seu pai e sua irmã não a faziam corar. Com os Musgrove, manteve uma conversa feliz e perfeitamente tranquila; com o Capitão Harville, uma interação gentil, entre irmãos; com Lady Russell, tentou estabelecer uma conversa, interrompida pela deliciosa consciência do que ainda não lhe contara; com o Almirante e a Sra. Croft, tudo o que há de mais cordial e um ardente interesse, que essa mesma consciência tentava esconder; e com o Capitão Wentworth, alguns momentos de comunicação que ocorreram continuamente, sempre na esperança de que ocorressem mais, e sempre consciente da presença dele.

Foi durante um desses encontros, quando ambos estavam aparentemente ocupados admirando um belo arranjo de plantas cultivadas na estufa, que ela disse:

– Tenho pensado no passado, e tentando julgar, imparcialmente, o certo e o errado. Quero dizer, em relação a mim mesma; e devo acreditar que eu estava certa, por mais que tenha sofrido com isso, que eu estava perfeitamente certa em me deixar guiar pela amiga de quem você ainda irá gostar muito mais do que gosta atualmente. Para mim, ela ocupava o lugar de uma mãe. Não me interprete mal, contudo. Não estou dizendo que ela não errou em seu conselho. Foi, talvez, um daqueles casos em que o conselho só é bom ou ruim de acordo com o seu resultado; e, quanto a mim mesma, eu certamente jamais daria tal conselho, em qualquer circunstância remotamente semelhante àquela. O que quero dizer é que fiz a coisa certa em obedecê-la, e que, se houvesse feito o contrário, teria sofrido mais com a continuação do noivado, do que sofri ao desistir dele, pois quem teria sofrido seria minha consciência. Não tenho, agora, na medida em que tal sentimento seja permissível na natureza humana, nada pelo que me recriminar; e, a não ser que esteja enganada, um forte senso de dever não é uma parte ruim do quinhão das mulheres.

Ele olhou para ela, olhou para Lady Russell e, voltando o olhar novamente para ela, respondeu, como se deliberasse friamente:

– Ainda não. Mas há esperança de que ela seja perdoada, com o tempo. Creio que logo terei um bom relacionamento com ela. Mas eu também tenho pensado sobre o passado, e me ocorreu que pode ter havido uma pessoa que foi mais minha inimiga do que aquela senhora: eu mesmo. Diga-me se, quando voltei para a Inglaterra, no ano oito, com alguns milhares de libras, e fui designado para o Laconia, se tivesse lhe escrito uma carta, a teria respondido? Teria, em resumo, retomado nosso noivado, naquela ocasião?

– Se teria! – foi tudo o que Anne respondeu, mas seu tom de voz foi decisivo o suficiente.

– Deus do céu, – exclamou ele, – você teria! Não é que não tenha pensado ou desejado tal coisa, como a única possibilidade de coroar todos os meus outros sucessos; mas fui orgulhoso, orgulhoso demais para pedir sua mão novamente. Não a compreendia. Fechei os olhos e não quis compreendê-la ou ser-lhe justo. Esta lembrança é suficiente para fazer com que perdoe qualquer pessoa, antes de mim mesmo. Seis anos de separação e sofrimento poderiam ter sido poupados. É também um tipo de dor nova para mim. Estava acostumado com o prazer de acreditar que fizera por merecer todas as minhas bênçãos. Valorizava meus próprios esforços honrados e recompensas merecidas. Como todos os outros grandes homens que sofrem reveses, – acrescentou ele, com um sorriso, – devo tentar fazer com que minha mente se sujeite à minha fortuna. Devo aprender a aceitar o fato de que sou mais feliz do que mereço.

Capítulo 24

Quem poderia duvidar do que se seguiu? Quando dois jovens resolvem se casar, quase que invariavelmente alcançam seu objetivo, através de sua perseverança, por mais pobres ou imprudentes que sejam, ou por menor que seja a probabilidade de fazerem uns aos outros felizes. Esta pode ser uma moral ruim para concluir a história, mas acredito que seja a verdade. E, se eles conseguem, como poderiam pessoas como o Capitão Wentworth e Anne Elliot, com todas as vantagens de mentes maduras, consciência do que é certo, e uma fortuna independente entre eles, deixar de derrotar toda oposição? Conseguiram aguentar muito mais do que enfrentaram, pois poucas coisas os afetaram, além da falta de graciosidade e afeto. Sir Walter não fez objeção, e Elizabeth apenas aparentou frieza e indiferença. O Capitão Wentworth, possuidor de vinte e cinco mil libras, e ocupando um posto tão alto quanto seu mérito e suas atividades poderiam permitir, não era mais um homem qualquer. Agora era considerado digno de pedir a mão da filha de um baronete tolo e perdulário, que não tinha princípios ou sensatez o suficiente para mantê-lo na situação em que a providência o colocara, e que só podia dar a sua filha, naquele momento, uma pequena parte das dez mil libras que seriam dela no futuro.

Na verdade, Sir Walter, apesar de não nutrir afeição por Anne e de o acontecimento não alimentar sua vaidade, estava muito longe de considerar que a união era indigna dela. Pelo contrário, quando começou a ver o Capitão Wentworth com mais frequência, e vê-lo à luz do dia, examinando-o bem, ficou muito impressionado com sua boa aparência, e decidiu que a aparência superior dele poderia ser muito bem equilibrada com a posição social superior dela. E tudo isso, com o auxílio do fato de que o sobrenome "Wentworth" soava bem, permitiu que Sir Walter finalmente preparasse sua pena, de forma bastante graciosa, para incluir o casamento no volume de honra.

A única entre eles, cuja oposição poderia despertar grande ansiedade, era Lady Russell. Anne sabia que Lady Russell deveria estar sofrendo com seu noivado e com o fato de ter rejeitado o Sr. Elliot, e com dificuldades para compreender verdadeiramente e fazer justiça ao Capitão Wentworth. Contudo, isso era o que Lady Russell teria que fazer. Teria que perceber que se enganara em relação a ambos; que havia sido influenciada injustamente pelas aparências; que, devido ao fato de os modos do Capitão Wentworth não terem combinado exatamente com suas próprias ideias, ela havia sido rápida demais em suspeitar que indicavam uma personalidade perigosamente impetuosa; e que, devido ao fato de que os modos do Sr. Elliot a agradaram com sua polidez e suavidade, ela havia sido rápida demais em pensar que eram resultantes de opiniões corretas e de uma mente bem regulada. Lady Russell não podia fazer mais nada, além de admitir que estivera completa e absolutamente enganada, e adotar um novo conjunto de opiniões e esperanças.

Certas pessoas têm uma percepção rápida, um bom discernimento de caráter, um atilamento natural, que a experiência de outros não pode igualar, e Lady Russell fora menos bem-dotada, neste quesito, do que sua jovem amiga. Mas era uma mulher muito boa e, se seu segundo objetivo era ser sensata e judiciosa, seu primeiro era ver Anne feliz. Amava Anne mais do que suas próprias habilidades, e quando o embaraço inicial passara, teve pouca dificuldade em desenvolver afeto maternal pelo homem responsável pela felicidade de sua outra filha.

De toda a família, Mary provavelmente foi quem ficou mais imediatamente feliz com a circunstância. Era honroso ter uma irmã casada, e ela podia se vangloriar de ter sido crucial para o relacionamento, por ter mantido Anne com ela durante todo o outono. E, como sua própria irmã era melhor do que as irmãs de seu marido, era muito agradável o Capitão Wentworth ser mais rico do que o Capitão Benwick ou Charles Hayter. Talvez sofresse um pouco, quando os visse novamente, ao ver Anne recuperar sua posição prioritária e dona de um lindo landau, mas tinha um futuro que lhe oferecia um grande consolo: Anne não herdaria nada como Uppercross Hall, nenhuma propriedade ou terras, não seria a matriarca de nenhuma família. E, se conseguissem impedir o Capitão Wentworth de se tornar baronete, ela não trocaria de situação com Anne.

Seria melhor, para a irmã mais velha, se estivesse igualmente contente com sua própria situação, pois uma mudança nesse quesito não era muito provável. Logo sofreu a humilhação de ver o Sr. Elliot se afastar, e ninguém de posição social adequada apareceu, desde então, nem mesmo para despertar as esperanças infundadas que se foram junto com ele.

A notícia do noivado de sua prima Anne abateu-se sobre o Sr. Elliot da forma mais inesperada possível. Estragou seus planos de felicidade conjugal, suas melhores esperanças de manter Sir Walter solteiro com a vigilância a que teria direito como seu genro. Mas, apesar de ter ficado desconcertado e decepcionado, ainda podia fazer algo por seus próprios interesses. Foi logo embora de Bath e, pelo fato de a Sra. Clay também ter partido, um breve tempo depois, e de terem ficado sabendo que havia se estabelecido sob a proteção dele em Londres, ficou evidente o jogo duplo que estivera conduzindo, e quão determinado estava a não ser prejudicado por uma mulher ardilosa, pelo menos.

As afeições da Sra. Clay subjugaram seus interesses, e ela sacrificara, pelo bem do homem mais jovem, a possibilidade de passar mais tempo tentando conquistar Sir Walter. Contudo, ela tem habilidades, assim como afeições; e agora resta a dúvida, se a astúcia dele ou dela acabará prevalecendo, e se, após impedi-la de se tornar a esposa de Sir Walter, ele não será adulado e lisonjeado até torná-la a esposa de Sir William.

Não há dúvidas de que Sir Walter e Elizabeth ficaram chocados e humilhados com a perda de sua companheira e a descoberta de que haviam sido enganados por ela. É claro que ainda tinham suas importantes primas, a quem recorrer para serem confortados, mas logo perceberam que elogiar e seguir outras pessoas, sem ser seguidos e lisonjeados em retribuição, é apenas um estado de meia satisfação.

Anne, logo convencida de que Lady Russell pretendia gostar tanto quanto deveria do Capitão Wentworth, não sofreu nenhuma diminuição de sua felicidade quanto ao futuro, exceto a consciência de não ter nenhum parente, com o qual presenteá-lo, que um homem sensato poderia valorizar. Neste sentido, estava dolorosamente consciente de sua inferioridade. A desproporção das fortunas dos dois não era nada, não a fazia perder um minuto de sono; mas não ter uma família que o recebesse e estimasse adequadamente, nenhuma respeitabilidade, harmonia ou boa-vontade para oferecer em retribuição a toda a estima e imediatas boas-vindas de seus irmãos e irmãs, era uma fonte de tanta dor quanto sua mente poderia experimentar, em circunstâncias de tamanha felicidade. Tinha apenas duas amigas para acrescentar à lista dele, Lady Russell e a Sra. Smith. Contudo, ele estava plenamente disposto a se afeiçoar a ambas. Lady Russell, apesar de todas as suas anteriores transgressões, ele passara a valorizar sinceramente. Apesar de não chegar ao ponto de dizer que acreditava que ela estivera certa quando originalmente os separou, estava disposto a dizer quase que qualquer outra coisa a seu favor, e quanto à Sra. Smith, ela tinha qualidades dos mais diversos tipos, que o conquistaram rápida e permanentemente.

As boas ações da Sra. Smith para com Anne eram suficientes por si só, e o casamento desta última, ao invés de privar a primeira de uma amizade, lhe propiciou duas. Foi a primeira a visitá-los, quando se acomodaram na vida de casados, e o Capitão Wentworth, ajudando-a a recuperar a propriedade de seu marido nas Índias Ocidentais, escrevendo por ela, agindo em seu nome e lidando com todas as pequenas dificuldades do caso, com a atividade e os esforços de um homem destemido e amigo determinado, recompensou-a inteiramente pelo bem que havia feito, ou ainda pretendia fazer, à esposa dele.

As alegrias da Sra. Smith não foram estragadas por tal melhoria de sua situação financeira, em conjunto com uma ligeira melhora de sua saúde e a aquisição de amigos com os quais podia estar frequentemente, pois sua felicidade e contentamento interno não lhe falharam; e, enquanto possuísse este essencial estoque do bem, poderia até mesmo desdenhar o acréscimo de uma prosperidade mundana ainda maior. Poderia ser absolutamente rica e perfeitamente saudável e, ainda assim, seria feliz. A fonte de sua felicidade era o fulgor de seu espírito, assim como a de sua amiga Anne era a ternura de seu coração. Anne era ternura em pessoa, e recebia seu devido valor com o amor do Capitão Wentworth. A profissão dele era a única coisa que poderia fazer com que os amigos dela desejassem que fosse uma pessoa menos terna, e o medo de uma guerra futura era tudo o que poderia diminuir seu brilho. Orgulhava-se de ser a esposa de um marinheiro, mas precisava pagar o preço de alarmar-se repentinamente, devido ao fato de seu marido pertencer àquela profissão que, se é que tal coisa é possível, distingue-se ainda mais pelas virtudes domésticas do que por sua importância nacional.

Fim